L. H. COSWAY
DREAMS OF YESTERDAY

L. H. Cosway

DREAMS OF YESTERDAY

Roman

Ins Deutsche übertragen von Maike Hallmann

LYX

LYX in der Bastei Lübbe AG
Dieser Titel ist auch als E-Book erschienen.

MIX
Papier aus verantwortungsvollen Quellen
FSC® C014496

Die Originalausgabe erschien 2018 unter dem Titel
»A Crack in Everything«.

Textredaktion: Catherine Beck
Umschlaggestaltung: © Andrea Janas unter Verwendung von Motiven
von Depositphotos (© Chantall; © andriikoval) und Shutterstock
(© letovsegda; © Apple_Foto)
Satz: Greiner & Reichel, Köln
Gesetzt aus der Adobe Caslon
Druck und Verarbeitung: GGP Media GmbH, Pößneck
Printed in Germany
ISBN 978-3-7363-1129-9

1 3 5 7 6 4 2

Sie finden uns im Internet unter lyx-verlag.de
Bitte beachten Sie auch: luebbe.de und lesejury.de

Liebe Leser*innen,

dieses Buch enthält potenziell triggernde Inhalte. Deshalb findet ihr auf der letzten Seite eine Triggerwarnung.

Achtung: Diese enthält Spoiler für das gesamte Buch!

Wir wünschen uns für euch alle das bestmögliche Leseerlebnis.

Euer LYX-Verlag

»Ich will deinen Geist befreien, Neo. Aber ich kann dir nur die Tür zeigen. Durchgehen musst du ganz allein.«

Morpheus, *The Matrix*

1. KAPITEL

Innenstadt von Dublin, Irland 2006

Nichts tat ich lieber, als einer Blütenknospe dabei zuzusehen, wie sie sich öffnete. Ganz zu Anfang glich sie einer Pistazie. Am nächsten Tag regten sich die Blütenblätter. Am folgenden Tag spreizten sie sich. Am Tag darauf noch ein wenig mehr, und dann stand die Blume endlich in voller Pracht. Ich wartete darauf, dass sich die Blüten meines rosafarbenen Hibiskus öffneten, aber es würde noch ein paar Tage dauern. Aus einer Plastikflasche goss ich etwas Wasser in den Topf, dann schraubte ich den Deckel wieder zu. Gerade wollte ich sie wieder ins Regal zurückstellen, da hämmerte jemand an meine Tür. Es klang panisch, ein Klopfen, das nach Beachtung schrie. In dieser Gegend war es nicht immer eine gute Idee, bei einem solchen Klopfen die Tür aufzumachen. Ich lugte durch den Spion und sah draußen jemanden aus meiner Schule stehen. Dylan O'Dea hieß er – oder war es O'Toole? Wie auch immer, jedenfalls war ich ziemlich sicher, dass er ein oder zwei Stockwerke unter mir wohnte, ebenfalls hier in St. Mary's Villas. Von wegen *Villas*: Darauf darf man nichts geben. Nichts hier hatte mit einer Villa auch nur die allergeringste Ähnlichkeit. *St. Mary's Kriegsbunker* wäre ein passenderer Name gewesen. Alles war grau. Durch die Fenster fiel kaum Licht, und sämtliche Wohnungen rochen irgendwie schimmlig, ganz egal, wie gründlich man putzte und lüftete.

Dylan sah verschwitzt und verzweifelt aus, und irgendwas in seinem panischen Blick bewegte mich dazu, die Tür zu entriegeln. Ehe ich ein Wort sagen konnte, schoss er auch schon hindurch und knallte sie hinter sich zu.

»Mann, was soll denn das!«, rief ich und bereute meine Entscheidung schon jetzt. Ich wohnte bei meiner Tante Yvonne, aber sie war arbeiten und würde erst in einigen Stunden nach Hause kommen.

Dylan starrte mich eindringlich an, seine Brust hob und senkte sich unter schweren Atemzügen. Er hob einen Finger an den Mund, was überall dasselbe bedeutete: *Sei still.*

Ich gab keinen Mucks von mir, und im nächsten Augenblick ertönte draußen Lärm. Irgendwer hämmerte an die Türen, so wie Dylan eben an meine gehämmert hatte. Wieder sahen wir uns an. Er musste wohl gespürt haben, dass ich etwas sagen wollte, denn im nächsten Augenblick war er bei mir, drückte mich rücklings gegen die Wand und legte mir die Hand über den Mund. Er überragte mich ein ganzes Stück. Ich wehrte mich, aber da flüsterte er mir ins Ohr: »Bitte sei still. Da sind ein paar Typen hinter mir her. Ich muss mich nur kurz hier verstecken, dann hau ich wieder ab. Versprochen.«

Ich starrte ihn an. Dann hob ich einen Fuß und trat ihm gegen den Knöchel. Er stieß einen unterdrückten Fluch aus, ließ mich aber nicht los.

»Leck mich«, presste ich gedämpft unter seinen Fingern hervor. »Verzieh dich!« Es klang mehr wie: »Lep mif. Verfie dif.«

»Bitte, Evelyn. Ich brauche deine Hilfe.«

Mein Herz raste. Er kannte meinen Namen. Wobei das so seltsam auch wieder nicht war, hier wusste eigentlich jeder, wie die anderen Leute im Haus hießen. Es war nur irgendwie eigenartig, dass er mich so persönlich anredete, weil wir noch nie zuvor miteinander gesprochen hatten.

Unter dem ernsten Blick seiner dunkelblauen Augen hörte ich auf, gegen seinen Griff anzukämpfen. Für einen langen Augenblick starrten wir einander an, und ich bekam eine Gänsehaut. Seine Brust war breit und kräftig, und er roch nach Nelken.

»Versprichst du, nicht zu schreien, wenn ich meine Hand wegnehme?«, fragte er ganz leise.

Ich nickte langsam, und er nahm die Hand von meinem Mund. »Wer ist hinter dir her?«, flüsterte ich und hatte Angst, dass er mir Ärger an die Tür gebracht hatte.

»Ein paar Typen von der McCarthy-Bande. Sie wollten mich rekrutieren. Ich habe Tommy McCarthy gesagt, er soll sich verpissen, und jetzt wollen sie mir eine Abreibung verpassen.«

»Ach du Kacke«, hauchte ich.

Der Lärm draußen kam näher. Wer auch immer da war, donnerte jetzt mit den Fäusten an die Tür der Nachbarwohnung. Ich hielt ganz still, atmete kaum. Mein Blick wanderte über Dylans angespanntes Gesicht, seine umwerfenden Augen, das markante Kinn. Er trug eine graue Jeans, schwarze Stiefel und eine marineblaue Steppjacke. Sein Haar war irgendwas zwischen blond und braun und ganz leicht gelockt. Allerdings war es so kurz geschnitten, dass die Locken nicht viel Gelegenheit hatten, sich zu … locken. Er war sehr attraktiv, aber das änderte nichts daran, dass er praktisch bei mir eingebrochen war. Während mein Nachbar drüben die Tür öffnete und mit den Typen redete, die Dylan suchten, flüsterte ich: »Warum versteckst du dich ausgerechnet hier?«

Er runzelte die Stirn, es ließ ihn aussehen wie einen mürrischen Bären. »Was?«

»Du hättest genauso gut woanders klopfen können. Warum bei mir?«

Einen Herzschlag lang herrschte Schweigen, dann antwortete er endlich, ebenfalls flüsternd: »Weil du hier im Haus die Einzige bist, die mich nicht den Wölfen zum Fraß vorwerfen würde.«

Ich zog eine Braue hoch. »Woher willst du das wissen? Du kennst mich doch gar nicht.«

Ehe er antworten konnte, ging das Gehämmere wieder los, diesmal an meiner Tür. Vor Angst stockte mir der Atem, mein Brustkorb krampfte sich zusammen, denn ich kannte die Sorte Burschen, die dort draußen waren. Arm. Hartgesotten. Brutal.

Im gleichen Augenblick drängte Dylan mich wieder gegen die Wand und presste mir die Hand auf den Mund, ich konnte mich nicht rühren. Diesmal wehrte ich mich nicht, sondern hielt still und gab keinen Mucks von mir. Seine Nähe jagte mir ein Kribbeln durchs Rückgrat. So nah kamen mir praktisch Fremde nur selten.

»Mach die verdammte Tür auf«, brüllte draußen eine Männerstimme, »sonst trete ich sie ein.«

»Vielleicht sollte ich aufmachen und ihnen sagen, dass du nicht hier bist«, flüsterte ich unter Dylans Hand.

Er sah zu mir herunter, vermutlich spürte er die Bewegung meiner Lippen an seiner Haut. Legte den Kopf schief, als fände er das Gefühl irgendwie interessant, dann sagte er:

»Nein, dann kommen sie rein und schlagen hier alles kurz und klein.«

Angespannt stieß ich die Luft aus. Er hatte recht. Und das konnte ich Yvonne nicht antun. Ich durfte nicht zulassen, dass sie nach ihrer Schicht in der Bar eine völlig demolierte Wohnung vorfand.

Wieder hämmerte jemand gegen die Tür. Als am Fenster ein Gesicht auftauchte, zuckte ich zusammen, aber zum Glück verbargen uns Yvonnes Gardinen. »Da drinnen ist er nicht«, sagte jemand. »Wahrscheinlich ist er zu den Willows rübergerannt.«

Die Willows waren ein abbruchreifer Wohnblock, ungefähr fünf Minuten entfernt. Wer sich besaufen oder Drogen einwerfen wollte, ging dorthin. Wer obdachlos war, fand dort einen Schlafplatz.

»Na los«, sagte die erste Stimme, und der Typ, der durchs Fenster hereinsah, verschwand.

Dylan ließ mich los, durchquerte mit drei Schritten das Zimmer und spähte zwischen den Vorhängen hindurch nach draußen. »Sie sind weg«, sagte er und atmete auf, vor Erleichterung sanken seine Schultern herab.

»Na, dann solltest du jetzt auch besser gehen«, sagte ich, plötzlich wieder auf der Hut. Es machte mich nervös, dass ein fremder Junge, mit dem ich noch nie zuvor ein Wort gewechselt hatte, mitten in unserer Wohnung stand. Wobei *Junge* nicht ganz das richtige Wort war. Dylan war vermutlich etwa ein Jahr älter als ich, ungefähr achtzehn, hatte aber die Statur eines erwachsenen Mannes. Schon bald würden seine Schultern sogar noch breiter werden, das Gesicht markanter. Er würde ein echter Hingucker werden, da war ich sicher.

Er drehte sich wieder zu mir um und starrte mich an, eine

Braue hochgezogen. Eine ganze Weile rührte er sich nicht, dann ließ er den Blick durchs Wohnzimmer schweifen. Seine Anspannung wich so etwas wie Freundlichkeit oder vielleicht auch Belustigung. »Großer New-York-Fan, hm?«, fragte er trocken angesichts all der Poster und Souvenirs.

Ich räusperte mich. »Ich nicht, aber meine Tante Yvonne. Seit sie *Harry und Sally* gesehen hat, ist sie von der Stadt ganz besessen. Sie spart darauf, in ein paar Jahren nach New York umzuziehen.«

Dylans Mund verzog sich nachdenklich. Es stand ihm. »Und was ist mit dir?«

»Was soll mit mir sein?«

»Gehst du dann mit?«

Ich zuckte mit den Schultern. »Ich glaube nicht. Nein, wahrscheinlich nicht. Meine Grandma wohnt in diesem Seniorenwohnheim drüben in Broadstone. Wir sind alles, was sie noch hat. Ich könnte sie nicht einfach alleinlassen.«

Dylan dachte eine Weile darüber nach. Der Blick seiner dunklen Augen wurde sanfter. Dann ging er auf die Tür zu. »Danke, dass ich mich hier verstecken durfte.« Er warf einen raschen Blick hinaus, um zu sehen, ob die Luft rein war.

»Na klar«, sagte ich, weil mir nicht einfiel, was ich sonst sagen sollte.

Er warf mir einen letzten Blick zu. »Ich schulde dir was. Man sieht sich, Evelyn.« Und im nächsten Moment war er fort.

»Tut mir ja leid, aber für eine Nacht mit Jared würde ich meine eigene Mutter verkaufen, das steht mal fest«, sagte Sam am Montag auf dem Weg zur Englischstunde.

»Meinst du *30 Seconds to Mars*-Jared-Leto oder Jordan-Catalano-Jared?«, fragte ich. »Das sind nämlich zwei total unterschiedliche Hausnummern.«

»*30 Seconds* natürlich. Du weißt doch, einem Mann mit Eyeliner kann ich nicht widerstehen.« Er zwinkerte mir zu. Wir erreichten gerade unsere Spinde, da tauchte ein sandbrauner Schopf in der Menge auf. Dylan. Er musste meinen Blick gespürt haben, denn er sah mich an. Bei seinem Anblick rang ich nach Luft. Unter einem Auge hatte er eine dunkelviolette Prellung, und sein Gesicht war mit Platzwunden und Schrammen übersät. Lieber Gott.

Sam war meinem Blick gefolgt und kommentierte taktlos: »Sieht ganz so aus, als ob Dylan O'Dea auf die harte Tour abfährt.«

O'Dea also. »Ich würde mal drauf tippen, dass er sich die Prügel eher auf der Straße eingefangen hat als bei einem Mädchen«, sagte ich und kaute betroffen auf meiner Unterlippe herum. Diese McCarthy-Typen mussten ihn gestern doch noch erwischt haben.

»Was du nicht sagst.« Sam lachte leise in sich hinein, aber ich fand es nicht so witzig wie er. Vor Besorgnis verspürte ich einen Stich mitten in der Brust, und ehe ich wusste, was ich tat, hatte ich mich auch schon in Bewegung gesetzt und ließ Sam bei seinem Spind stehen.

Dylan sah mich näher kommen und blieb wie angewurzelt stehen. Warf sich die Tasche über die Schulter und stieß die Luft aus. »Was?«, fragte er.

»Sie haben dich erwischt, oder?«

Er verlagerte das Gewicht aufs andere Bein, meine Sorge schien ihm unangenehm zu sein. »Nee, bin gegen eine Mauer gerannt.«

»Sei nicht albern.«

Wieder ein Seufzer. »Ja, Blondie. Sie haben mich erwischt. War wohl eh besser, es hinter mich zu bringen. Jetzt lassen sie mich vielleicht in Ruhe.«

Ich nickte langsam und wusste nicht, wie ich auf den Kosenamen reagieren sollte. Besonders originell war er zwar nicht, aber trotzdem kribbelte es auf einmal in meinem ganzen Brustkorb. »Meinst du?«

»Ich hoffe es, aber wer weiß das schon?«

»Wollten deine Lehrer wissen, woher du deine Verletzungen hast?«

Er sah mich ungläubig an. »Was meinst du denn, wo wir hier sind? Das interessiert niemanden auch nur einen Scheißdreck.«

Es fuchste mich, dass er damit leider recht hatte. Die Lehrer an dieser Schule waren entweder zu fies oder zu fertig, um sich groß darum zu scheren, wie es den Schülern zu Hause erging. Irgendwie konnte ich es ihnen nicht mal übel nehmen. Sogar die netten Lehrer hatten irgendwann die Schnauze so voll davon, schikaniert und beleidigt zu werden, dass sie emotional einfach dichtmachten. Das hier war keine freundliche Ecke, um aufzuwachsen, aber ich dachte gern über mich selbst, dass ich trotzdem noch ein Herz hatte. Ehe ich über meine nächsten Worte nachdenken konnte, waren sie schon über meine Lippen: »Aber *mich* kümmert es nicht nur einen Scheißdreck.«

Misstrauisch kniff er die Augen zusammen. »Warum?«

»Weil ich kein gefühlloser Klotz bin, deshalb.«

Dylan richtete den Blick über meinen Kopf hinweg in die Ferne und schob die Hände in die Taschen. »Wäre aber wahrscheinlich besser für dich«, sagte er, und dann marschierte er an mir vorbei und verschwand im Gewühl.

Uff.

»Oh Blondie, schaff mal deinen Hintern hier rüber«, rief Sam, und ich wandte mich zu meinem Freund um.

»Was denn?«, fragte ich.

»Ich wusste ja gar nicht, dass ihr euch kennt, du und Dylan O'Dea.«

Ich runzelte die Stirn. »Tun wir auch nicht. Nicht so richtig.«

Er verschränkte die Arme vor der Brust und schürzte die Lippen. »Klang aber ganz danach.«

»Da waren gestern so ein paar Typen hinter ihm her und wollten ihn zusammenschlagen, und er hat sich bei mir in der Wohnung vor ihnen versteckt. Das ist alles.«

»Oh, krasse Geschichte. Hat er sich vielleicht ganz zufällig in deinem Schlafzimmer versteckt? Und habt ihr noch ein bisschen rumgemacht, als die Luft rein war? Wie hat er sich denn bei dir bedankt?«

Wenn es darum ging, den Alltag zu einer abenteuerlichen Seifenoper umzudichten, war auf Sam Verlass. Aber bei der Erinnerung daran, wie Dylan mir den Mund zugehalten hatte, kribbelte es mit einem Mal tatsächlich in meinem Bauch. »Er hat nur gesagt, dass er mir was schuldet.« Ich zuckte mit den Schultern.

Sams Augen funkelten. »Das heißt, er schuldet dir, dich mal ordentlich durchzuvögeln.«

»Sam!«

»Was denn?«

»Sei nicht so widerlich.«

»An Sex mit so einem Kerl ist überhaupt nichts widerlich, Ev. Außerdem wird es Zeit, dass du die Blüte deiner Jungfräulichkeit mal loswirst, ehe sie schrumpelt und dahinwelkt.«

»Bitte sag nicht Blüte dazu. Und außerdem bin ich hier nicht die Einzige, die die loswerden müsste, also tu nicht so, als wüsstest du total Bescheid.«

Er sah mich frech an. »Wenn ich so hetero und so hübsch wäre wie du, dann wäre ich schon vor Jahren so weit gewesen. Aber hier in der Gegend ist es nicht gerade ein Kinderspiel, andere Schwule aufzutreiben.«

»Andere Schwule, die sich schon geoutet haben, willst du wohl sagen. Warte einfach, bis dir der nächste Typ irgendeinen homophoben Mist an den Kopf knallt – die Chancen stehen gut, dass er auch vom anderen Ufer ist.«

»Hmmm, Shane Huntley umgibt manchmal so eine Aura aggressiver Sexualität. Vielleicht liegst du da gar nicht ganz falsch.«

Wenn man vom Teufel sprach ... im nächsten Augenblick kam Shane auf uns zu, mit gerümpfter Nase und seinem üblichen Arschgeigengefolge. Ich fragte mich, weshalb die ätzendsten Leute anscheinend immer die meisten Freunde hatten. Ich selbst hatte nicht die allerleiseste fiese Ader in mir, und der einzige richtige Freund, den ich hatte, war Sam.

Shane marschierte an uns vorbei und beachtete uns nicht weiter, vom Naserümpfen mal abgesehen, und ich drehte mich um und räumte in meinem Spind herum. »Ich habe in Yvonnes Büchersammlung eins von Freud gefunden. Er hatte da diese Theorie, dass wir Sachen, die wir an uns selbst nicht leiden können, an anderen regelrecht hassen.«

»Hmmm«, machte Sam. »Könnte was dran sein. Aber wie auch immer, zurück zum sinnlichen Mr O'Dea ... wann willst du denn deinen Schuldschein bei ihm einlösen?«

Ich lachte leise. »Weiß ich noch nicht. Vielleicht nächstes

Mal, wenn ich Hilfe beim Möbelschleppen brauche. Der Kerl hat ganz schön breite Schultern.«

»Sehr gut geeignet, um dich ein bisschen durchs Schlafzimmer zu werfen.«

Ich warf ihm einen verärgerten Blick zu. »Du hast wohl nicht vor, das Thema bald mal gut sein zu lassen, richtig?«

Er zwinkerte mir zu und machte ein boshaftes Gesicht. »Jedenfalls nicht in diesem Leben, Blondie.«

2. KAPITEL

»Es ist Freitagabend, und wir haben mal wieder überhaupt nichts vor«, erklärte Sam, stieß ein gelangweiltes Seufzen aus und ließ sich aufs Sofa plumpsen.

»Gibt es denn keine Teeny-Discos, wo ihr beide hingehen könntet?«, fragte Yvonne, die sich gerade für ihre Schicht in der Bar fertig machte, und fasste ihr Haar zu einem Pferdeschwanz zusammen.

»Jede Menge«, antwortete Sam. »Aber deine Nichte hält sich für zu cool für solchen Unfug.«

»Ich halte mich nicht zu cool dafür, ich habe nur keinen Spaß daran. Dann sitzen wir ja doch nur in einer schummrigen Ecke rum und warten darauf, dass irgendwelche Typen uns bemerken. Wir tanzen nicht mal. Wozu soll das gut sein?«

»Ich verspreche dir, dass ich heute tanze, wenn du mitkommst«, bettelte Sam, rutschte vom Sofa und ging vor mir auf die Knie.

Ich zog eine Braue hoch. »Du lügst doch. Wenn wir wirklich gehen, heißt es nur wieder, ach, warum setzen wir uns nicht erst mal eine Weile, und ehe wir uns versehen, ist auch schon wieder alles vorbei, ohne dass wir auch nur das kleinste bisschen getanzt haben.«

Yvonne betrachtete Sam verwundert. »Aber du tanzt doch so wahnsinnig gern.«

»Ich tanze wahnsinnig gern zu Hause, wenn niemand zusieht«, korrigierte er. »Aber nicht in der Öffentlichkeit, wo irgendwelche Pestbeulen losgackern und sich über mich lustig machen.«

Betrübt stieß Yvonne die Luft aus. »Manchmal vergesse ich ganz, wie gemein Teenager sind. Anwesende ausgenommen.«

»Du bist erst siebenundzwanzig. Ist noch nicht so lange her, dass du selbst einer warst«, erinnerte ich sie.

Yvonne kicherte. »Danke für das Kompliment, aber manchmal kommt es mir vor, als wäre ich nie ein richtiger Teenager gewesen.«

Das war nicht gelogen. Yvonne hatte sehr viel früher als die meisten anderen die Aufgaben einer Erwachsenen übernommen und sich um meine Grandma gekümmert, als sie an MS erkrankt war, und dann auch um mich, als meine Mutter abhaute.

Ich wandte meine Aufmerksamkeit wieder Sam zu. »Mal im Ernst, du solltest dir von diesen Typen nichts madig machen lassen, was du liebst. Wenn dich irgendwer auch nur schief ansieht, kümmere ich mich um ihn.«

Sam tat, als würde er jeden Augenblick in Ohnmacht fallen. »Meine Heldin. Erklär mir doch noch mal, warum du nicht mit einem Penis geboren wurdest? Wir würden das perfekte Paar abgeben.«

»Damit beweist Gott mal wieder, was für einen kranken Humor er hat – macht uns zu Seelengefährten, aber gibt uns die falsche Ausstattung«, neckte ich ihn.

»Ihr zwei seid so bescheuert.« Yvonne schüttelte den Kopf.

»Was auch immer ihr heute Abend anstellt, passt auf euch auf, ja? Ich komme heute spät.«

»Machen wir. Bis morgen früh.«

»Bis dann, Liebes«, sagte sie, gab erst mir zum Abschied einen Kuss auf die Schläfe und dann Sam. Ich schwöre es, sie war uns sehr viel mehr eine Mutter als unsere biologischen Eltern. Ich lebte seit meinem dreizehnten Lebensjahr bei Yvonne – seit meine Mutter beschlossen hatte, ihr Leben nicht länger damit zu verschwenden, sich um ein Kind zu kümmern. Sie hatte mich bei ihrer viel netteren, verantwortungsvolleren jüngeren Schwester gelassen und war nach London gezogen, um ihren Lebenstraum zu verwirklichen. Anscheinend ging es bei ihrem Lebenstraum darum, in einer Klamottenboutique zu arbeiten, ihren ganzen Lohn für Alkohol auf den Kopf zu hauen und ihr Herz an ständig wechselnde, aber immer gleich lieblose Männer zu verschenken. Jedes Mal, wenn sie anrief, schien sie irgendeinen neuen Freund am Start zu haben, aber man konnte mit ihr über nichts richtig reden. Um ehrlich zu sein, war es mir lieber so. Mein Leben bei Yvonne war so viel geordneter als früher bei Mom.

Ich sah Sam an. »Ich würde mal sagen, wenn wir das wirklich durchziehen, sollte ich mich wohl besser noch umziehen.«

»Ach was, Schlafanzughosen und fleckige T-Shirts sind gerade total angesagt«, antwortete er sarkastisch.

Ich warf ein Kissen nach ihm, stand auf und schlurfte in mein Zimmer. Am Ende entschied ich mich für ein enges schwarzes Minikleid, Spitzenstrumpfhose, Stiefeletten und eine Jeansjacke. Sam trug bereits Jeans und T-Shirt, musste sich also nicht mehr umziehen. Manchmal beneidete ich Jungs darum, wie wenig Aufwand es sie kostete, gut auszusehen. Ein bisschen Haargel, ein Spritzer Deo, und sie waren fertig.

Unterwegs hakte ich mich bei ihm ein. Wir nahmen die Treppe auf der Rückseite des Gebäudes – wenn wir vorne rausgingen, rannten wir so gut wie sicher irgendwelchen Arschlöchern über den Weg, die auf Ärger aus waren, hinten hingegen war normalerweise niemand. Heute sah ich auf den beiden untersten Stufen allerdings ein paar Leute sitzen. Beim Näherkommen erkannte ich Dylan und seine Freunde Amy und Conor. Sie passten optisch überhaupt nicht zueinander – Amy, die sich alle Mühe gab, auszusehen wie Robert Smith von *The Cure*, und Conor mit seinen dicken Brillengläsern und dem lockigen Haarschopf. Er war außerdem der einzige Teenager im gesamten Wohnblock mit einer weißen Mutter und einem schwarzen Vater. Er hatte es hier nicht gerade leicht. Und dann war da noch Dylan, gut aussehend und clever genug, um sich anzufreunden, mit wem er wollte. Stattdessen hatte er sich ausgerechnet diese beiden als beste Kumpel ausgesucht. Vielleicht gerade, weil er schlau war. Vielleicht sah er etwas in ihnen, das wir anderen nicht bemerkten. Jedenfalls gehörte das zu den Dingen, die ich an ihm bewunderte. Er passte sich nicht an, lief nicht mit der Herde mit.

Normalerweise wären Sam und ich grußlos an den dreien vorbeigelaufen, aber weil ich Dylan ja jetzt quasi irgendwie kannte, blieben wir stehen. »Hey Dylan«, sagte Sam. »Du siehst schon ein bisschen besser aus. Verheilt gut.«

Ich schloss die Augen und verzog das Gesicht. Mal im Ernst … ich hatte Sam sehr lieb und so, aber wenn irgendwo ein unsichtbarer Elefant im Raum stand, schlug er niemals einen Bogen um ihn, sondern packte ihn geradewegs bei den Stoßzähnen.

»Was geht das dich denn an?«, fragte Amy abweisend. Von allen Mädchen hier im Block war sie eindeutig die größte Kratzbürste. Andererseits zog ihr Kleidungsstil eine Menge negative Aufmerksamkeit auf sich, also hatte sie vielleicht keine andere Wahl, als kratzbürstig sein. Ich hatte mich schon oft gefragt, was sie hier in St. Mary's Villas wollte, immerhin war es nicht gerade so, dass man Goths – oder sonst jemanden, der irgendwie anders war – hier besonders herzlich willkommen hieß. Und sie schleppte ständig diese kleine Videokamera mit sich herum und nahm den ganzen Tag irgendwelches Zeug auf. Vielleicht war sie vom Film besessen und wollte, was weiß ich, Regisseurin oder so etwas werden. Aber es machte die Leute irre, wenn sie merkten, dass sie gefilmt wurden. Es nötigte mir Respekt ab, dass sie sich trotz aller Widerstände treu blieb.

»Ich frag ja nur«, antwortete Sam. »Musst mir nicht gleich den Kopf abreißen.«

Amy starrte ihn mit zusammengekniffenen Augen an und trank einen Schluck aus ihrer Bierdose. Neben Dylan stand ein Sixpack, und ich schloss daraus, dass sie vorhatten, den Abend hier zu verbringen. Jedenfalls wollten sie eindeutig nicht tanzen gehen.

Dylan musterte mich, beginnend bei den Stiefeletten, dann wanderte sein Blick langsam meinen Körper hinauf. Unter seinem Blick fing es in meinem Magen an zu kribbeln, als flatterte darin eine ganz besondere und seltene Sorte Schmetterlinge herum. Dylan-O'Dea-Schmetterlinge gehörten zu jenen Prachtexemplaren, die Leute gern einfingen und eingerahmt an die Wand hängten. Es war echt schräg, wie überdeutlich ich ihn auf einmal wahrnahm, denn bis vor Kurzem hatte ich ihn gar nicht weiter beachtet, höchstens am Rande bemerkt, dass er attraktiv war und in der Schule die üblichen Cliquen mied. Vielleicht wäre es gut, wenn häufiger mal fremde Jungs ungebeten in meine Wohnung platzten.

»Wo wollt ihr denn hin?«, fragte er mit seiner tiefen Stimme.

»Tanzen, drüben im *Sweeney's*«, antwortete ich und wickelte mich fester in meine Jacke.

Er sah mir unverwandt in die Augen. »Warum?«

Ich runzelte die Stirn. »Was meinst du mit warum?«

»Ev tanzt wahnsinnig gern«, mischte sich Sam ein. »Darum gehen wir dorthin.«

Amy stieß ein leises, spöttisches Schnauben aus, und ich ärgerte mich, sagte aber nichts. Conor sah schüchtern zu Boden, und Dylan ließ mich immer noch nicht aus den Augen. Ich hob eine Hand und sagte: »Schuldig im Sinne der Anklage.«

Mann, warum hatte ich das gesagt? Aber ehe es mir so richtig peinlich werden konnte, griff Dylan nach meiner immer noch erhobenen Hand und zog mich neben sich auf die Stufen. Bei der vertraulichen Berührung holte ich tief Luft. »Bleibt hier und trinkt was mit. Betrachte das als den Gefallen, den ich dir noch schulde.«

»Und was soll daran ein Gefallen sein?«, erkundigte ich mich.

»Weil es dich davor bewahrt, zu Pop aus den Neunzigern zu tanzen und von besoffenen Fünfzehnjährigen angebaggert zu werden.

»Ha! Da hat er nicht ganz unrecht«, flötete Sam und setzte sich neben Amy, trotz ihrer abweisenden Miene. Typisch Sam. So leicht ließ er sich nicht abschrecken – finstere Blicke erwiderte er einfach mit einem strahlenden Lächeln.

Ich rang noch mit mir, ob ich lieber hierbleiben und mit Dylan abhängen wollte, statt ins *Sweeney's* zu gehen, da kamen Shane Huntley und Anhang um die Ecke und steuerten aufs Gebäude zu. Shane hatte sich den Kopf geschoren und trug seine Alltagsuniform aus Jeans, Ben-Sherman-Shirt und makellos weißen Adidas-Turnschuhen. So lief er immer rum, wenn er nicht gerade die Schuluniform trug – was er immer auf seine eigene Weise tat. Manchmal knotete er sich die Krawatte um den Kopf – in Rambo-Manier. An anderen Tagen trug er das Hemd, aber keinen Pullover dazu, oder den Pullover ohne das Hemd. Entweder kriegte er es mit der Wäsche schlecht auf die Reihe, oder er weigerte sich einfach, sich an die Bekleidungsregeln zu halten.

Rasch musterte er unser kleines Grüppchen, wobei sein Blick am längsten an Sam hängen blieb. Ein seltsamer, fast gequälter Ausdruck huschte über sein Gesicht, ehe er es mit einem Schnauben überspielte. Normalerweise neigte ich nicht dazu, Leute zu verabscheuen, aber Shane hasste ich dafür, wie er Sam behandelte. »Wie geht's denn so, Jungs?«, fragte Shane, zog eine Zigarette hinter seinem Ohr hervor und zündete sie an.

»Ich glaube, hier sind auch ein paar Mädchen anwesend«, bemerkte Amy spitz.

Shane sah von Amy zu mir. »Ich sehe keine.«

Oh, Superspruch. Innerlich verdrehte ich die Augen. Seine Freunde kicherten, und ich spürte, wie sich Dylan neben mir versteifte. Shane taxierte ihn kurz und konzentrierte sich wieder auf Sam. Sam war eins von Shanes Lieblingszielen. Nur selten verging ein Schultag, ohne dass er ihn mit der einen oder anderen homophoben Beleidigung bedachte, aber wie es aussah, war es heute anders.

»Was treibst du denn hier, Sammy? Solltest du nicht eigentlich unten beim *George* sein und dich in den Toiletten durchnehmen lassen?«

The George war eine weithin bekannte Schwulenkneipe. Ich biss die Zähne zusammen und wollte gerade etwas Bissiges erwidern, da kam mir Sam zuvor. »Wieso? Macht dich der Gedanke etwa an?«

Von einem Augenblick zum anderen wurde die Belustigung in Shanes Gesicht zu Wut. »*Was* hast du da gerade gesagt?«

Da stand Dylan auf und trat einen Schritt auf Shane zu. Er verschränkte die Arme vor der Brust und starrte ihm geradewegs ins Gesicht. »Du verziehst dich jetzt besser.«

»Vor dir habe ich keine Angst, O'Dea. Hab gehört, die McCarthy-Jungs hätten dich gestern fast totgeprügelt, und wie ich jetzt sehe, stimmt das wohl.«

In aller Ruhe hob Dylan seine Bierdose zum Mund, leerte sie und warf sie weg. »Das Gerücht, dass ich dir das dumme Maul gestopft habe, wird ebenfalls stimmen.«

Mit zusammengekniffenen Augen starrte Shane ihn an und überlegte offenbar, ob er es riskieren sollte. »Da muss schon ein anderer kommen als du, um mir das Maul zu stopfen«, sagte er schließlich und drehte sich zu seinen Kumpels um. »Hauen wir ab. Hier stinkt's nach Schwuchteln.«

Einer seiner Freunde musterte Conor mit verschlagenem Blick und murmelte etwas Abstoßendes, ehe sie weitergingen. Amy hatte es ebenfalls verstanden, sie richtete sich auf und stellte sich vor Wut schäumend neben Dylan. »Wow, ein homophobes Arschloch und ein Rassist. Ihr habt euch echt verdient.«

Einige von ihnen zeigten ihr den Mittelfinger und riefen noch ein paar Beleidigungen. Sie ballte die Fäuste, und Conor streckte die Hand nach ihr aus und sagte, das sei es nicht wert. Als die Typen weg waren, setzte sich Dylan wieder hin, aber sein kerzengerades Rückgrat verriet mir, dass er immer noch vor Wut kochte. Ich kannte ihn ja fast gar nicht, aber es bedeutete mir viel, dass er sich so für Sam einsetzte. Er kannte uns schließlich ebenfalls kaum, und trotzdem verteidigte er uns. Am liebsten hätte ich mich bei ihm bedankt, aber ich wusste nicht, was ich sagen sollte.

»Hat irgendwer gehört, dass er was gegen das mit dem dummen Maul gesagt hat?«, fragte Conor, als wollte er die Stimmung auflockern.

Ich lächelte ihm zu. »Ich würde mal drauf tippen, dass dumm zu sein unter denen als cool gilt.«

»Wahrscheinlich hast du recht. Und diese Leute pflanzen sich fort wie die Karnickel. Ehe wir uns versehen, sieht es auf der Welt aus wie in diesem Film. Ihr wisst schon, *Idiocracy*.«

»Und dann ist Shane Präsident«, sagte ich erschauernd.

»Ach, aber wir könnten dann ja die Rebellion ins Leben rufen«, erwiderte er. »Wir nennen uns die Anti-Huntleys.«

»Tja, ihr beiden könnt dann ja der Brad und die Angelina der Rebellion sein«, trompetete Sam und zwinkerte mir zu. Himmel, seit Brads Scheidung von Jennifer Aniston letztes Jahr war Sam wie besessen von seiner neuen Beziehung zu Angelina Jolie. Ständig brachte er es fertig, die beiden irgendwie ins Gespräch einzubauen. Und mir war klar, dass er mit seinem Zwinkern andeuten wollte, dass ich mit Conor flirtete, was überhaupt nicht stimmte.

Conor errötete und wandte den Blick ab, und Dylan öffnete ein neues Bier. Schweigend reichte er es mir, dann gab er Sam auch eins. Stammelnd brachte ich ein leises »Danke« heraus und nippte daran.

»Conor interessiert sich nicht für Evelyn, er mag ältere Frauen«, teilte uns Amy mit, und Conor bedachte sie mit einem mörderischen Blick.

»Halt bloß deine verdammte Klappe, Amy«, zischte er.

»Was soll das denn jetzt heißen?«, erkundigte sich Sam kühn.

»Er steht auf deine Tante«, sagte Amy, ohne sich daran zu stören, dass Conor sie mit Blicken zu erdolchen versuchte.

Ich drehte mich zu ihm um und glotzte ihn an. »Du magst Yvonne?«

Verlegen zuckte er mit den Schultern. »Sie ist nett zu mir.«

Yvonne war zu jedem nett. Ihr Herz war so groß wie die weite Welt, und Conor lebte nur ein paar Türen von uns entfernt. Bestimmt lief er ihr ab und zu über den Weg. Allerdings war ich ziemlich sicher, dass er Yvonne nicht auf diese Art aufgefallen war. Nicht bei ihrem Altersunterschied.

»Wie alt bist du?«

»Achtzehn«, antwortete er abwehrend.

»Meine Tante ist siebenundzwanzig. Das sind neun Jahre Unterschied.«

»Wenn es andersrum wäre, würde sich keiner was dabei denken«, warf Dylan ein.

Beim Klang seiner Stimme ging ein Kribbeln durch meinen ganzen Körper. Seit Shanes Abgang hatte er kein Wort mehr gesagt. Ich warf ihm einen raschen Blick zu und stellte fest, dass er mein Profil betrachtet hatte. Ich wandte den Blick wieder ab.

»Ganz genau«, bemerkte Amy. »So ein Altersunterschied ist doch nichts Schlimmes, solange beide volljährig sind und die Beziehung wollen.«

»Hab ich ja auch gar nicht gesagt. Nur bin ich ziemlich

sicher, dass meine Tante das anders sehen würde. Bisher waren alle ihre Freunde älter als sie.«

»Hat doch nichts zu sagen«, wandte Sam ein. »Ich finde, du solltest ihr sagen, was du empfindest, Conor. Denk dir irgendeine große romantische Geste aus und leg ihr dein Herz zu Füßen.«

Conor verzog das Gesicht. Ich versetzte Sam einen leichten Klaps. »Sei kein Arsch.«

Wenn Conor das täte, würde er sich nur blamieren, und das war Sam völlig klar. Er wollte einfach nur ein bisschen Unheil stiften. Ich betrachtete den schlaksigen Conor mit seiner unordentlichen Lockenfrisur und den dicken Brillengläsern. Eigentlich war er gar nicht unattraktiv, er hatte ein freundliches, recht hübsches Gesicht, aber er war so durch und durch Teenager, dass es fast wehtat. Er wirkte wie fünfzehn, allerhöchstens sechzehn. Yvonne sah in ihm vermutlich nichts weiter als irgendein beliebiges Kind, das zufällig im selben Haus wohnte.

»Warte vielleicht noch ein oder zwei Jahre«, riet ich ihm freundlich. »Dann bist du zwanzig, und es spielt keine so große Rolle mehr.«

Er stieß einen gequälten Seufzer aus. »Mann, es ist ja nicht so, dass ich unsterblich in sie verliebt wäre oder was weiß ich. Ich finde sie nur hübsch. Und sie trägt immer High Heels.«

»Oh, darauf stehst du wohl, was?«, fragte Sam und zwinkerte ihm zu.

»Tun doch die meisten Männer«, sagte Dylan leise.

Die Art, wie er es sagte, jagte mir ein Kribbeln übers Rückgrat.

»Ich bevorzuge eine nette Levis mit engem Schritt«, erwiderte Sam, und Dylans Lippen zuckten fast unmerklich.

»Ach ja?«

»Jepp. Du solltest dir mal eine anschaffen. Ich bin sicher, Ev hätte nichts dagegen.«

Oh Sam, jetzt halte doch bitte mal die Klappe.

Dylan stupste mich leicht gegen die Schulter. »Stimmt das?«

»Hör ihm gar nicht zu«, murmelte ich und lief knallrot an. Ich würde mir Sam nachher *so was* von vorknöpfen.

»Shane Huntley trägt Levis«, sagte Amy und musterte Sam schräg von der Seite. »Kommt deine Vorliebe vielleicht daher?«

Ich war ihr sehr dankbar dafür, dass sie die allgemeine Aufmerksamkeit von mir ablenkte und stattdessen Sam in den Mittelpunkt rückte. Der kleine Scheißer hatte es nicht anders verdient.

Aber natürlich wich er mal wieder elegant aus, so wie immer. »Wo wir gerade von Shane reden, Ev hat da eine Theorie. Sie glaubt, sein ätzendes Verhalten kommt daher, dass er seine eigene Homosexualität unterdrückt. Das ist wohl so was Freudianisches.«

Es überraschte mich, dass er anscheinend wirklich zugehört hatte. »Ich habe das nur mal irgendwo gelesen. Kann sein, dass es gar nicht stimmt.«

»Nee, du hast schon recht«, sagte Dylan, und Freude durchrieselte mich. »Ich habe da mal einen Artikel gelesen – sie haben eine Gruppe Männer untersucht, und diejenigen mit den homophobsten Ansichten wiesen bei der Betrachtung von Bildern, auf denen Männer miteinander intim waren, im Schnitt eine messbar höhere genitale Vaskularität auf.«

Sam starrte mich mit weit aufgerissenen Augen an, ehe er sich an Dylan wandte. »Ich habe noch nie gehört, wie jemand in guter Gesellschaft die Worte ›genitale Vaskularität‹ gebraucht hat.«

Ich kicherte. »Aber in schlechter Gesellschaft schon?«

Er winkte ab. »Du weißt schon, was ich meine.«

»Du hast zu viele von Yvonnes historischen Liebesromanen gelesen.«

»Yvonne liest Liebesromane?«, sprang Conor sofort auf das kleine Informationsbröckchen an.

Ich warf ihm einen Blick zu, »Ja, macht sie. Das tun viele Frauen.«

Er senkte den Blick. »Ist es die, äh, sexy Sorte?«

»Oh Mann, dich hat's ja echt schlimm erwischt. Das sag ich dir ganz sicher nicht. Mir gefällt die Vorstellung gar nicht, dass du irgendwelchen Fantasien über meine Tante nachhängst.«

»Schon längst zu spät.« Dylan kicherte, dann nahm er einen ordentlichen Schluck Lager.

Ich musterte ihn. Er war wirklich ein eigenartiger Typ. Von einem Teenager aus St. Mary's hätte ich jedenfalls nicht erwartet, dass er Studien über Vorurteile und menschliche Sexualität las. Ich selbst kam mit so etwas ja auch nur in Berührung, weil Yvonne bei Büchern ein so breit gefächertes Interesse hatte. Zu ihrem Bedauern hatte sie nie genug Geld fürs College gehabt, deshalb bildete sie sich in ihrer Freizeit selbst fort. Und weil sie ständig mit mir über ihre Ideen und Gedanken sprach, hatte ich im Lauf der Zeit einiges an Secondhand-Wissen absorbiert.

»Klappe«, flüsterte Conor peinlich berührt.

»Nichts, wofür du dich schämen müsstest«, sagte Sam. »Yvonne ist echt eine heiße Mommy. Wenn ich hetero wäre, würde ich auch von ihr fantasieren.«

»Aber stattdessen fantasierst du von Shane«, konterte Amy.

»Oh Gott, hörst du jetzt mal auf? Was auch immer Ev und Dylan sich da so hochtrabend zusammenreimen, er ist nicht schwul. Er ist einfach nur ein Schläger.«

»Ja, ein sexy Schläger, von dem du gern mit offenen Augen träumst«, stichelte sie weiter.

Ich beschloss, meinem Freund zu Hilfe zu kommen, obwohl er es nicht verdiente. »Nee, dafür ist Sam viel zu beschäftigt damit, von Jared Leto zu träumen. Für einen anderen ist da kein Platz mehr.«

Amys Augenbrauen schossen nach oben, und sie starrte Sam an. »Wow, also gibt es doch etwas, wo du guten Geschmack beweist.«

»Pfoten weg von Mr Leto«, erwiderte Sam, jetzt wieder ganz vergnügt. »Er gehört mir allein.«

»Habt ihr das hier eigentlich schon gesehen?«, unterbrach Conor und startete ein Video auf seinem Handy – das übrigens ganz schön teuer aussah. Er wäre gut beraten, es in den Villas nicht so offen herumzuzeigen, sonst wurde es ihm noch geklaut. Im Video war ein asiatischer Typ zu sehen, der von diversen Dächern, Geländern und Wänden sprang.

»Besser er als ich«, sagte Sam. »Aber auf jeden Fall ganz schön beeindruckend.«

»Ich weiß. Im Netz gehen gerade alle voll drauf ab«, sagte Conor. »Echt heftiger Party-Trick.«

»Das nennt man Free Running«, sagte Dylan. »Und es ist ein Sport, kein Party-Trick.«

»Du bist ein Party-Trick-Snob«, sagte Amy. »Nur weil du glaubst, dein eigener wäre am besten.«

»Was kannst du denn Besonderes?«, fragte ich.

»Er kann jeden beliebigen Geruch erraten«, erklärte Conor, als wäre es das Aufregendste, was man sich nur vorstellen konnte.

»Euch kann man ja echt leicht beeindrucken«, befand Sam trocken. »Ich bin ziemlich sicher, dass das die meisten Leute draufhaben.«

»Nein, du hast das falsch verstanden. Dylan riecht an irgendwas, ganz egal, ob Pastasauce oder Duftkerze, und zählt dir dann sämtliche Zutaten auf«, wandte Conor ein. »Es ist völlig irre.«

Dylan sah mich an. »Meine Mutter hatte von Geburt an einen sehr eingeschränkten Geruchssinn, und ich sollte ihr schon als kleines Kind ständig beschreiben, wie irgendetwas riecht. Mit der Zeit habe ich mir angewöhnt, mir ständig bestimmte Gerüche rauszupicken und sie in ihre Bestandteile zu zerlegen. Natürlich erwische ich nicht immer alles, gerade wenn es irgendwas Chemisches ist. Aber natürliche Zutaten rieche ich normalerweise heraus.«

»Also ungefähr so, wie manche erfahrenen Musiker bei einem Stück von Beethoven alle Instrumente heraushören können«, sagte ich kühn.

Um seine Augen bildeten sich kleine Lachfältchen. »Ja, ungefähr so.«

»Ich kann mir gar nicht vorstellen, dass deine Mutter echt nichts riechen kann«, sagte Sam. »Woher weiß sie denn, wann etwas in die Wäsche muss oder ob, was weiß ich, irgendwo ein Gasleck ist?«

Ich versteifte mich unwillkürlich, denn ich wusste, dass Dylans Mutter tot war. Ich erinnerte mich noch daran, wie er und sein Dad zur Beerdigung gegangen waren, mit hängenden Schultern und komplett in Schwarz. Ich hatte auf dem Balkon gestanden und sie unten gesehen. Sein Dad hatte den

Arm um die Schultern seines Sohns gelegt und ihm in den wartenden Wagen geholfen; ihr Leben hatte sich für immer verändert …

Blinzelnd schüttelte ich die Erinnerung ab. Es war ungefähr drei Jahre her, wahrscheinlich erinnerte sich Sam gar nicht mehr daran. Ich wusste, dass sie an Krebs gestorben war, so hatte man im Apartmentkomplex jedenfalls gemunkelt, aber Genaueres war mir nicht zu Ohren gekommen.

Dylans Lächeln erlosch. »Sie lebt nicht mehr«, sagte er. »Also ist es jetzt egal.«

Kurz stand in seinem Gesicht deutlich geschrieben, dass er alles geben würde, um diese kleinen alltäglichen Belanglosigkeiten wiederzuhaben. Seine Mutter wiederzuhaben.

»Ach du liebe Güte, es tut mir so leid«, entschuldigte sich Sam schuldbewusst. »Das wusste ich nicht.«

»Kein Ding. Ist schon ein paar Jahre her.«

Kurz herrschte peinliche Stille. Ich hielt einen Themenwechsel für angebracht. »Also, wie sieht es aus, können wir deine Gabe mal auf den Prüfstand stellen? Ich will dich in Aktion sehen.«

Dylan nickte mir zu. »Klar. Gib mir irgendwas, und ich sag dir, was drin ist.«

»Wie wäre es mit dem Alk hier?« Sam reichte ihm seine Dose. Dylan führte sie an seine Nase und atmete tief ein.

»Tja, ihr würdet es vermutlich nicht merken, aber für mich riecht Heineken eindeutig nach Gras.«

Sam verzog das Gesicht. »Gras? Echt jetzt?«

Dylan nickte. »Der Hopfen, den sie verwenden, ist ein naher Cannabis-Verwandter, jedenfalls stammen beide aus der Pflanzenfamilie *Cannabaceae*. Außerdem hast du mir da eine viel zu leichte Aufgabe gestellt. Die meisten Leute wissen, dass Heineken aus nur drei Zutaten besteht: Wasser, Gerstenmalz und Hopfen.«

Cannabaceae? Jetzt hatte er mich, das war genau mein Ding. Mal im Ernst, wie hatte ich bisher bloß übersehen können, wie interessant Dylan O'Dea war?

»Tja, schöner Mist.« Sam seufzte. »Was anderes habe ich nicht dabei.«

»Aber ich vielleicht, warte mal kurz.« Ich durchwühlte meine Tasche und förderte einen kleinen Tiegel mit Lippenbalsam zutage. Yvonne hatte ihn für mich besorgt, er stammte aus einem Naturkosmetikladen, also waren nur natürliche Zutaten drin. Auf der Rückseite war ein Aufkleber, der die Inhaltsstoffe auflistete, aber ich hielt den Tiegel so, dass Dylan ihn nicht sah. »Versuch's mal hiermit.« Ich reichte ihm den Lippenbalsam.

Er schraubte den Deckel ab und schnupperte. Die Art, wie er an Dingen roch, war seltsam anziehend. Vollkommen konzentriert sog er den Geruch tief ein, als hätte er einen teuren Wein oder eine seltene Blume vor sich. »Hmmm, also die Kopfnote ist überwiegend nussig, aber da ist auch ein deutlicher Geruch nach Kokosnuss und Schokolade und eine Spur Vanille. Die Basisnote ist Sheabutter.« Selbstbewusst gab er mir den Tiegel zurück.

Ich nahm ihn und las die Zutatenliste durch. Zu meiner Verblüffung hatte er fast alles aufgezählt.

»Das ist ja der Wahnsinn.« Sam nahm mir den Tiegel weg, um selbst dran zu schnüffeln. »Ich rieche nur Schokolade raus.«

»Der Geruchssinn ist wie alle anderen Sinne auch. Wie Evelyn schon sagte: Aus dem, was wir als geschlossenes Musikstück wahrnehmen, kann ein geübter Musiker jedes

Instrument einzeln heraushören. Du kannst deiner Nase quasi dasselbe antrainieren, es dauert nur seine Zeit.«

»Aber weshalb sollte man das wollen?«, erkundigte sich Sam neugierig.

Dylan zuckte mit den Schultern. »Kann ich dir nicht sagen. Es hat mich einfach schon immer interessiert.«

»Das ist wie mit Ev und ihren Pflanzen. Sie ist besessen.«

»Stimmt ja, hast du da nicht diesen kleinen Dachgarten?«, fragte Amy. »Ich habe dich ein, zwei Mal dort oben gesehen.«

»Ja, ich habe von der Gemeindeverwaltung die Genehmigung bekommen, dort oben einen Gemeinschaftsgarten anzulegen. Allerdings interessiert sich hier kaum jemand dafür.«

»Das wusste ich gar nicht«, sagte Dylan stirnrunzelnd. Es wirkte fast, als hätte er geglaubt, alles über mich zu wissen, und wäre über diese neue Information sehr verwirrt. Aber das war lächerlich. Wir hatten vor ein paar Tagen zum ersten Mal miteinander geredet. Er kannte mich kein bisschen.

Ich nickte. »Es stimmt aber. Bisher sind wir nur zu dritt, ich, Mrs O'Flaherty aus dem Dachgeschoss und ihr Enkel Seamus. Aber bestimmt kann ich mit der Zeit noch mehr Leute dafür begeistern. Meine neueste Leidenschaft sind Sukkulenten, zum Beispiel Aloe Vera und Kakteen. Yvonne dreht fast durch, weil ich das ganze Apartment damit vollgestellt habe, aber sie machen alles so viel fröhlicher und bunter. Und sie brauchen kaum Wasser, Man muss nur die Erde ein Mal gründlich feucht machen, bis sie richtig dunkel ist, und dann muss man erst wieder gießen, wenn sie ganz ausgetrocknet ist, was ungefähr eine Woche dauert.«

Mir wurde bewusst, dass ich plapperte, und ich hielt den Mund. Nur wenige Leute konnten sich fürs Gärtnern so sehr begeistern wie ich.

»Seht ihr?«, sagte Sam. »Sie überschlägt sich regelrecht, sobald sie davon anfängt.«

Dylan tat, als hätte er ihn gar nicht gehört, und es gefiel mir sehr, dass er nicht gelangweilt wirkte, sondern interessiert. »Was hast du denn so auf dem Dach gepflanzt?«

»Oh, alles Mögliche. Jetzt gerade blühen einige meiner Wildblumen, und die Bienen lieben sie sehr. Wenn die Sonne scheint, summt dort oben ein Besucher nach dem anderen an, um Pollen einzusammeln. Es ist wahnsinnig faszinierend.«

»Du bist ja wirklich leicht zu unterhalten«, warf Amy ein, aber ihr Zynismus prallte an mir ab. Ich war daran gewöhnt, dass die Leute mein Hobby langweilig fanden. Doch als ich Dylan ansah, stellte ich überrascht fest, dass in seinem anziehenden Gesicht immer noch Interesse zu lesen war. Ermutigt fuhr ich fort: »Mein großer Traum ist es, auf dem Dach ein eigenes Bienenvolk zu halten. Wusstet ihr, dass wir immer weniger Bienen haben?«

»Aber ist das nicht gut?«, fragte Amy.

Ich hatte den Eindruck, dass sie mich nicht mochte. Oder mich bestenfalls langweilig fand.

»Die machen schließlich nichts weiter, als Leute zu stechen. Ich habe mal von einem Mädchen aus Crumlin gehört, das an einer allergischen Reaktion auf so einen Stich gestorben ist.«

»Honigbienen stechen nur, um ihren Stock zu schützen«, verteidigte ich meine kleinen geflügelten Freunde. »Bienen, die unterwegs sind, um Pollen zu sammeln, stechen fast nie. Nur dann, wenn sie sich bedroht fühlen. Und normalerweise sterben sie danach selbst, also kann man nicht gerade behaupten, dass sie besonders wild drauf sind, jemandem wehzutun.«

»Tja, meinetwegen, aber mir würde es nichts ausmachen,

keinen Honig mehr zu haben, wenn das bedeutet, dass es auch keine Bienen mehr gibt, die rumsummen und Leute stechen, weil sie sich von ihnen bedroht fühlen«, brummte sie.

Dylan musterte sie mit gerunzelter Stirn. »Ohne Bienen würde die Menschheit aussterben.«

Sie schnaubte nur. »Nein, würde sie nicht.«

Er stieß die Luft aus, es klang frustriert. »Wir sind darauf angewiesen, dass Bienen Pflanzen befruchten. Ohne sie würde die Hälfte der Nutzpflanzen, die wir für die Nahrungsgewinnung brauchen, nicht mehr wachsen. Und die Bienen sterben aus, wegen der ganzen Pestizide, die wir in der modernen Landwirtschaft benutzen.« Er machte eine Pause und sah wieder mich an. »Ich halte es für eine grandiose Idee, oben auf dem Dach Bienen zu halten. Der Platz wird ansonsten ja sowieso nicht genutzt.«

Oh Dylan, hör bloß damit auf, so klug und nett zu sein, sonst verknall ich mich noch in dich.

»Da habt ihr sie, unsere Ev«, sagte Sam. »Immer im Dienst ihrer Mission, die Menschheit zu retten.«

»Die Menschheit taugt nicht viel«, brummte Amy.

Sie sah verlegen aus, und auf einmal fragte ich mich, ob sie sich vielleicht von mir bedroht fühlte. Immerhin waren Dylan und Conor ihre Leute, so wie Sam zu mir gehörte. Vielleicht betrachtete sie mich als Eindringling.

»Tja, da hast du natürlich auch wieder recht«, sagte ich in der Hoffnung, sie damit ein wenig zu beschwichtigen. Ich wollte immer, dass alle mich mochten, das war eine meiner größten Schwächen. Und manchmal waren die betreffenden Leute es nicht mal wert. Allerdings hatte ich den Verdacht, dass Amy unter ihrem ganzen Make-up und dem abfälligen Getue eigentlich ganz nett war.

Kurz herrschte Schweigen, und wir alle nippten an unserem Bier. Dann fragte mich Conor: »Hilft Yvonne dir eigentlich bei deinem Dachgarten?«

Ha! Na klar, er war überhaupt nicht in sie verliebt. Er war ja wohl *allermindestens* ordentlich verknallt.

»Wenn ich Ja sage, bist du dann dabei und fängst an, ein eigenes Beet anzulegen?«, fragte ich hoffnungsvoll. Nein, ich war mir nicht zu schade für eine kleine, harmlose Lüge, wenn es darum ging, neue Rekruten zu gewinnen. Und ja, ich war verzweifelt.

Er fummelte an seinem Brillenbügel herum. »Vielleicht.«

Ich seufzte. »Dass sie mir *hilft*, kann man so direkt nicht sagen, aber sie kommt häufiger mal vorbei, um Hallo zu sagen. Wenn du dort oben ein Beet hast, lauft ihr euch bestimmt hin und wieder über den Weg.«

»Oder er schaut mal auf ein Bierchen unten im *Morgan* vorbei und versucht, mit ihr ins Gespräch zu kommen«, schlug Sam vor.

Ich boxte ihm gegen die Schulter. »Halt die Klappe. Fast hätte ich ihn gehabt. Du weißt doch, wie dringend ich mehr Leute brauche, vor allem, weil man auf dich nicht zählen kann.«

»Ev, manchmal legst du um sechs Uhr morgens los. Hast du eigentlich eine Ahnung, wie gottverdammt früh das ist? Kein Wunder, dass keiner Lust darauf hat.«

»Ich habe Lust darauf«, sagte Dylan zu meiner großen Verblüffung. Mit geröteten Wangen starrte ich ihn an.

»Ernsthaft jetzt? Die Uhrzeit schreckt dich nicht ab? Falls doch, könntest du auch am Wochenende kommen. Sonntags fange ich meistens nicht vor zehn an.«

Lächelnd hob er die Dose an die Lippen und trank einen

Schluck. »Ich komme einfach mal vorbei, wenn ich Zeit finde.«

»Super, ja. Ich bin fast jeden Morgen da«, sagte ich entzückt und achtete nicht weiter auf Sam, der in Dylans Rücken vielsagend mit den Augenbrauen herumwackelte.

Es sah ganz so aus, als wäre an dem alten Sprichwort was dran: *Geh zur Disco und finde unterwegs einen neuen Rekruten für deinen Garten.*

3. KAPITEL

Als ich Dylan das nächste Mal wiedersah, lief ich gerade auf dem Weg zur Cafeteria an den Chemielaboren vorbei. Dylan trug einen weißen Kittel und beugte sich über etwas, das mir ein Experiment zu sein schien. Der Lehrer saß an seinem Pult, machte sich irgendwelche Notizen und aß dabei zu Mittag.

Dylan war eine Stufe über mir, in der Abschlussklasse. Ich fragte mich, ob er danach zum College gehen oder sich einen Job suchen wollte. Aber da er die große Pause für sein Experiment nutzte, statt mit seinen Freunden zu Mittag zu essen, war davon auszugehen, dass er aufs College wollte.

Im Klassenraum waren noch zwei andere Schüler, beide in ihre eigenen Experimente vertieft. Die weiterführenden Chemiekurse belegten nur wenige Leute, meist nur fünf oder sechs pro Jahrgang. Nach dem dritten Jahr machten die meisten nur noch die Basiskurse mit oder wählten das Fach ganz ab.

Ich hatte mich für Biologie als Schwerpunkt entschieden, weil mir weder Chemie noch Physik sonderlich lagen, aber ich hätte darauf gewettet, dass Dylan eins dieser seltenen Exemplare war, die in allen drei Fächern glänzten. Irgendwie kam er mir so vor.

Als hätte er meinen Blick gespürt, sah er auf. Vor Schreck fuhr ich zusammen, und er runzelte die Stirn, dann aber breitete sich ein Lächeln auf seinem Gesicht aus. Rasch sah ich weg und eilte durch den Gang davon, peinlich berührt, dass er mich beim Starren erwischt hatte.

Sam ging montags nach der Schule noch zum Chor, also machte ich mich nach der letzten Stunde allein auf den Heimweg. Ich war fast schon am Schultor, da hörte ich hinter mir jemanden rufen: »Evelyn, warte mal.«

Es war Dylan. Er trabte locker auf mich zu, den Rucksack über die Schulter geworfen. Er sah schwer aus, als hätte er ihn bis obenhin mit Büchern vollgestopft.

Als Dylan mich erreichte, war er ein klein wenig außer Atem. »Gehen wir zusammen nach Hause?«

Ich öffnete den Mund, aber es kam nichts heraus. Als gäbe es eine Verzögerung, so wie im Fernsehen, wenn ein Nachrichtensprecher mit einem Journalisten vor Ort sprach und die Satellitenübertragung ein bisschen hinterherhinkte. Es verblüffte mich, dass dieser ältere, attraktive, kluge und interessante Junge mir ernsthaft hinterhergelaufen war. Sich offenbar darum bemühte, sich mit mir *anzufreunden*. So etwas passierte mir sonst nicht oft. Oder überhaupt jemals. Ich gehörte nicht zu den coolen, hübschen Mädels, hinter denen alle Jungs her waren. Um keine Missverständnisse aufkommen zu lassen – ich fand mich schon hübsch, so wie Yvonne und meine Mom ebenfalls, aber die meisten Leute fanden mich zu seltsam und zu eigenbrötlerisch, um mich groß zu beachten.

Und deshalb war ich noch Jungfrau. Mit siebzehn.

Und stimmt, das war noch kein Grund, mich als alte Jungfer zu bezeichnen, aber die meisten Mädchen aus St. Mary's

Villas wurden mit sechzehn schwanger und schmissen dann die Schule. Meine eigene Mutter war bei meiner Geburt sogar erst fünfzehn gewesen.

Endlich brachte ich doch noch ein paar Worte heraus. Na ja, genau genommen nur eins. »Klar.«

»Ich habe dich vorhin gesehen«, sagte er, und ich wand mich vor Verlegenheit.

»Ja, stimmt, ich war, äh, auf dem Weg in die Cafeteria. Du hast irre konzentriert ausgesehen. Ich glaube nicht, dass ich mich in meiner gesamten Schulzeit jemals so sehr auf irgendwas konzentriert habe. Ich lasse mich zu leicht ablenken.«

»Ich habe gerade Jod aus ein paar Algen extrahiert. Hab ich ein komisches Gesicht gemacht?« Er lachte leise.

»Nee, nur sehr die Stirn gerunzelt. Wie ist dein Experiment gelaufen?«

»Gut. Mr Tully lässt uns die Pause durcharbeiten, wenn wir wollen, er isst dann an seinem Schreibtisch zu Mittag. So kann er uns im Auge behalten, nur für den Fall, dass sich einer von uns aus Versehen selbst anzündet oder so.«

»Ist das schon mal passiert?« Ich lachte nervös auf.

Dylan schüttelte den Kopf. »Soweit ich weiß, nicht. Aber ich musste die Algen erhitzen, um das Jod zu extrahieren, und Mr Tully würde mir den Kopf abreißen, wenn ich das ohne Aufsicht täte.«

»Aber er hat überhaupt nicht hingesehen. Er hat einfach nur dagesessen. Ein Fehler hätte dich glatt deine Augenbrauen kosten können«, zog ich ihn auf.

Dylan lachte. »Na, vielleicht würde ich damit ja einen neuen Trend begründen.«

»Nope, das würde nicht funktionieren. Jeder sieht mit Augenbrauen besser aus.«

»Sagt ausgerechnet das Mädchen, das praktisch keine hat«, erwiderte Dylan grinsend.

»Hey. Ich habe durchaus Augenbrauen. Sie sind nur sehr hell.«

»Tja, immerhin würde dich niemals jemand verdächtigen, dass du dir das Haar färbst.«

»Stimmt. Als ich klein war, war es praktisch weiß. Ich habe ausgesehen wie eins dieser Kinder des Zorns.«

Dylan rückte seinen Rucksack zurecht und musterte mich kurz von der Seite. »Glaub ich dir nicht. Du lächelst zu viel, um jemals wie so ein gruseliges Zornkind auszusehen.«

Verlegen strich ich mir eine Haarsträhne hinters Ohr. »Wirklich?«

Er nickte. »Deshalb habe ich neulich an deine Tür geklopft. Ich dachte mir: Jemand, der so oft lächelt, hat bestimmt das Herz eines guten Samariters.«

»Nicht unbedingt. Es könnte ja auch ein finsteres Lächeln sein. Ich könnte insgeheim den Untergang der Menschheit planen.«

»Tja, zu meinem Glück bin ich ganz gut darin, das eine und das andere Lächeln auseinanderzuhalten.«

Schweigend liefen wir weiter. Meine Gedanken rasten wie wild bei dem Gedanken, dass ich ihm aufgefallen war, ehe er mir richtig aufgefallen war. Schmetterlinge. Ich hatte wieder Schmetterlinge im Bauch.

Ich meine ja nur – ich musste ihm eindeutig aufgefallen sein, wenn er wusste, dass ich dauernd lächelte. *Und er wusste, wo ich wohne.* Zu meiner Überraschung fand ich es aber gar nicht gruselig, stattdessen rann mir vor Aufregung ein Schauer über den Rücken. Dylan war zu herzlich und kam mir zu authentisch vor, um in Wirklichkeit ein Fiesling zu sein. Ich hätte gern etwas gesagt, mich weiter mit ihm unterhalten. Also suchte ich nach einem brauchbaren Thema, und das erste, was mir einfiel, war sein Jod-Experiment.

»Ich fand diese ganzen naturwissenschaftlichen Experimente immer so nutzlos, aber vielleicht habe ich mich ja geirrt. Weißt du noch, wie nach 9/11 die Regierung an sämtliche Haushalte des Landes eine Schachtel Jodtabletten geschickt hat, falls Sellafield bombardiert wird? Falls das jemals passieren sollte, könntest du einen Haufen Asche machen, indem du mit deiner Methode Jod produzierst.«

Halb erwartete ich, dass Dylan mich fragen würde, was zum Geier ich da für einen Quatsch zusammenfaselte. Aber er lachte nur. »Könnte ein heißer Tipp sein. Mein Dad hat erzählt, dass sie nicht genug verschickt haben, um jeden Haushalt vollständig zu versorgen, und viele Tabletten waren kurz vor dem Ablaufdatum.«

»Was für ein Witz. Wenn jemand das Kraftwerk angegriffen hätte, wären wir also alle an Verstrahlung gestorben.«

»Jepp. Und die Ostküste würde es in einem solchen Fall am übelsten erwischen. Wir beide wären ganz schön am Arsch.«

»Wir sollten das Leben also in vollen Zügen genießen, solange wir es noch können«, witzelte ich.

»Weißt du, es müsste ja nicht mal ein Terrorangriff sein«, fuhr Dylan fort, der offenbar richtig in Schwung geraten war. »Nur hundertsechzig Kilometer vor der Küste gibt es ein riesiges Endlager für Atommüll. Wenn das jemals ein Leck bekommt, und das ist ganz und gar nicht unwahrscheinlich, sitzen wir auf einmal quasi in Tschernobyl.«

»Wow, du weißt wirklich, wie man ein Mädchen so richtig aufmuntert«, antwortete ich. Insgeheim aber war ich sehr beeindruckt von seinem Wissen. Außerdem hatte schließlich ich mit dem Thema angefangen.

Er kratzte sich am Kiefer, und seine Mundwinkel sanken herab. »Tut mir leid. Manchmal habe ich das Problem, dass ich mich zu sehr auf die negative Sichtweise versteife. Mein Dad ist genauso. Gut für dich, dass du nicht bei uns wohnst. Wie Dad sagt: Die O'Dea-Männer denken ständig, dass jeden Moment der Himmel herabstürzt.«

»So schlimm bist du bestimmt gar nicht.«

»Wetten, dass doch? Warte nur, bis ich mich über die Klimaerwärmung auslasse und darüber, wie die Menschheit deshalb in die Barbarei zurückfallen wird. Dauert keine Stunde, dann überlegst du, dir die Pulsadern aufzuschneiden«, scherzte er, aber seine Stimme klang eigenartig, so als meinte er es durchaus auch ein bisschen ernst.

»Amy und Conor haben sich ja auch noch nicht umgebracht, und sie sind schließlich deine engsten Freunde«, erwiderte ich.

»Das liegt daran, dass Amy eine Goth ist. Sie liebt Düsternis und Verderben. Und Conor kennt mich schon so lange, der ist einfach völlig abgestumpft. Was meinst du denn, weshalb ich keine Freundin abkriege? Sobald ein Mädchen mich ein bisschen besser kennenlernt, verfällt es in Depressionen und sucht das Weite.«

Das konnte ich kaum glauben. Außerdem stimmte es nicht. Ich hörte ja, was an der Schule so geredet wurde. Etliche Mädchen schwärmten von Dylan, trauten sich aber nicht an ihn ran, weil er sehr reserviert wirkte und außerdem ständig beschäftigt war. Ich war ziemlich sicher, dass die meisten Leute keine Idee hatten, wie sie mit ihm ins Gespräch kommen sollten. Und falls sie es doch schafften, schüchterten seine Art und seine Intelligenz die meisten vermutlich so sehr ein, dass sie es rasch wieder aufgaben.

»Ich finde dich nicht deprimierend. Ich finde dich interessant. Außerdem schläfst du nicht gleich ein, sobald ich von meinem Dachgarten anfange, das gibt auch ordentlich Pluspunkte.«

Er stieß mich mit der Schulter an. »Dann möchtest du also meine feste Freundin sein?«

Mein Herz setzte einen Schlag aus, aber ich ließ mir nichts anmerken. »Witzig«, antwortete ich trocken, aber insgeheim fragte ich mich unwillkürlich, ob er das wohl ernst meinte.

Nein, es musste ein Scherz sein.

Wir schwiegen, aber seltsamerweise war es kein unangenehmes Schweigen. Als wir in den Villas ankamen, stiegen wir gemeinsam die Treppen hinauf. Dylan wohnte ein paar Stockwerke unter mir, deshalb erreichten wir seine Etage zuerst.

»Tja, dann sehen wir uns wohl in der Schule.« Ich sah ihn an. »Es sei denn, du willst mich hereinbitten?«

Normalerweise war ich nicht so direkt, aber ich wollte mich noch nicht von ihm verabschieden. Es war so aufregend, Zeit mit ihm zu verbringen und mich mit ihm zu unterhalten. Dabei machten wir überhaupt nichts Spannendes, wir waren nur zusammen nach Hause gegangen, aber trotzdem hatte ich einen Puls wie nach einer Achterbahnfahrt.

Schräg.

»Mein Dad ist zu Hause«, sagte er verlegen. »Also wohl lieber nicht.«

Ich runzelte die Stirn. »Wieso das denn?«

Offenbar hin- und hergerissen, rieb sich Dylan den Nacken. »Er ist, äh, ganz schön exzentrisch.«

»Exzentrisch gefällt mir«, sagte ich, fand allerdings, dass Dylan übertrieb. Ich war seinem Dad schon ein paar Mal über den Weg gelaufen, und mir kam er ziemlich normal vor. Jedenfalls war mir nie etwas Seltsames an ihm aufgefallen.

Ein Hauch Resignation huschte über sein Gesicht. »Na gut. Mal sehen, ob du das immer noch so siehst, wenn du ihn kennengelernt hast.«

Er schloss auf und ging hinein. Ich folgte ihm in ein sauberes, aber komplett vollgerümpeltes Wohnzimmer. Sämtliche Wände waren von Bücherregalen gesäumt, auf dem Couchtisch stapelten sich Zeitungen und diverse Magazine, und neben dem Sofa stand ein ganzer Turm aus durchsichtigen Plastikboxen mit allem möglichen Zeug darin. Dylans Dad saß in einem Sessel vor dem Fernseher und verfolgte irgendeine Nachrichtensendung.

»Hast du schon das Neueste über MRSA gehört?«, fragte er, als er uns hereinkommen hörte, ohne den Blick vom Bildschirm abzuwenden. »Jetzt sagen sie, dass es sich auch über ganz gewöhnliche Gebrauchsgegenstände in den Krankenhäusern überträgt, Aktenordner oder Stifte zum Beispiel. Der Organismus überlebt auf solchen Gegenständen bis zu acht Tage lang. Ich befürchte, ich muss meine Vorsorgeuntersuchung nächste Woche absagen. Mit meinem geschwächten Immunsystem wäre es mein Tod, wenn das Mistzeug ausgerechnet mich erwischt.«

»Du hast kein geschwächtes Immunsystem, Dad. Du bist einfach nur fix und fertig, weil du zu wenig schläfst.« Dylan stellte seinen Rucksack auf den Boden und ging zum Fenster.

»Heute Morgen hatte ich pochende Halsschmerzen, und meine Lymphknoten sind geschwollen. Könnte Leukämie sein«, fuhr sein Dad todernst fort.

Dylan rieb sich einen Moment lang die Schläfen, dann kniete er sich vor seinem Vater hin, streckte die Hände aus und tastete ihm auf beiden Seiten den Hals ab, dicht unter der Kieferlinie. »Deine Lymphknoten fühlen sich für mich völlig okay an. Wie gesagt, du brauchst nur ein bisschen mehr Schlaf. Und du sagst den Vorsorgetermin nicht ab. Du brauchst doch sowieso ein neues Rezept.«

Sein Dad schnalzte abfällig mit der Zunge und wandte den Kopf ab. Da erst bemerkte er mich. Er errötete, offenbar peinlich berührt. »Dylan, du hättest mir sagen sollen, dass du eine Freundin mitgebracht hast. Hallo, ich bin Tommy.« Er stand auf, kam auf mich zu und streckte mir die Hand entgegen. Diese herzliche Begrüßung überraschte mich.

»Ich bin Evelyn. Ich wohne ein paar Stockwerke weiter oben.« Ich schüttelte ihm die Hand. »Schön, Sie kennenzulernen.«

»Gleichfalls, Evelyn. Sag doch gern du und Tommy zu mir. Dein Gesicht kenne ich doch. Bist du nicht Yvonne Flynns Kleine?«

»Nein, ihre Nichte. Meine Mutter heißt Lily, aber ich lebe jetzt bei Yvonne.«

»Ach ja, stimmt.« Tommy schlug sich vor die Stirn, als hätte er das eigentlich wissen müssen. »Setz dich doch. Dylan bringt fast nie Freunde mit, abgesehen von Conor und diesem Mädchen. Amy.«

Ich nahm auf dem kleinen Sofa Platz und ließ meinen Rucksack zu Boden gleiten. Dylans Dad sah mich an, als würde ihm gerade etwas aufgehen.

»Ach du meine Güte, weißt du was? Ich glaube, ich habe damals deine Mutter ins Krankenhaus gefahren, als sie Wehen bekommen hat«, rief er. »Damals war ich noch Taxifahrer. Damit habe ich aber vor ein paar Jahren aufgehört, das ist inzwischen einfach zu gefährlich. Heutzutage weiß man nie, was für gefährliche Irre einem in den Wagen steigen.«

»Gefährliche Irre hat es schon immer gegeben, Dad. Daran ist wirklich nichts Neues.« Dylan wirkte angespannt, sein Blick zuckte unruhig zwischen seinem Dad und mir hin und her, als erwartete er ein Urteil. Aber das bemerkte ich nur am Rande, ich war voll und ganz mit dem beschäftigt, was sein Vater gerade gesagt hatte. »Sie ... du hast meine Mom ins Krankenhaus gefahren?«

Ich wusste praktisch nichts über meine Geburt, meine Mutter redete über so etwas nicht gern. Ich wusste eigentlich nur, dass sie kurz nach ihrem fünfzehnten Geburtstag von irgendeiner Zufallsbekanntschaft schwanger geworden war.

»Ja. Deine Tante und deine Großmutter waren gerade nicht da, deshalb ist sie mit dem Taxi ins Rotunda-Hospital gefahren. Das arme Ding war völlig fertig mit den Nerven. Ich habe meine Maureen angerufen, Gott sei ihrer Seele gnädig, und sie gebeten, mitzukommen und deine Mutter während der Fahrt ein wenig zu beruhigen. Sie hat Dylan bei den Nachbarn gelassen und ist im Krankenhaus bei deiner Mutter geblieben, bis deine Tante und deine Großmutter gekommen sind.«

Wow. Ich konnte es nicht fassen, dass ich das gerade zum ersten Mal in meinem Leben hörte. Maureen, Dylans Mom, musste wirklich eine sehr liebenswerte Frau gewesen sein, wenn sie bei einem schwangeren jungen Mädchen geblieben war, um sie während der Geburt zu trösten. Fühlte ich mich deshalb Dylan irgendwie verbunden? Oder war es, weil er sich so sehr von anderen Jungs unterschied, mir ein solches Rätsel war?

»Das wusste ich nicht«, sagte ich ganz leise. Mir war, als hätte sich eine Faust um mein Herz geschlossen. Ich hatte meiner Mom ihre selbstsüchtige Entscheidung, einfach abzuhauen, immer so übel genommen, aber vielleicht sollte ich das Ganze auch mal aus ihrer Warte sehen. Bei meiner Geburt war sie zwei Jahre jünger gewesen als ich jetzt. Ohne Job und ohne Schulabschluss und ohne irgendwelche Zukunftsperspektiven. Sie musste fürchterliche Angst gehabt haben. Ich nahm mir vor, meine Grandma beim nächsten Besuch im Heim ein bisschen über die Schwangerschaft meiner Mutter auszufragen.

»Nun ja, manche Menschen reden nicht gern über so etwas.« In Tommys Stimme schwang Mitgefühl mit. »Als Maureen mit Dylan schwanger war und in den Wehen lag, hätte ich mich vor lauter Nervosität glatt übergeben können. Die Geburt eines Kindes kann einem schon höllische Angst einjagen. Zu der Zeit, als meine Mutter noch jung war, hatten die meisten Frauen im Lauf ihres Lebens mehrere Fehlgeburten oder sogar Totgeburten. Das war damals ganz normal, die medizinische Versorgung war schlecht, und Verhütung gab es kaum. Was wir der katholischen Kirche zu verdanken haben«, fügte er mit leisem Spott hinzu.

»Dad«, sagte Dylan warnend. Vielleicht glaubte er, ich könnte mich durch diese Bemerkung auf den Schlips getreten fühlen.

»Was denn? Ich bin sicher, dass Evelyn die Geschichte der Kirche in diesem Land bekannt ist. Sie haben jungen Mädchen die Kinder gestohlen und sie meistbietend verschachert. Eine Schande, wie manche dieser Nonnen die ihnen anvertrauten Frauen behandelt haben. Ich meine, man hat sie ja gewissermaßen eingekerkert für das Verbrechen, unverheiratet schwanger zu werden. Lily Flynn hatte Glück, dass sie mit unserer jungen Evelyn hier nicht in dieselbe Falle geraten ist. Immerhin gab es bis in die Mitte der Neunziger immer noch vereinzelte Magdalenen-Anstalten.«

»Dad, bitte«, sagte Dylan mit zusammengebissenen Zähnen, aber Tommy redete einfach weiter.

»Und wisst ihr auch, weshalb man diese Anstalten nach Maria Magdalena benannt hat?«, höhnte er. »Weil sie eine geläuterte Prostituierte war. Als wären eine frühe außereheliche Schwangerschaft und Prostitution quasi dasselbe. Und natürlich war es genau *das*, was sie getan haben, sie haben diese Mädchen selbstverständlich *geläutert* und nicht etwa ihre Babys gestohlen, um schnell ein bisschen Geld zu machen und als Dreingabe an kostenlose Arbeitskräfte zu kommen.«

»*Okay*«, rief Dylan und stand abrupt auf. Er kam zu mir und nahm meine Hand. Die vertrauliche Berührung erwischte mich völlig unerwartet. »Wir gehen in mein Zimmer und machen Hausaufgaben.« Ich schaffte es gerade noch, mir meinen Rucksack zu schnappen, ehe er mich mit sich zog.

»Gut, klar. Ich mach dann gleich mal Essen«, erwiderte sein Dad, als wäre alles in Ordnung. Und das war es auch. Trotzdem wurde mir ein bisschen übel, als ich mir ein Paralleluniversum vorstellte, in dem meine Mom in einem Armenhaus gelandet und zum Arbeiten gezwungen worden wäre. Ich folgte Dylan durch den Flur.

Sein Zimmer war klein, so wie die ganze Wohnung. Ein schmales Bett stand an der Wand, es gab ein kleines Fenster, ein paar Regale und einen Kleiderschrank. »Ich kann deinen Dad gut leiden«, sagte ich und setzte mich aufs Bett. Es kam mir eigenartig intim vor, aber eine andere Sitzmöglichkeit gab es nicht. »Wirklich. Du musst dir keinen Kopf machen, er hat mich nicht beleidigt oder so.«

Dylan stieß die Luft aus und schnappte sich ein paar Schulbücher aus dem Regal. »Du musst nicht so tun, als wäre alles in Ordnung. Ich weiß, dass er nicht ganz normal ist.«

»Wer ist schon normal? Zu Hause, wenn wir für uns sind, pflegen wir doch alle irgendwelche kleinen Macken.«

»Richtig, du bist in Wirklichkeit bestimmt auch ein totaler Freak«, schnaufte Dylan missmutig.

Ich konnte es nicht fassen, dass er wegen seinem Dad so schlechte Laune hatte. Schließlich passiert es jedem mal, dass ihn die eigene Familie ein bisschen blamiert. Das gehört zum Leben.

»Ich wollte nur sagen, dass es keinen Grund gibt, dich für deinen Dad zu schämen. Er ist interessant.«

»Freut mich, dass dich die Freakshow gut unterhalten hat«, erwiderte er verächtlich.

»Dylan«, sagte ich streng.

Er starrte mich finster an. »Was?«

»Du benimmst dich gerade wie ein Arsch, also denke ich, ich gehe jetzt besser mal.« Ich stand auf, griff nach meinem Rucksack und warf ihn mir über die Schulter.

Dylans Miene verhärtete sich noch mehr, und ihm war anzusehen, was für einen heftigen inneren Konflikt er gerade ausfocht. Aber daran, wie stur er den Unterkiefer vorschob, erkannte ich, dass er nicht daran gewöhnt war, bei einem Streit einzulenken.

»Dann geh doch«, brummte er und fing an, eins der Bücher durchzublättern.

Ich kniff wütend die Augen zusammen, machte auf dem Absatz kehrt und marschierte hinaus. Obwohl er so tat, als wäre er ganz und gar auf sein Buch konzentriert, spürte ich, dass er mir hinterhersah. Vor Kurzem hatte ich noch nicht gewusst, wer Dylan O'Dea eigentlich war. In Yvonnes und meinem Apartment war er umsichtig und stark gewesen und hatte einen spürbaren Beschützerinstinkt an den Tag gelegt. Unten im Treppenhaus war er sehr einnehmend und galant gewesen und hatte sich von seiner geistreichen Seite gezeigt. Und jetzt? Jetzt war er kindisch und anstrengend. Was wirklich ziemlich witzig war. Er brachte fast nie jemanden mit, und doch hatte er mich hereingelassen – nur um sich gleich darauf um hundertachtzig Grad zu drehen und wie ein Idiot aufzuführen.

Eins wusste ich jedenfalls genau: Wenn ihm wirklich etwas an einer Freundschaft mit mir lag, dann tat er gut daran, sich für diesen Auftritt zu entschuldigen.

4. KAPITEL

Es war ein milder, sonniger Septembermorgen, ganz so, wie ich es am liebsten mochte. Am besten gefiel mir der Herbst, denn auch wenn die Blätter fallen, verleihen ihre leuchtenden Farben den Straßen rings um die Villas Farbe, verstecken den ganzen bedrückend grauen Beton mit unterschiedlichsten Schattierungen von Braun, Gelb und dunklem Rot.

Als ich auf dem Dachgarten eintraf, waren Mrs O'Flaherty und Seamus bereits da. Mrs O'Flaherty zog am liebsten Gemüse, mich hingegen interessierten Blumen viel mehr. Meine Echinacea stand bereits in voller Blüte und sah aus, als würden die purpurroten Blüten unter den Augen der Morgensonne zum Appell antreten. Ich hatte vor, sie heute ein wenig zurückzuschneiden und meiner Grandma einen Strauß mitzubringen, wenn ich sie heute Abend besuchte. Sie war es, die in mir die Liebe zum Gärtnern geweckt hatte. Sie selbst war inzwischen zu gebrechlich dafür, aber sie liebte es, wenn ich ihr selbstgezogene Blumen mitbrachte.

»Morgen, Seamus. Morgen, Mrs O'Flaherty«, begrüßte ich die beiden anderen, holte meine Gartengeräte aus der abschließbaren Kiste und zog mir Handschuhe über.

»Guten Morgen, Evelyn«, antwortete Mrs O'Flaherty. Seamus nickte mir nur zu. Er war kein großer Redner, eher der

Typ schweigsamer Beobachter. Seine Wangen waren immer gerötet. Er war etwa in meinem Alter und ging auf eine reine Jungenschule, was wahrscheinlich erklärte, weshalb er mir gegenüber kein Wort herausbrachte: Er war es nicht gewohnt, mit Mädchen zu tun zu haben.

»Diese Kirschtomaten sehen toll aus«, sagte ich, und Mrs O'Flaherty schien sich über das Kompliment zu freuen.

»Ich freue mich auch sehr darüber, wie sie sich machen, allerdings ist das wohl vor allem Seamus zu verdanken. Er hat den Großteil der Arbeit erledigt.«

Ich lächelte Seamus zu. »Gute Arbeit. Wir machen glatt noch einen Landwirt aus dir.«

»Keine verdammte Chance«, schnaubte Mrs O'Flaherty. »Mein Sohn will, dass er nächstes Jahr auf der Trinity anfängt, Jura zu studieren.«

»Wenn die mich aufnehmen«, fügte Seamus leise hinzu.

»Trinity also, ja?«, fragte ich. »Nobel.«

»Ich kann mich dort um verschiedene Stipendien bewerben«, erklärte er, als hätte er Angst, ich könnte ihn für reich halten oder so. Aber seine Großmutter unterhielt sich gern, deshalb wusste ich schon, dass seine Familie nicht wohlhabend war, obwohl er nicht hier im Apartmentgebäude lebte. Sein Vater war Englischlehrer, seine Mutter arbeitete in einem Kinderheim.

»Ja, klar.« Ich selbst hatte nicht vor, aufs College zu gehen. Ich wollte mir einen Job suchen, so wie Yvonne, und mein eigenes Geld verdienen. Am liebsten auf einer Blumenfarm.

»Ich denke darüber nach, dieses Jahr Rhabarber zu ziehen«, fuhr Mrs O'Flaherty fort, und ich verzog das Gesicht. Rhabarber konnte ich nicht leiden, weder als Gemüse noch als Pflanze. Das Zeug war eine invasive Spezies, und sobald es erst mal irgendwo Wurzeln geschlagen hatte, breitete es sich wie ein Steppenbrand aus und erstickte alles andere. Wir hatten mal einen Schulausflug auf die Achill-Insel gemacht, dort war alles mit dem Zeug förmlich überwuchert.

»Passen Sie dann aber bitte auf, dass die Pflanzen in Ihrem Beet bleiben. Ich möchte es nicht mit einer Invasion zu tun bekommen.«

»Ich esse im Herbst so gern Rhabarberstreuselkuchen«, sagte Mrs O'Flaherty wehmütig.

Ich sagte nichts dazu, weil ich Rhabarber ehrlich gesagt für ungenießbar hielt. Man musste so viel Zucker dazuschütten, damit es halbwegs schmeckte, dass man stattdessen genauso gut auch irgendeine Süßigkeit essen konnte.

»Kannst du Hilfe gebrauchen?«, hörte ich eine vertraute Stimme fragen und sah auf.

Dylan stand vor mir, in Jeans und T-Shirt. Im Sonnenlicht hatte sein Haar einen goldenen Schimmer. Ich hätte nie erwartet, ihn hier zu sehen, zumal es inzwischen schon eine gute Woche her war, dass ich aus seiner Wohnung gestürmt war. Seitdem hatten wir kein Wort mehr miteinander geredet, und es war ein sehr eigenartiges Gefühl, dass er jetzt so plötzlich auftauchte. Außerdem war ich eingeschnappt, dass sich Conor noch nicht hier oben hatte blicken lassen, trotz der verlockenden Möglichkeit, hin und wieder Yvonne zu begegnen.

»Äh, ja, klar. Ich geb dir ein Paar Handschuhe«, erwiderte ich, als wäre nichts dabei. Ganz sicher würde ich mir nicht anmerken lassen, wie schmerzlich jeder Tag gewesen war, an dem er nicht versucht hatte, sich wieder mit mir zu versöhnen. Es war kaum zu fassen, wie oft ich an ihn dachte, obwohl wir uns erst so kurz kannten.

»Du bist doch der Junge von Tommy O'Dea, oder?«, fragte Mrs O'Flaherty und musterte ihn aus dem Schatten ihres Sonnenhuts heraus.

»Richtig«, sagte Dylan.

»Wie geht es ihm? Hat wohl immer noch nicht wieder mit dem Taxifahren angefangen?«

»Nein, noch nicht.« Dylan verspannte sich sichtlich.

»Oh. Tut mir leid, das zu hören. Manchen Leuten gelingt es nicht besonders gut, einfach bei ihrem Job zu bleiben, aber grüß ihn doch bitte von mir.« In ihre Stimme hatte sich ein Hauch Überheblichkeit geschlichen.

»Mach ich«, sagte Dylan leise, aber mit fester Stimme.

Ich bedachte Mrs O'Flaherty mit einem tadelnden Blick, vor allem deshalb, weil es mir nicht gefiel, wenn sich Leute so gönnerhaft gaben, die ihr ganzes Leben lang noch nie selbst gearbeitet hatten. Seit ihr einziger Sohn, Seamus' Vater, vor gut fünfundzwanzig Jahren das heimische Nest verlassen hatte, war sie nur noch Hausfrau und lebte von der Witwenrente. Und außerdem wusste ich dank ihrer Geschwätzigkeit, dass ihr anderer Enkel, Seamus' Bruder, ein dreiundzwanzigjähriger Nichtsnutz mit Marihuana-Problem war, der den ganzen Tag in seinem Zimmer herumhing.

»Wo wir gerade darüber reden«, sagte ich zu Seamus, »wie geht es eigentlich deinem Bruder?«

Mrs O'Flaherty erstarrte, und ihre Lippen wurden ganz schmal. Ruckartig stieß sie ihre Schaufel in die Erde.

Seamus seufzte tief. »Raucht immer noch den ganzen Tag Gras. Und ist genauso faul wie eh und je.«

Demonstrativ musterte ich Mrs O'Flaherty, um sie wissen zu lassen, dass Dylan hier nicht der Einzige mit gewissen Schwachpunkten war. Ich wusste selbst nicht genau, weshalb ich Dylan so energisch verteidigte, schließlich waren wir keine Freunde. Tatsächlich war ich mir nicht mal sicher, ob wir uns nun eigentlich wieder vertragen hatten. Aber es gefiel mir gar nicht, wenn jemand auf einen anderen Menschen herabsah, ganz gleich, unter welchen Umständen. Ich glaubte zu wissen, wie es sich anfühlte. Nachdem Mom mich bei Yvonne zurückgelassen hatte, um nach London abzuhauen, hatte es eine Menge Gerede gegeben.

Ich ging zum anderen Ende des Dachgartens hinüber, und Dylan folgte mir.

»Tut mir leid, wie sie sich benimmt«, sagte ich, sobald wir außer Hörweite waren. »Manchmal ist sie ein ganz schöner Snob.«

Dylan zuckte mit den Schultern. »Mach dir keinen Kopf, schon okay.«

»Ich habe sowieso keinen Schimmer, wie jemand, der in den Villas lebt, auf die Idee kommen kann, er hätte ein Recht auf Snobismus«, fügte ich hinzu, und auf Dylans Lippen zeichnete sich die schwache Andeutung eines Lächelns ab. Dann räusperte er sich.

»Ich, äh, wollte mich noch für letzte Woche entschuldigen. Du hattest recht. Ich habe mich aufgeführt wie ein Arschloch, und das tut mir leid.«

»Hier, zieh die an. Sind wahrscheinlich ein bisschen zu klein, aber andere habe ich gerade nicht«, sagte ich. Entschuldigungen machten mich immer verlegen.

Dylan wirkte etwas verblüfft, dass ich ihm Handschuhe in Mädchengröße anbot. »Schon okay. Nächstes Mal bringe ich meine eigenen mit. Also, nimmst du meine Entschuldigung an, oder …«

Ich zuckte mit den Schultern. »Du brauchst sie wahrscheinlich sowieso nicht. Heute Morgen will ich nur diese Echinacea beschneiden. Und ja, Entschuldigung angenommen.«

»Gut«, murmelte er und betrachtete das kleine Muttermal direkt unter meinem Wangenknochen. »Weil ich dich nämlich vermisst habe.«

Ich holte tief Luft, versuchte aber, trotz meines rasenden Herzens ganz lässig zu wirken. »Du kennst mich kaum.«

»Das stimmt doch gar nicht. Ich kenne dich seit Jahren.«

Obwohl das in gewisser Weise stimmte, wusste ich nicht, was ich dazu sagen sollte. Ja, wir wussten seit Jahren von der Existenz des anderen, aber wir hatten nie ein Wort miteinander gewechselt. Ich musterte ihn eine Weile. »Du bist sehr direkt.«

»Manchmal zu sehr.«

»Ich weiß nicht, wie man *zu* direkt sein kann, jedenfalls wenn man das große Ganze betrachtet.«

»Oh, glaub mir, das geht. So wie ich manche Leute mit meiner ständigen Schwarzmalerei deprimiere, verscheuche ich andere mit meiner Direktheit. Die meisten Menschen bevorzugen angenehme Lügen.«

»Hm«, machte ich und dachte darüber nach. »Da ist was dran. Ich zum Beispiel würde lieber hören, dass mein Hintern in Jeans gut aussieht, als dass er fett wirkt.«

Zerstreut nahm mir Dylan die Heckenschere aus der Hand und schnitt behutsam eine Blüte ab. »Ich habe nie begriffen, wieso Frauen einen fetten Hintern für was Schlechtes halten.«

Ich musste grinsen, und Dylan hob die Blüte zur Nase. Da fiel mir sein unnatürlich guter Geruchssinn wieder ein. »Wirklich gut«, sagte er leise, und ich unterdrückte nur mit

Mühe mein Entzücken darüber, wie hingebungsvoll er an der Blume schnupperte.

»Echinacea findet häufig als Heilpflanze Verwendung. Man kann die Pflanze trocknen und als Tee verwenden, oder man isst sie einfach so.« Ich zupfte eine Blüte ab und steckte sie mir in den Mund. »Ich persönlich finde sie aber eigentlich zu hübsch dafür. Besser sollte man sie in eine Vase stellen, wenigstens für eine Weile.«

Dylan betrachtete mich, während ich kaute, und seine Brauen hoben sich ganz leicht. »Hat dir schon mal jemand gesagt, dass du ein *bisschen* schräg bist?«

»Sagt ausgerechnet der König der Schwermut.«

»Vermutlich hast du deshalb keine Angst vor mir. Deine Eigenartigkeit neutralisiert meine Schwermut.«

»Wo wir gerade von Eigenartigkeit sprechen – hast du schon mal von der Wunderbeere gehört?«

Dylan lachte leise. »Siehst du? Du bist *wirklich* seltsam, Evelyn Flynn. Wenn ich der König der Schwermut bin, dann bist du die Königin des Unerwarteten.«

Das entlockte mir ein Lächeln. Er war wirklich unglaublich hinreißend, vor allem, wenn er leise in sich hineinlachte. *Er hat gesagt, er hätte mich vermisst. Dylan O'Dea hat mich vermisst.* Beeren. Ich hatte gerade von Beeren geredet. »Nein, im Ernst, ich habe gestern erst was darüber gelesen. Das ist so eine kleine rote Frucht aus Afrika, und wenn man sie isst, schmeckt Saures für eine Weile süß.«

»Also könnte ich eine Zitrone essen, und sie würde schmecken wie eine Orange?«

»Ja, genau. Ich bin ganz wild drauf, es mal auszuprobieren, aber ich befürchte, hier sind sie nicht zu kriegen.«

Wieder lachte Dylan leise in sich hinein, ehe er noch ein

paar Triebe abschnitt. Mir gefiel, wie seine Armmuskeln unter der Haut spielten.

»Andere Mädchen in deinem Alter träumen davon, einen Lippenstift in der aktuell angesagtesten Farbe zu ergattern. Oder Tickets für ein Justin-Timberlake-Konzert. Aber du träumst davon, im Supermarkt Wunderbeeren kaufen zu können.«

Ich versetzte ihm einen leichten Schubs. »Ich will doch einfach nur diese seltenen Beeren haben«, verteidigte ich mich. Dylan schüttelte den Kopf, und ich biss mir auf die Unterlippe und betrachtete ihn. »Wie geht es übrigens deinem Vater?«

Er runzelte leicht die Stirn. »Gut. Wieso fragst du?«

»Ich dachte nur gerade daran, dass er sagte, er fühle sich nicht ganz wohl. Du solltest nicht gleich so ablehnend reagieren. Weißt du, er könnte ja trotz allem mal wirklich krank sein.«

Mit einem Mal sah Dylan müde aus. »Er ist nicht krank. Na, jedenfalls nicht physisch. Mein Dad hat Depressionen, und er neigt zu fixen Ideen.«

»Oh«, sagte ich. »Das wusste ich nicht. Tut mir leid.«

»Du musst dich nicht entschuldigen. Er hatte schon immer eine melancholische Ader, aber nach Moms Tod wurde es schlimmer. Wenn zum Beispiel vor dem Haus ein paar Jugendliche rumhängen, denkt er sofort, die haben irgendwas Schlimmes vor, wollen irgendwo einbrechen oder so. Er nimmt immer gleich das Schlimmste an.«

»Das ist bestimmt oft schwer auszuhalten«, sagte ich. Er tat mir leid. Ich konnte mir nicht vorstellen, wie es sein musste, wenn sich ein Elternteil ständig Sorgen machte. Yvonne und ich versuchten immer, aus allem das Beste zu machen, darin waren wir einander ziemlich ähnlich. Deshalb klappte es mit uns beiden auch so gut.

Dylan nickte und wurde ganz still. Dann sah er mich an, und ich strich mir verlegen eine Haarsträhne hinters Ohr. »Was denn?«

Er machte ein leises Geräusch, wie ein Summen tief in der Kehle, und sein Blick wanderte über mein Gesicht. »Ich schimpfe nur gerade mit mir selbst, weil ich mich nicht schon früher mit dir angefreundet habe.«

Ich errötete. Unter seinem Blick, so aufmerksam und ernst, begann mein Herz zu rasen.

»Ist es das, was du gerade tust? Dich mit mir anfreunden?«

Sein Blick wurde nachdenklich, und die hübschen Brauen zogen sich zusammen. »Ich glaube schon.«

Schweigend arbeiteten wir weiter, und ich dachte nach. Es passiert nicht oft, dass man jemanden kennenlernt und es gleich Klick macht, so wie bei Dylan und mir. Außerdem war ich erleichtert, dass er anscheinend begriff, dass ich seinen Dad nicht verurteilte. Ich hatte mich wirklich gefreut, ihn kennenzulernen. Ja, sie taten mir beide leid, jeder auf ganz eigene Weise, aber trotzdem war ich ziemlich sicher, dass Dylan spürte, dass ich mir kein Urteil erlaubte. Wie könnte ich? Ich wusste schließlich selbst, wie es war, jemanden zu verlieren. Beziehungsweise verlassen zu werden. Wenigstens hatte Dylans Mom ihn nicht mit Absicht alleingelassen.

Mit einem Mal tat es weh, aber ich ließ mir nichts anmerken und fasste die Blumen zu einem Strauß zusammen. »Du gehst vermutlich heute Abend nicht zum Schultanz, oder?

Unsere Schule veranstaltete jedes Jahr Ende September einen kleinen, ganz entspannten Ball. Dylan mochte Discos nicht, also würde er wohl nicht hingehen. Sam und ich hingegen nahmen immer teil, obwohl wir meist nur in einer dunklen Ecke saßen und über die Klamotten der anderen tratschten.

Dylan zog eine frustrierte Grimasse. »Conor will hin. Und er erpresst Amy und mich zum Mitkommen.«

»Wie das?«, fragte ich neugierig.

»Wir sind ihm beide was schuldig. Er war letzten Monat mit Amy bei einem *My Chemical Romance*-Konzert, und mir gibt er dieses Jahr Nachhilfe. Französisch. Ist mein schwächstes Fach.«

»Also fordert er seine Schulden ein. Gefällt mir.« Ich lächelte. »Dir und Amy tut es bestimmt ganz gut, euch mal wie normale Teenager unters Volk zu mischen. Ihr drei klebt ein bisschen zu sehr zusammen.«

»Sagt ausgerechnet das Mädchen, das nie von der Seite ihres besten Freundes weicht«, spottete er.

»Das ist was anderes. Sam und ich sind verwandte Seelen. Nichts und niemand kann uns trennen.«

Das schien ihn zu amüsieren. »Tja, wie auch immer. Um deine Frage zu beantworten: Ja, ich gehe heute Abend hin. Obwohl, wenn es nach mir ginge, mehrere Kilometer und ein tiefes Gewässer zwischen mir und jeder Art organisiertem Spaß liegen würden.«

»Puh, du bist ein echter Griesgram«, zog ich ihn auf.

Ein fast unmerkliches Funkeln in seinen Augen. »Der griesgrämigste von allen.«

Wir sahen einander lächelnd an, und in meiner Brust breitete sich Wärme aus.

»Evelyn, könntest du uns hier mal kurz zur Hand gehen?«, rief Mrs O'Flaherty, und der Augenblick war vorüber.

»Na klar«, antwortete ich und wandte mich an Dylan. »Bin gleich wieder da.«

5. KAPITEL

»Sieh dir nur mal an, was Jackie Harrison anhat. Sie sieht aus wie ein rosa Pudding«, bemerkte Sam gehässig.

»Das nennt sich Ra-Ra-Kleid, und nur zu deiner Information, die sind gerade *der* heiße Scheiß.«

»Ach komm schon, das ist doch nichts weiter als ein überbewertetes Tutu, das wissen wir beide.«

Ich schmunzelte. »Kann schon sein.«

»Ich glaub, mich tritt ein Pferd!«, rief Sam auf einmal und traf mich mit der aufgeregt wedelnden Hand gegen das Brustbein, dass es mir die Luft aus der Lunge trieb. »Trügen mich meine Augen, oder sehe ich da gerade wirklich Dylan, Conor und Amy hereinspazieren?«

»Deine Augen trügen dich nicht. Das sind sie, ganz eindeutig.«

»Besorg's mir doch mit der Kettensäge. In all diesen Jahren habe ich nie erlebt, dass einer von den dreien an irgendeiner Schulveranstaltung teilnimmt.«

»Conor wollte herkommen. Anscheinend hat er Dylan und Amy erpresst.«

»Jetzt ergibt's Sinn.«

Als ich Dylan näher in Augenschein nahm, verschlug es mir kurz die Sprache. Wow. Sogar noch heißer als sonst. Er hatte sich das Haar gestylt und trug passend zur Stoffhose ein perfekt sitzendes Hemd. Es machte ihn älter, viel älter, und stellte alle möglichen Dinge mit mir an.

Dinge, kann ich nur sagen.

»Dylan ist sexy, Amy hat sich ihren Camcorder quasi ans Gesicht geklebt, und Conor sieht aus wie ein Nerd. Ich würde sagen, die Welt ist im Gleichgewicht«, sagte Sam, und ich schüttelte den Kopf. Blickte Dylan direkt in die Augen, quer durch die zum Bersten volle Aula. Sie war leergeräumt worden, damit Platz zum Tanzen war, ringsum standen Stühle, und auf der Bühne tobte sich ein DJ aus. Jetzt gerade spielte er *Buttons* von den Pussycat Dolls.

»Okay, diesen Pussycats kann ich nicht widerstehen«, verkündete Sam zu meinem größten Erstaunen. Er tanzte niemals in der Öffentlichkeit. Und ich meine wirklich: *niemals*.

»Ist soeben die Hölle eingefroren?«, fragte ich, und er verdrehte die Augen.

»Halt einfach die Klappe und tanz mit mir.«

Am anderen Ende der Aula stand Shane Huntley, umringt von seiner Idiotengang. Ich nannte sie so, weil jeder, der zu einem Typen mit einem IQ unterhalb der neunzig aufsieht, dumm wie Bohnenstroh sein muss. Da war ein kurzer, ganz und gar eigenartiger Augenblick, als er Sam ansah und die Augen zusammenkniff, während Sam die Schultern zurücknahm und ihn mit einem Blick maß, in dem die schiere Herausforderung lag.

Okay.

Mein Freund machte gerade eine klare Ansage.

Ich trug ein geblümtes Skaterkleid, das auf der Mitte meiner Waden endete, eine schwarze Strumpfhose und billige Cowboystiefel. Solche Stiefel waren gerade voll in, aber die richtigen aus Leder konnte ich mir nicht leisten. Das Haar schwang mir lang und wellig über den Rücken, während ich mich im Takt der Musik wiegte. Sam gab alles, legte seine besten Tanzschritte aufs Parkett, als gäbe es kein Morgen. Als der Song endete und in *My Humps* überging, kicherten wir ausgelassen los und konnten nicht mehr aufhören. Es war eine der neueren Singles von den Black Eyed Peas, und Sam und ich fanden das Stück urkomisch. Wir sangen uns momentan zu allen möglichen und unmöglichen Anlässen Passagen daraus vor.

Niemand wusste, was eigentlich ein »hump« sein sollte.

Ich meine, alle dachten, sie wüssten es ... aber wussten sie es wirklich?

Eine Frage für die Ewigkeit.

Mitten im Tanzen bemerkte ich, dass sich Dylan, Amy und Conor nicht weit von uns hingesetzt hatten. Amy und Conor unterhielten sich, aber Dylan beobachtete Sam und mich.

Und lächelte.

Sein Lächeln war das mimische Äquivalent einer Wärmflasche oder eines Bechers voll heißer Schokolade.

Heiß, aber liebevoll.

Ich wollte gerade zurücklächeln, da waren wir auf einmal umzingelt. Shane und seine Idiotenbande waren herübergekommen, um uns Gesellschaft zu leisten, aber nicht auf die nette Art. Shane starrte Sam an, trat dicht an ihn heran und brüllte ihm über die Musik hinweg etwas zu. Sam sah wütend aus und brüllte ihm eine Antwort zu, die ich nicht verstand. Als Shane ihn am Kragen packte, schritt ich ein, packte ihn meinerseits an der Schulter und riss ihn von meinem Freund weg.

»Fass ihn nicht an«, schrie ich, und Shane wirbelte herum und schlug mir geradewegs ins Gesicht. Kurz wurde es schwarz um mich. Als ich die Augen wieder öffnete, war Dylan bereits da, versetzte Shane einen kraftvollen Faustschlag und stieß ihn zu Boden. Im nächsten Moment kamen Amy und Conor und zerrten ihn fort.

»Ich mach dich fertig, O'Dea«, brüllte ihm Shane hinterher und presste eine Hand gegen den lädierten Kiefer.

Mir ging auf, dass Sam den Arm um mich gelegt hatte. »Oh mein Gott«, japste er.

»Du schlägst also Mädchen, du Stück Scheiße?« Dylan schäumte vor Wut. Conor und Amy hatten es fast geschafft, ihn zur Tür hinauszubugsieren, aber er versuchte sie abzuschütteln.

»Ich wusste doch nicht, dass das sie war«, entgegnete Shane, während Sam mich ebenfalls Richtung Ausgang zog. Wir mussten hier unbedingt weg, ehe irgendein Lehrer auftauchte und sich einmischte.

Sobald ich durch die Tür war, stürzte sich Dylan auf mich, umfasste mit einer Hand mein Kinn und untersuchte mein Gesicht auf Verletzungen. Er sah aufgebracht aus. Zornentbrannt. »Ich bringe ihn um«, schnaubte er und fluchte dann mit zusammengebissenen Zähnen: »Ich bringe ihn verdammt noch mal um.«

»Er wusste nicht, dass es Ev war«, sagte Sam, und trotz meines schmerzenden Gesichts zog ich eine Grimasse. Es fühlte sich nicht unbedingt an, als würde ich ein blaues Auge bekommen, aber weh tat es schon. Wie nach einer wirklich kräftigen Ohrfeige.

»Wieso nimmst du ihn in Schutz? Er ist ein Dreckskerl.«

»Mach ich doch gar nicht«, protestierte Sam. »Ich will nur sagen, dass er es auf mich abgesehen hatte, nicht auf dich.«

»Das macht es nicht besser.«

»Er ist ein Schläger«, sagte Conor. »Ich glaube nicht, dass es ihn interessiert, ob er ein Mädchen oder einen Jungen erwischt. Gegen den müsste mal was unternommen werden.«

»Wäre das erste Mal, dass diese Schule gegen solche Typen vorgeht«, warf Amy ein. »Die Lehrer hören jeden Tag, wie mich irgendwer eine Lesbe nennt, und sie tun genau gar nichts dagegen. Und ich bin nicht mal lesbisch. Also nicht, dass das eine Rolle spielt.« Sie stopfte ihren Camcorder in die Tasche. Ich fragte mich, ob sie den Kampf gefilmt hatte, aber dann fiel mir wieder ein, dass sie sich gerade mit Conor unterhalten hatte, als es losging. Vielleicht war es besser so. Ich wollte nicht, dass Dylan dafür suspendiert wurde, dass er mich verteidigt hatte.

»Wir sollten uns hier verziehen. Yvonne hat heute Nachtschicht, wir könnten also zu mir«, schlug ich vor. Ich wollte hier weg, ehe noch mehr passierte.

»Gute Idee.« Sam nickte begeistert. Er wollte genauso gern hier abhauen wie ich. »Wir könnten unterwegs noch ein bisschen Alk besorgen.«

»Keine Chance«, schnaubte Amy. »Du siehst aus wie zwölf.«

Sie hatte recht. Sam war nur knapp über eins sechzig, blond und blauäugig und außerdem spargeldünn.

»Na, umso besser, dass du schon achtzehn bist, was?«, erwiderte Sam mit hochgezogenen Brauen.

»Der Alk geht auf mich«, sagte Dylan. »Na kommt. Wenn wir hier noch länger rumstehen, bin ich in ernsthafter Versuchung, wieder reinzugehen.« Seine Stimme war leise, aber entschlossen, und es schwang noch immer Wut darin mit. Mir wurde klar, dass er Shane aufrichtig verabscheute, womöglich mehr als wir anderen alle zusammen. Dylan kam mir vor wie jemand, der aus vollem Herzen hassen und aus ebenso vollem Herzen lieben konnte. Er gab sich seinen Gefühlen ganz und gar hin. Es hatte etwas Mitreißendes an sich und zog mich sehr an.

Auf dem Weg sprachen wir kaum und hingen unseren Gedanken nach. Dylan lief dicht neben mir, und immer wieder streiften seine Finger die meinen, als müsse er sich vergewissern, dass alles in Ordnung war. Das war es nicht, um ehrlich zu sein, aber ich tat so, als ob. Ich war in meinem ganzen Leben noch nie geschlagen worden, und der Schock saß mir noch in den Knochen.

Es war ein bisschen wie im Film, wenn Leute angeschossen oder von einem Hai gebissen werden. Es passiert so schnell, dass es eine Weile dauert, bis sie begreifen, was eigentlich geschehen ist. Das Gleiche galt offenbar für einen Faustschlag. Es war so unerwartet gewesen, dass mein Hirn immer noch staunend sagte: Äh ... Moment mal, wurde mir gerade wirklich ins Gesicht geschlagen?

Wir erreichten den Laden, und Dylan ging wortlos hinein und kam gleich darauf mit einer Tüte wieder heraus. Irgendwie wollte ich mich heute dringend betrinken. Es würde mir dabei helfen, diesen furchtbar schiefgelaufenen Abend zu vergessen.

Ich schloss auf und ließ alle rein, noch ehe ich bemerkte, dass Yvonne mit einem Glas Wein in ihrem Sessel saß und sich etwas im Fernsehen ansah. Das Haar hatte sie zu einem unordentlichen Dutt hochgebunden, sie trug kein Make-up, dafür aber ihren gemütlichen Fleece-Pyjama. Neugierig sah sie den unerwarteten Besuch an und lächelte. Mir plumpste der Magen in die Kniekehlen.

»Na, hallo miteinander.«

»Yvonne, ich, äh …«

»Du dachtest, ich wäre auf der Arbeit, und bist zurückgekommen, um ein kleines Minderjährigenbesäufnis in meiner Wohnung zu veranstalten. Ja, das habe ich mir so ungefähr schon zusammengereimt, Ev.«

»Es tut mir wirklich leid. Der Ball war total schrecklich, und …«

Sie winkte ab. »Ach, psst. Jetzt komm rein. Stell mir deine Freunde vor.«

Sam trat auf sie zu und reichte ihr anmutig die Hand. »Samuel Kennedy der Fünfte, sehr erfreut, Ihre Bekanntschaft zu machen.«

Yvonne verdrehte die Augen und schubste ihn spielerisch aus dem Weg. »Ich glaube, wir beide kennen uns bereits, *Samuel*«, sagte sie. Dann lächelte sie Conor herzlich an. »Und Conor kenne ich auch schon. Er ist unser Nachbar.«

»Hi, Yvonne«, sagte er linkisch. Ich hätte es ganz hinreißend gefunden, wenn ich nicht so mit der Peinlichkeit beschäftigt gewesen wäre, erwischt worden zu sein.

»Das ist Dylan. Er lebt ein paar Stockwerke weiter unten«, sagte ich. »Und Amy lebt auf der anderen Seite der Villas.«

»Schön, euch beide kennenzulernen«, sagte Yvonne. Sie lächelte immer noch.

»Wieso bist du denn eigentlich nicht auf der Arbeit?«, fragte ich. Sonst versäumte meine Tante nie eine Schicht.

Sie seufzte leise und deutete auf ihre Hand. Erst jetzt sah ich, dass sie in einem Verband steckte. »Ach ja. Ich bin so ein Trampel. Ich habe an der Bar ein Glas fallen lassen, und als ich die Scherben aufsammeln wollte, habe ich mich daran geschnitten. Sie haben mich mit Verband und ein paar Paracetamol nach Hause geschickt. Tut aber leider trotzdem noch weh.«

»Du solltest es mit Codein versuchen«, schlug Amy vor. »Feminax hilft am besten. Du weißt schon, gegen Regelschmerzen. Wenn ich mal in Ruhe so richtig anständig durchschlafen will, nehme ich zwei von diesen krassen Dingern, und sofort ist das Licht aus.«

»Oh, vielleicht … probier ich das mal aus. Danke«, sagte Yvonne, die Brauen leicht hochgezogen.

»Meinst du, es geht dir bald besser?«, fragte Conor besorgt.

»Na klar, Schatz. Das ist nichts, was ein Glas Wein und ein kleines Schläfchen nicht wieder hinbiegen würden.« Sie nippte an ihrem Wein.

»Macht es dir etwas aus, wenn wir das hier trinken?«, fragte Dylan und deutete auf die Tüte mit den Dosen darin.

»Ihr drei? Nicht im Geringsten. Aber diese beiden hier«, Yvonne deutete auf Sam und mich, »sind, fürchte ich, leider noch minderjährig.«

»Oh, Yvonne. Komm schon, nur einen Drink für Ev und mich. Es war ein echt stressiger Abend«, flehte Sam.

Stirnrunzelnd betrachtete Yvonne uns, und ihr Mutterinstinkt schaltete sich ein. »Wieso denn stressig? Was ist passiert?«

Ich ließ mich neben Sam aufs Sofa plumpsen und stieß ein müdes Seufzen aus. Dylan setzte sich auf meine andere Seite, Conor und Amy teilten sich einen Sessel. »Du kennst doch Shane Huntley? Der Typ, der Sam auf der Schule das Leben so schwermacht?«

Yvonne nickte.

»Tja, also, wir haben getanzt, und er kam zu uns rüber und hat angefangen, Sam zu piesacken. Er hat ihn bedroht. Ich habe versucht, ihn daran zu hindern, und da hat er sich umgedreht und mir mit der Faust ins Gesicht geschlagen.«

»Er hat *was* getan?«, rief Yvonne, zugleich wütend und erschrocken. Rasch erhob sie sich und inspizierte mein Gesicht. »Ist nichts zu sehen, aber wir sollten trotzdem kühlen, nur zur Sicherheit. Sam, hol mal die gefrorenen Erbsen aus dem Tiefkühlfach.« Sam sprang sofort auf und sauste davon, gleich darauf war er auch schon wieder zurück.

»Er wusste nicht, dass ich es bin«, erklärte ich und sog scharf die Luft ein, als Yvonne die kalte Tüte an mein Gesicht drückte.

»Yeah, und Dylan hat ihm dafür auch schon ein paar verpasst«, fügte Sam hinzu.

Yvonnes Brauen ruckten nach oben. »Hast du das?« Sie sah Dylan an.

»Das täte ich für jedes Mädchen. Kein Mann sollte jemals eine Frau schlagen«, antwortete Dylan entschieden.

»Nein, das sollte kein Mann tun«, stimmte Yvonne ihm zu. Sie sah von Dylan zu mir und schien im Stillen irgendeine Schlussfolgerung zu ziehen. Natürlich lag sie damit komplett falsch. Dylan und ich waren nur Freunde. Aber als ich ihr leises Schmunzeln sah, wusste ich genau, was sie dachte. »Und was hast du meiner Nichte gegenüber für Absichten?«

Ich hätte sie am liebsten umgebracht. »Yvonne!«

»Was denn? Er hat ganz eindeutig Absichten. Ich wüsste einfach nur gern, welche das sind.«

»Wir sind nur Freunde«, zischte ich, »also lass stecken.«

»Ich finde deine Nichte ganz wunderbar«, platzte Dylan heraus.

Verblüfft starrte ich ihn an und spürte, wie ich errötete.

Yvonne musterte mich und kämpfte offenbar mit sich, um nicht zu grinsen. »Und was denkst du so über ihn, Evelyn?«

»Ich denke, du solltest jetzt besser den Mund halten«, erwiderte ich beschämt.

»Also bitte, redet man so etwa mit seiner freundlichen und liebenswürdigen Tante? Hm?«

»Nur, wenn sie mit aller Kraft versucht, mich zu blamieren«, entgegnete ich und wandte mich an Dylan. »Hör gar nicht hin.«

»Machen wir doch mal das Bier auf, was?«, kam mir Sam zu Hilfe.

Ich warf ihm einen dankbaren Blick zu.

»Du machst hier gar nichts auf«, warnte ihn Yvonne. »Jedenfalls nicht in den nächsten sechs Monaten, ehe du Geburtstag hast.«

Sam schmollte. »Spielverderberin.«

»In dieser Wohnung trinken Minderjährige keinen Alkohol. Das ist mein letztes Wort.« Sam schnaubte und verschränkte die Arme vor der Brust.

Ich hingegen hörte immer und immer wieder Dylans Worte im Kopf, in Wiederholungsschleife.

Ich finde deine Nichte ganz wunderbar.

Von wegen Schmetterlinge – in meiner Brust schlug ein ganzer Schwarm Spatzen heftig mit den Flügeln. Ich warf Dylan einen Seitenblick zu und erwischte ihn dabei, wie er mein Profil betrachtete. Rasch sah ich wieder weg, peinlich berührt, beim Starren erwischt worden zu sein, obwohl ja auch er mich angesehen hatte.

»Ihr habt also quasi euren Tanzabend verpasst. Das ist ganz schön traurig.« Yvonne sah betrübt drein. »Ich wette, ihr hattet euch schon sehr darauf gefreut.«

Amy schnaubte leise. »Äh, nee. Dylan und ich sind nur hingegangen, weil Conor uns erpresst hat.«

»Mir blieb ja wohl kaum etwas anderes übrig, als euch zu erpressen. Ihr beide seid so was von antisozial. Ihr wollt ja überhaupt niemals tanzen gehen.«

»Oh, du tanzt gern?« Yvonne sah Conor an.

Ich hätte schwören mögen, dass sich sein karamellfarbener Teint dunkelrot verfärbte. Scheu sah er zu Boden. »Ich weiß, ich sehe nicht so aus, aber ja.«

»Das stimmt kein Stück. Du siehst ein bisschen aus wie der junge Phil Lynott, und einer seiner Lieblingssongs war *Dancing in the Moonlight*. Na bitte.«

»Ich bin nicht ganz sicher, dass das irgendeinen Sinn ergibt, Vonny.« Sam kicherte.

»Na klar ergibt das Sinn.«

»Nein, er hat recht«, sagte Conor selbstkritisch. »Niemand will mich tanzen sehen.«

»Hörst du wohl *sofort* mit diesem Unsinn auf«, schalt Yvonne. »Ev und ich dulden keine negativen Schwingungen in unserer Bude, stimmt's, Ev?«

»Jepp«, sagte ich und lächelte Conor herzlich zu. »Außerdem hast du diesen scheißcoolen Afro.« Es kam mir vor, als könnte er ein bisschen Aufmunterung gebrauchen. Ich fragte mich, ob er gehofft hatte, beim Tanzen seine gesellige Seite zu entdecken. Vielleicht zum ersten Mal ein Mädchen zu küssen. Und dann war ich gekommen und hatte alles ruiniert, indem ich mir von einem homophoben Idioten ins Gesicht schlagen ließ.

»Mädchen stehen nicht auf Afros«, antwortete er.

»Natürlich tun sie das. Der gute alte Phil Lynott, dem du wie aus dem Gesicht geschnitten bist, musste sich mit Händen und Füßen gegen seine zahllosen Verehrerinnen wehren«, erklärte Yvonne.

»Doch nur, weil er ein Rockstar war.« Conor seufzte leise. Allerdings schien er sich über Yvonnes Aufmerksamkeit zu freuen.

»Und vielleicht bist *du* irgendwann auch ein Rockstar. Spielst du irgendein Instrument?«

Conor schüttelte den Kopf.

»Singst du?«

Wieder ein Kopfschütteln. »Musikalisch bin ich eine totale Niete. Das Einzige, womit ich wirklich gut kann, sind Zahlen. Dad will, dass ich Buchhalter werde.«

»Tja, an dem Beruf ist nichts auszusetzen, und Frauen mögen Männer mit einem guten, sicheren Einkommen«, sagte Yvonne.

»Magst *du* Männer mit gutem, sicherem Einkommen, Vonny?«, fragte Sam vorlaut, und Conor starrte ihn finster an.

»Na klar tu ich das«, antwortete sie. »Wer denn nicht?«

»Nur so eine Frage«, erwiderte Sam, und seine Mundwinkel zuckten.

»Na, wie auch immer. Ich hatte es mir gerade gemütlich gemacht, um *Harry und Sally* anzusehen. Vielleicht habt ihr ja Lust, euch dazuzugesellen?«

»Ach du lieber Himmel, nicht schon wieder«, stöhnte Sam auf, und ich versetzte ihm einen Klaps auf den Arm. »Was denn?«, fragte er. »Sie hat den doch bestimmt schon mindestens ein Dutzend Mal gesehen.«

»Ich noch nie«, sagte Dylan.

»Ich auch nicht«, stellte Conor fest.

»Wirklich?«, fragte Yvonne erfreut. »Na, da wartet ein echter Leckerbissen auf euch.«

»Yvonne ist völlig besessen davon«, erklärte Sam den anderen. »Nur wegen dieses Films spart sie darauf, nach New York zu ziehen.«

»Nicht nur wegen des Films«, stellte Yvonne richtig. »Ich mochte die Stadt schon immer. Beim Anblick der Skyline fühle ich mich, als könnte ich dort einfach alles erreichen. Deshalb ziehe ich dorthin.«

»Wann denn?«, wollte Conor mit gerunzelter Stirn wissen.

Langsam stieß Yvonne die Luft aus. »Bei meinem Gehalt? Da muss ich bestimmt noch drei Jahre sparen. Aber bis dahin ist Ev immerhin schon mit der Schule fertig und geht ihren eigenen Weg.« Sie lächelte mir liebevoll zu.

In solchen Momenten spürte ich deutlich, was für ein Glück ich hatte. Kaum etwas kann einen so tief verunsichern, als wenn die eigene Mom einen verlässt, ohne noch mal einen Blick zurückzuwerfen. Aber irgendwie hatte Yvonne die Mutterrolle übernommen, und ich war fest davon überzeugt, dass ich ihr alles zu verdanken hatte. Manchmal fragte ich mich, wie sie mich so sehr lieben konnte, obwohl ich ja gar nicht ihre leibliche Tochter war. Aber sie tat es einfach, solches Glück hatte ich. Sie war Tante, Vertraute, Freundin und mein größter Fan in einer Person. So sehr ich ihr wünschte, dass sie sich ihren Traum erfüllen konnte und nach New York zog, so wenig freute ich mich auf den Tag, an dem sich unsere Wege trennen würden.

Conor war über die Neuigkeiten ebenfalls sichtlich betrübt, aber Yvonne schien es nicht zu bemerken. Stattdessen drückte sie auf Play, und der Vorspann begann.

»Billy Crystal … wenn das nicht eine zweifelhafte Frisur ist, weiß ich auch nicht«, sagte Sam zu Conor. »Und die gute alte Meggie Ryan mag ihn trotzdem.«

Conor, immer noch nicht so recht überzeugt, zuckte mit den Schultern.

»Ruhe jetzt, sonst verpassen sie die erste Szene«, schalt Yvonne, und er hielt den Mund.

Etwa dreißig Minuten später, als Meg Ryan mit ihren zottigen Neunziger-Locken besonders entzückend aussah und alle ganz gefesselt von der Story waren, stand ich auf, um meinen Pyjama zu holen. Ich bemerkte nicht, dass Dylan mir folgte, bis ich in meinem Zimmer war und er auf einmal in der Tür stand.

»Darf ich reinkommen?«, fragte er leise.

Ich zog eine Schulter hoch. »Ich habe schließlich dein Zimmer gesehen. Es ist also nur fair, wenn du meins auch siehst.«

Dylan verzog das Gesicht. »Noch mal sorry, dass ich so ein Idiot war.«

»Schwamm drüber.«

Er kam herein, setzte sich auf mein Bett und sah sich neugierig um. Ich holte meinen Pyjama aus dem Schrank und konnte an nichts anderes denken als daran, dass da gerade ein Junge auf meinem Bett saß. Ein gut aussehender, interessanter und ein bisschen geheimnisvoller Junge. Sein Blick wanderte über die Regale und blieb an der kleinen Vase mit Jasmin hängen, die auf meinem Nachttisch stand.

»Hast du dich schon entschieden, ob du mitgehst?«

Ich sah ihn verwirrt an. »Wohin denn?«

»Na, nach New York, mit Yvonne.«

Ich stieß einen kleinen Seufzer aus. »Kann ich nicht. Meine Grandma lebt hier in der Nähe in einem Pflegeheim. Wenn ich mitgehe, hat sie niemanden mehr, und Yvonne hat es verdient, sich endlich ihren Traum zu erfüllen. Sie hat die letzten vier Jahre damit verbracht, sich um einen Teenager zu kümmern, der nicht mal ihr eigenes Kind ist.«

Dylan betrachtete mich nachdenklich. »Also willst du für immer hier in den Villas bleiben?«

Ich lachte leise. »Wenn du es so sagst, klingt es wie die Todesstrafe.«

Todernst erwiderte er: »Ist es ja auch.«

»Ach was, komm schon. Es ist nicht gerade das Ritz, zugegeben, aber so schlimm ist es nun auch wieder nicht. Ich habe ein Dach überm Kopf und einen Garten. Ein so großes, glamouröses Leben wie das, von dem Yvonne träumt, braucht man doch gar nicht.«

»Ich glaube, du irrst dich.«

Ich sah ihn an, den frisch gewaschenen Pyjama über dem Arm. »Okay. Dann erklär mir mal, weshalb ich da so falschliege.«

Er kaute auf der Unterlippe herum, die Stirn in tiefe Falten gelegt. »Jemand wie du sollte nicht in einer solchen Gegend leben. Es wird dich bitterer und härter machen. Mürrisch. Ich hasse diesen verfluchten Apartmentkomplex. Ich denke jeden Tag übers Abhauen nach. Nur wegen Dad bin ich noch hier. Und weil ich erst die Schule fertig machen will.«

Die Leidenschaft, mit der er das hervorstieß, überraschte mich. Ich hatte zwar nicht direkt geglaubt, dass Dylan gern hier lebte, das tat niemand, aber bis gerade war mir auch nicht klar gewesen, wie sehr er es verabscheute.

»Jemand wie ich?«, flüsterte ich.

»Ja«, sagte er nachdrücklich. »Du bist der reinste Sonnenschein, Evelyn, und hier gibt es nichts als Wolken.«

Ich wusste nicht recht, was ich darauf sagen sollte, aber da redete er auch schon weiter. »Ich meine, denkst du denn nie darüber nach, dass der Tag kommen könnte, an dem du nicht mehr nach diesem Block riechst? Diese Ausdünstungen dringen in alle Klamotten, in alles, was man hat. Manchmal, wenn ich jemanden kennenlerne, habe ich Angst, dass er allein anhand meines Geruchs errät, wo ich herkomme. Wusstest du, dass ich am Wochenende in einer Parfumerie im Arnotts arbeite? Dort kaufen lauter reiche Leute ein, und manchmal befürchte ich, dass sie es rauskriegen. Dass sie den Pesthauch der Villas an mir riechen und genau wissen, wo ich herkomme. Dass ich keiner von ihnen bin und es auch niemals sein werde.«

Von Dylans Wochenendjob hatte ich nichts gewusst, aber er hatte definitiv das richtige Aussehen dafür, reichen Leuten Parfum zu verkaufen. Was ich sagen sollte, wusste ich jedoch immer noch nicht. Was kann man denn auf eine solche Rede auch antworten?

»Ich will mich nur ein Mal einen ganzen Tag lang wirklich sauber fühlen. Hier kann ich das nicht.«

»Du bist sauber, Dylan. Du grübelst zu viel. Du weißt schon, so wie du selbst sagst, wie dein Dad es manchmal tut?«

»Wir wissen beide, dass das nicht stimmt. Du und Yvonne, ihr duldet vielleicht nur positive Gedanken in eurem Leben, aber irgendwann wirst du begreifen, dass das alles Bullshit ist. Die Welt ist nicht freundlich. Jedenfalls nicht, wenn man im verdammten St. Mary's Villas lebt.«

Es schnürte mir den Hals zu. Jetzt wurde er gemein. »Das ist nicht wahr«, flüsterte ich.

»Und was ist dann mit deiner Grandma? Genau das ist es, was uns alle erwartet. Wir werden alt und können irgendwann nicht mal mehr allein aufs Klo. Völlig entwürdigend.«

»Meine Grandma ist erst neunundfünfzig«, erwiderte ich wütend. »Sie hat MS. Das ist eine degenerative Erkrankung. Deshalb lebt sie im Heim. Yvonne wollte sich zu Hause um sie kümmern, aber als sich ihr Zustand verschlechtert hat, ging es irgendwann einfach nicht mehr. Der Fahrstuhl ist ständig kaputt, und wir wohnen im sechsten Stock. Also bitte informiere dich erst mal richtig, bevor du dir ein Urteil über das Leben anderer Leute anmaßt.«

Beschämt starrte Dylan mich an, dann senkte er den Blick und rieb sich verlegen mit der Hand übers Gesicht. »Scheiße. Tut mir leid. Wenn ich mit dem Thema erst mal anfange, kann ich manchmal nicht mehr damit aufhören.«

Ich nahm mir kurz Zeit, um mich wieder zu beruhigen. Dylan hatte nicht vorgehabt, mir wehzutun. Er hatte nur seinem Frust Luft gemacht. »Du hast wirklich ganz schön viel Wut im Bauch.«

Er blickte mich an, und plötzlich sah er unglaublich müde aus. »Ich weiß.«

»Du bist zu jung, um so wütend zu sein.«

Er schüttelte den Kopf. »Die Wut kann einen in jedem Alter erwischen, Ev, glaub mir.«

Ich betrachtete ihn eine Weile und fragte mich, ob es daran lag, dass er seine Mom verloren hatte. War er deshalb so unglücklich? Vielleicht lag es aber auch daran, dass er hier aufgewachsen war, wo sich lauter kleine Ungerechtigkeiten zu einem unentwirrbaren Riesenknäuel verbanden, bis es nicht mehr auszuhalten war.

»Was willst du denn nach der Schule machen?«

Er hob eine Schulter. »Weiß ich noch nicht genau.«

»Wirklich? Es klang so, als hättest du einen ganz genau ausgeklügelten Plan.«

Das entlockte ihm ein winzig kleines Lächeln. »Mein Plan ist es, hier abzuhauen. Über den Rest mache ich mir Gedanken, wenn es so weit ist.«

»Na, auf jeden Fall hast du ein großes Talent dafür, dir Sorgen zu machen. Vielleicht könntest du ein professioneller Elendshändler werden, der Leuten, die zu glücklich sind, Griesgnatzigkeit andreht. Also wenn du nicht gerade überteuertes Parfum an Leute verkaufst, die glauben, sie könnten ihr Leben mit einem neuen Duft ein bisschen aufmöbeln.«

Er horchte auf. »Hältst du das für so absurd?«

»Nicht absurd, nein. Ich glaube nur nicht, dass der neueste Duft von Calvin Klein Männer in George Clooney oder Frauen in Eva Longoria verwandelt.«

Er schnaubte. »Also noch etwas, bei dem wir unterschiedliche Ansichten haben.«

Ungläubig starrte ich ihn an. »Du *glaubst* das doch nicht etwa?« Dylan O'Dea war der letzte Mensch auf Erden, von dem ich gedacht hätte, dass er sich von Werbung manipulieren ließe.

Als er mich ansah, veränderte sich seine Miene, als würde er gerade an seinen erklärten Lieblingsplatz auf Erden denken. Oder an seinen Lieblingsmenschen. »Ich glaube, dass Gerüche alles transformieren können«, sagte er mit leuchtenden Augen. »Nimm zum Beispiel die Villas. Wenn sie nicht so stinken würden, wäre es hier nur halb so deprimierend. Wenn die Villas nach einem Feld voll mit wildem Lavendel duften würden oder nach einer Orangenbaumplantage, dann würde es mir nichts ausmachen, hier zu leben. Stell dir vor, man würde nach dem Duschen nach Schweiß und Dreck riechen – niemand würde sich mehr waschen. Leute fühlen sich gut, wenn sie gut riechen. Dann fühlen sie sich dem bevorstehenden Tag gewachsen. Ich garantiere dir, dass kein Duft der Welt einen beliebigen Mann in George Clooney verwandeln kann, aber er kann dafür sorgen, dass er sich wie George Clooney *fühlt*. Darum sind die Leute bereit, so viel dafür zu zahlen.«

Während ich seiner Rede lauschte, legte mein Herz einen Takt zu. Er sprach mit solcher Eindringlichkeit ... mir war zumute, als sähe ich jemandem zu, der mit aller Kraft rannte und rannte, geradewegs auf ein Ziel zu, das weit jenseits des Horizonts lag. Ich konnte versuchen, ihm zu folgen, aber niemals würde ich Schritt halten können. Vielleicht faszinierte mich Dylan O'Dea deshalb so sehr. Er war nicht für ein Leben hier im Block bestimmt, und er würde nicht lange hierbleiben. Ich spürte es in meinen Knochen.

»Ich glaube, ich verstehe jetzt, wie du an den Job im Arnotts gekommen bist«, sagte ich, und allmählich ließ die wachsende Faszination meine Verärgerung dahinschmelzen. Auch wenn seine Schwarzmalerei mich frustrierte: Bei jedem unserer Gespräche erfuhr ich etwas Neues und Interessantes über ihn.

»Wenn ich irgendwas wirklich kann, dann Leute davon zu überzeugen, dass Gerüche wichtig sind.«

»Klingt plausibel angesichts deiner Superheldennase«, sagte ich lächelnd.

Wir sahen einander an. Dylans Blick glitt über mein Haar, das mir über die Schulter fiel, mein Kleid, das sich eng an meine Hüften schmiegte, und dann streifte sein Blick meine Schenkel. Ein ganz neues Gefühl wallte in mir auf. Als würde ich innerlich verbrennen.

Ein Summen hallte in meinem kleinen Zimmer wider, und Dylan zog sein Handy aus der Tasche. Er warf einen kurzen Blick aufs Display, dann nahm er den Anruf entgegen.

»Dad, hey.«

Ich beobachtete, wie sich seine Brauen zu einem wütenden, schnurgeraden Strich herabsenkten. »Ich bin sofort da.«

Er legte auf und sah mich an, und bei seinem Gesichtsausdruck überlief es mich kalt. »Jemand hat meine verdammte Wohnungstür mit Farbe besprüht.« Seine Stimme klang fast wie ein Knurren. Ohne ein weiteres Wort marschierte er hinaus und durchs Wohnzimmer, wo die anderen noch immer vor dem Film saßen.

»Hey, wo willst du hin?«, fragte Amy verblüfft.

Dylan stampfte wortlos an ihr vorbei. Im nächsten Augenblick fiel die Wohnungstür krachend hinter ihm zu.

»Irgendwer hat seine Tür mit Farbe besprüht«, erklärte ich rasch, ehe ich ihm hinterhereilte.

Amy fluchte, und Conor sprang auf und folgte mir. Zwei Minuten später standen wir alle vor Dylans Tür. Meine Eingeweide verkrampften sich, als ich sah, was dort in roten Buchstaben geschrieben stand: *Du bist tot*. Sam keuchte auf. Ich schlüpfte als Erste hinein.

Was ich sah, versetzte mir einen Stich ins Herz. Dylan kniete vor dem Sessel, in dem sein Vater saß, und hatte beide Arme fest um ihn geschlungen. Tommy wirkte zutiefst erschüttert, und Dylan flüsterte beruhigend auf ihn ein.

»Welcher kleine Scheißkerl das auch war, dafür gehört er eingesperrt«, sagte Yvonne, als sie sah, in welchem Zustand Tommy war. Sie trug immer noch ihren Pyjama, aber sie schien sich nichts weiter daraus zu machen. Sie ging ebenfalls zum Sessel und kniete sich neben Dylan und seinen Vater.

»Tommy, ich bin Yvonne Flynn, Evelyns Tante. Soll ich die Polizei rufen?«

Dylans Vater schüttelte den Kopf. »Nein, bitte nicht. Ich will keinen Ärger haben.«

»Die können sowieso nichts machen«, sagte Dylan. »Ich klär das selbst. Ihr geht jetzt besser alle nach Hause.«

»Wir gehen nirgendwohin. Und du klärst das nicht allein«, protestierte Amy.

Irgendwas daran musste ihn wohl erzürnt haben, denn er fuhr herum, schäumend vor Wut. »Wenn ich sage, ich kümmere mich darum, dann tu ich das verdammt noch mal auch.« Eine kurze Pause, dann sagte er lauter und sehr nachdrücklich: »Ihr müsst jetzt gehen. Alle.«

»Aber Dylan, wir wollen doch nur …«

»Ich habe gesagt, RAUS hier!«, brüllte er, und ich machte vor Schreck einen Satz.

»Na los. Dylan hat recht«, mischte sich Yvonne ein, die Stimme der Vernunft. »Wir sollten ihn und seinen Dad mal ein bisschen in Ruhe lassen.«

Ich wollte nicht gehen, aber mir Dylans Zorn zuziehen wollte ich auch nicht. Anscheinend ging es den anderen ähnlich, denn gleich darauf waren wir alle auf dem Rückweg.

»Glaubst du, das war Shane?«, fragte ich Conor unterwegs. Ihm war anzusehen, dass er sich ebenso große Sorgen um Dylan machte wie ich.

»Keine Ahnung. Könnten auch wer aus der McCarthy-Gang gewesen sein. Du weißt, dass sie ihn rekrutieren wollten, oder?«

Ich nickte. »Jepp. Ich habe das blaue Auge gesehen, das sie ihm für seine Weigerung verpasst haben.«

Conor stieß einen langen Atemzug aus. »Sie wollen ihn, weil er so groß ist. Hochgewachsene Typen wie Dylan sind ihnen am liebsten, weil die auf andere Gangs bedrohlich wirken. Manchmal bin ich froh drum, dünn und halb blind zu sein.«

»Dein Kreuz wird schon noch breiter«, sagte Sam. »Und wozu gibt es die Laserchirurgie? Übrigens bin ich ziemlich sicher, dass es nicht Shane war. Der hat nur eine große Klappe, aber es steckt nichts dahinter.«

»Er hat meiner Nichte ins Gesicht geschlagen, das würde ich nicht als *nichts* bezeichnen«, warf Yvonne ein. »Wenn ich seine Mutter nächstes Mal sehe, rede ich ein Wörtchen mit ihr.«

»Seine Mutter ist auf Crack«, sagte Amy. »Die interessiert es einen Scheiß, was ihr Sohn so anstellt.«

Yvonne presste die Lippen zusammen, und zwischen ihren Brauen entstand eine steile Falte. »Oh, sie wird sich dafür interessieren, wenn ich mit ihr fertig bin.«

»Immer drauf, Yvonne!«, johlte Sam. »Du bist unsere Heldin. Ich sollte dir für Halloween ein Wonder-Woman-Kostüm besorgen.«

Conor sah ganz verschüchtert drein, so als würde er sich dafür schämen, dass ihm die Vorstellung meiner Tante im Kostüm gefiel. Ich glaube aber, außer mir fiel es niemandem auf.

Zurück in unserem Wohnzimmer, schaltete Yvonne den Film wieder ein, aber ich konnte mich nicht konzentrieren, in Gedanken war ich ganz woanders. Ich bekam Dylan und diese fürchterlichen Worte, die jemand an seine Tür geschmiert hatte, nicht aus dem Kopf. Plötzlich verstand ich, weshalb er so wütend war. Ich konnte mir nicht vorstellen, wie es sein musste, wenn einen ständig solche Idioten umschwirrten, einen verhöhnten und versuchten, einen fertigzumachen. Allerdings kam mir Dylan nicht vor wie jemand, der sich fertigmachen ließ, und er schien fest entschlossen zu sein, das auch unmissverständlich und ein für alle Mal klarzustellen, ganz gleich, was danach geschah. Meine Innereien verkrampften sich, und bei der Vorstellung, dass er sich dadurch womöglich noch tiefer hineinritt, bekam ich ein flaues Gefühl im Magen.

Was würde er tun? Und, noch wichtiger: Wen würde es treffen?

6. KAPITEL

»Du hast es abgewischt, stimmt's«, fragte jemand hinter mir.

Ich war gerade auf dem Weg zum Unterricht. Dylan fasste mich sanft am Arm, und ich blieb wie angewurzelt stehen.

»Was abgewischt?«, spielte ich die Ahnungslose und sah zu ihm hoch. Natürlich wusste ich genau, was er meinte. Früh am Morgen war ich hochgegangen und hatte die Farbe von seiner Tür geschrubbt. Ich hatte mich so nutzlos gefühlt, so außerstande, ihm irgendwie zu helfen, aber *irgendetwas* wollte ich dringend tun. Also hatte ich diese Tür saubergemacht. Keine große Sache.

»Jetzt hab dich nicht so. Ich weiß, dass du es warst, mein Dad hat dich gesehen.«

Ich stieß die Luft aus. »Na schön. Ja, das war ich, aber ich habe es nur gemacht, weil es mir ein Bedürfnis war. Wenn Shane das getan hat, dann war es ja mehr oder weniger meine Schuld, wenn man mal genauer drüber nachdenkt.«

»Das war nicht Shane. Der hat für so etwas gar nicht den Arsch in der Hose.«

Ich dachte kurz darüber nach. Vielleicht hatte er recht. »Sam sagt, der hätte nur eine große Klappe, aber es steckt nichts dahinter.«

»Sam sagt eine Menge kluger Dinge … wenn ihm gerade danach ist.«

Ich lachte leise. »Das ist allerdings wahr.«

Dylan lächelte mich an, dann sah er weg, und wir liefen Seite an Seite weiter. Er räusperte sich. »Jedenfalls danke, dass du das gemacht hast. Ich wollte es selbst tun, aber ich bin immer so wütend geworden, wenn ich das Geschmiere gesehen habe. Am liebsten hätte ich die Tür eingeschlagen.«

»Hätte sogar klappen können. Die Türen in den Villas sind papierdünn.« Nach einer kurzen Pause fragte ich: »Wenn es nicht Shane war, wer dann?«

Dylans Gesicht wurde ernst. »Du weißt, wer, Evelyn.«

Ich sah mich um, ehe ich mit gedämpfter Stimme sagte: »Du machst aber jetzt nicht bei denen mit, oder?«

»Da müssten sie mich erst umbringen«, erwiderte er düster, und ich erschrak. Es war ja nicht so, dass die McCarthys noch nie jemanden umgebracht hätten. Und dazu musste man die Drogentoten durch das Heroin, mit dem sie dealten, gar nicht einrechnen.

Ich blieb stehen. »Sag doch nicht so was«, flüsterte ich.

Dylan stellte sich direkt vor mich, sah zu mir herunter und betrachtete mein Gesicht. »Würdest du mich denn vermissen, wenn sie es täten?«

»Natürlich.«

Anscheinend freute er sich über diese Antwort, jedenfalls wurde sein Blick ganz warm und seine Miene sanfter. »Dann sehe ich wohl besser zu, nicht zu sterben.«

»Ja«, antwortete ich und verdrehte die Augen, weil er ganz offensichtlich auf ein Kompliment aus war oder darauf, zu erfahren, wie es um meine Gefühle für ihn stand. »Bitte tu das. Und jetzt muss ich in den Unterricht.«

»Dann geh. Und ich passe auf, dass ich für dich am Leben bleibe«, sagte er, ergriff meine Hand und drückte sie.

Ich ging an ihm vorbei und lief den Gang entlang. Nach seiner kurzen Berührung kribbelte mein Magen. Dem Unterricht konnte ich nicht richtig folgen, die ganze Zeit sah ich Dylans Lächeln vor mir, und beim Gedanken daran, wie er ganz behutsam mit mir geflirtet hatte, flatterten Schmetterlinge in meinem Bauch.

Später sah ich ihn in der Cafeteria wieder. Ich saß neben Sam und pulte gerade die widerspenstige Folie von meinem Sandwich ab, da brach urplötzlich ein Riesentumult aus.

Ich hörte nichts weiter als »KÄMPFEN, KÄMPFEN, KÄMPFEN«. Am anderen Ende des Saals hatte sich eine Menschenmenge gebildet, aber vor lauter Schülern sah ich nicht, was da los war.

Sam schob mit weit aufgerissenen Augen seinen Stuhl zurück und ging nachsehen. Ich folgte ihm, vor allem, um aufzupassen, dass mein Freund nicht irgendwie in die Schusslinie geriet. Drängte mich an Leuten vorbei, die die Kämpfenden, wer immer es war, mit Sprechgesängen anheizten.

Als ich sah, dass es Dylan war, allein gegen drei andere Jungs – allesamt junge McCarthy-Mitglieder –, erstarrte ich. Einer von ihnen, Jackson Keegan, war ein berüchtigter Unruhestifter. Er wurde ständig vom Unterricht ausgeschlossen, weil er sich mit anderen Schülern prügelte oder Lehrer bedrohte. Zu sehen, wie er und Dylan aufeinander losgingen, ließ mir das Blut in den Adern gefrieren. Über Jackson munkelte man, er hätte mal einen anderen Schüler krankenhausreif geschlagen. Zum Glück war Dylan stärker als er.

Vorhin war er noch so gut gelaunt gewesen, hatte mit mir geflirtet. Es war ein richtiger Schock, jetzt zu sehen, wie er nur mit den Fäusten auf drei andere Jungs zugleich losging. Er landete einen Faustschlag, aber ein anderer Gegner trat ihm von hinten gegen das Bein. Ich zuckte zusammen und rang nach Luft. Dylan wirbelte herum, und der andere trat erneut zu, diesmal gegen Dylans Brust.

»Hey! Sofort aufhören!«, donnerte die Stimme des Direktors, und die Menge zerstreute sich auf der Stelle. Mr Kelly war eine imposante Erscheinung mit seinen fast eins neunzig, dem kurz gestutzten Haar und der stets strengen Miene. Mit ihm legte man sich besser nicht an.

Ich wich ein paar Schritte zurück und sah, wie er den Zeigefinger auf Dylan und die anderen richtete. »Ihr vier. In mein Büro. SOFORT.«

Es war mucksmäuschenstill, während sie hinausgingen. Ich setzte mich wieder zu Sam an den Tisch, aber hungrig war ich nicht mehr.

»Glaubst du, dass Dylan das mit ›Ich klär das selbst‹ gemeint hat?«, fragte Sam, und seine Mundwinkel bogen sich nach unten. Er sah nur selten so finster drein wie jetzt, der Kampf schien auch ihn ganz schön mitgenommen zu haben.

»Ich bin nicht ganz sicher«, antwortete ich beunruhigt. »Kann auch sein, dass die damit angefangen haben. Wahrscheinlich hat er sich nur gewehrt.«

»Ich weiß nicht. Dieser Kerl hat doch irgendwie eine Art Selbstzerstörungsknopf eingebaut.«

Ich atmete scharf aus, denn Sam hatte recht. Mir kam Dylan ebenfalls nicht vor, als würde er besonderen Wert auf Selbsterhaltungsinstinkte legen, vor allem, wenn man ihn in die Enge trieb. Lieber stürzte er sich kopfüber in den Kampf.

Ich war noch ganz in Gedanken versunken, als Shane mit seinem üblichen Gefolge an unserem Tisch vorbeischlenderte.

»Können wir dir helfen?«, fragte Sam herausfordernd.

»Nope. Wollte mir nur mal ein paar Schwuchteln aus der Nähe ansehen.«

»Mädchen können keine Schwuchteln sein. Bei Mädchen heißt das Lesbe. Bisschen mehr Präzision, bitte«, entgegnete Sam.

»Dann eben ein paar Lesben. Manchmal vergess ich, was du für eine kleine Schlampe bist.«

Gereizt erhob sich Sam. »Lieber eine kleine Schlampe als der Sohn einer dreckigen Crack-Hure.«

Shane blinzelte, und kurz flog ein Schatten über sein Gesicht. Schmerz? Im nächsten Augenblick war der Schatten wieder verschwunden, und er erkundigte sich mit leiser, drohender Stimme: »Was hast du gerade gesagt?«

»Du hast es sehr gut verstanden.«

In diesem Moment kam einer der Aufsichtslehrer. »Bei euch alles in Ordnung?«

Im Ernst, diese Schule brauchte einen Sicherheitsdienst. Irgendwo brach immer eine Prügelei aus. Shane und Sam starrten einander noch einige Atemzüge lang an, wie zwei Hunde, die jede Sekunde aufeinander losgehen würden. Dann sah Shane den Lehrer an.

»Alles in bester Ordnung«, blaffte er und verschwand.

Der Lehrer zog ebenfalls von dannen, wahrscheinlich froh, einen zweiten Kampf in dieser Pause verhindert zu haben, und ich musterte Sam.

»Du legst es aber auch wirklich darauf an, Ärger mit ihm zu bekommen.«

Sam biss von seinem Sandwich ab. »Hab nur die Schnauze voll davon, mich die ganze Zeit rumschubsen zu lassen«, brummte er.

Ich betrachtete sein Gesicht, und in mir stieg die Ahnung auf, dass er mir irgendetwas verschwieg. Das machte mir Sorgen. Sam war für mich immer wie ein offenes Buch gewesen, wir hatten nie Geheimnisse voreinander.

Kurz vor Schulschluss machte das Gerücht die Runde, dass alle vier Jungs nach der Schlägerei in der Cafeteria suspendiert worden waren. Ich suchte nach Dylan, um nachzusehen, ob es ihm gut ging, aber anscheinend hatte man ihn schon nach Hause geschickt.

Ich lief durchs Tor und beschloss, auf dem Rückweg bei meiner Grandma vorbeizusehen, da tauchte er plötzlich hinter einem Zaun auf. Erschrocken presste ich eine Hand vor die Brust.

»Du hast mich erschreckt.«

Verlegen kratzte er sich am Kopf. »Tut mir leid. Ich habe auf dich gewartet, aber ich wollte nicht, dass mich einer der Lehrer entdeckt. Ich bin suspendiert worden.«

»Ja, hab's schon gehört. So lächerlich. Du hast die Prügelei schließlich nicht angefangen, du hast dich nur verteidigt.«

Seine Miene wurde noch verlegener, und er wandte den Blick ab.

»Dylan«, keuchte ich. »Bitte sag mir, dass du nicht mit drei bekannten Gang-Mitgliedern eine Prügelei angefangen hast!«

»Die sollen wissen, dass ich es ernst meine.«

»Tja, aber die meinen es noch ernster. Du bist nur einer, und das sind wer weiß wie viele. Diesen Kampf kannst du nicht gewinnen.«

»Ich lass mich aber nicht kleinkriegen. Ich wäre lieber tot, als für die zu arbeiten.«

»Lieber Himmel, kannst du vielleicht mal damit aufhören, ständig vom Sterben zu schwafeln?«

»Ich habe dir doch gesagt, meine Ehrlichkeit ist oft ein Problem.«

»Tja, ein bisschen Zensur so dann und wann würde tatsächlich nicht schaden«, schnaubte ich.

Es verwirrte mich, wie sehr mich die Vorstellung, Dylan könnte etwas zustoßen, erschreckte. Eigentlich spielte er in meinem Leben doch gar keine große Rolle. Ja, gut, wir waren befreundet, aber nicht besonders eng. Der Gedanke, dass er vielleicht nicht mehr lange da war, hätte mich nicht so erschüttern dürfen. Am Ende des Schuljahrs würde er die Schule ja ohnehin verlassen.

»Wo willst du hin?«, fragte er, als ihm auffiel, dass ich einen anderen Weg nahm als gewöhnlich.

»Zu meiner Grandma. Du kannst mitkommen, wenn du willst.«

»Okay«, sagte er, und ich starrte ihn überrascht an. Die meisten Leute schlugen ein solches Angebot dankend aus. Pflegeheime sind kein sonderlich verlockendes Ausflugsziel. Immerhin, stellte ich fest, hatte Dylan keine sichtbaren Verletzungen von der Prügelei davongetragen. Ich wusste nicht, wie gut man es im Heim finden würde, wenn ein Teenager mit frischen Kampfverletzungen zu Besuch kam.

»Diese Heime stinken immer nach Pisse und Desinfektionsmittel«, sagte Dylan beim Eintreten. Ich winkte Zara zu, die am Empfang saß. Sie kannte Yvonne und mich inzwischen, und wir mussten uns bei unseren Besuchen nicht mehr in ihrer Liste eintragen.

»Jepp«, stimmte ich ihm zu. »Leider braucht man nicht mal eine besonders gute Nase, um das zu riechen.«

»Das ist wirklich schrecklich entwürdigend«, fuhr Dylan betrübt fort.

»Krankheit hat nun mal wenig mit Würde zu tun«, sagte ich, ehe ich an die Tür zu Großmutters Zimmer klopfte.

»Komm … rein«, rief sie schleppend. Das Sprechen fiel ihr seit Jahren immer schwerer. Und jedes Mal, wenn ich feststellte, dass sich ihr Zustand weiter verschlechtert hatte, weinte ich ein bisschen. Es ist erstaunlich, dass man ganz ohne Tränen weinen kann, wenn man nicht will, dass der andere den inneren Aufruhr bemerkt.

Ich öffnete die Tür und trat ein, gefolgt von Dylan.

»Hallo Grandma. Ich hoffe, es macht dir nichts aus, dass ich einen Freund mitgebracht habe. Das ist Dylan.«

»Es macht … mir nichts aus. Hallo Dylan.«

»Hallo Mrs Flynn. Schön, Sie kennenzulernen«, antwortete er und trat einen Schritt auf sie zu.

»Oh, sieh … dich … nur … an. Deine … Mutter …«

»Was möchtest du sagen, Grandma?« Ich zog mir einen Stuhl heran und stellte ihn neben ihren Rollstuhl. Manchmal kam sie durcheinander, wenn sie etwas zu sagen versuchte. Ihre Gedanken waren ganz klar, aber ihr Körper war nicht immer imstande, das auszudrücken, was sie sagen wollte. An manchen Tagen sprach sie ganz normal, und an anderen bereiteten ihr selbst einfachste Sätze Schwierigkeiten.

»Du siehst aus wie deine Mutter«, brachte sie endlich heraus.

»Sie haben meine Mom gekannt?«, fragte Dylan mit leicht belegter Stimme.

Grandma nickte. »Wir waren Nachbarn, drüben in den Villas, und ich war … damals Floristin. Sie hat … jede Woche … Blumen gekauft. Flieder mochte sie … besonders gern.«

Kurz schloss Dylan die Augen, ehe er heiser antwortete: »Ja, das tat sie wirklich. Ich sollte ihr ständig beschreiben, wie er riecht.«

»Und wie hast du ihr diesen Duft beschrieben?«, fragte ich neugierig.

»Es ist ein starker, berauschender Duft, manchmal sogar unangenehm stark, aber ich liebe ihn. Er erinnert mich so sehr an sie. Manchmal kann er auch sehr süß sein.«

»Du siehst ihr wirklich ... sehr ähnlich«, sagte Grandma. »Dieses Gesicht würde ich überall wiedererkennen. Es ist seltsam, nicht? Die Lady ... ohne Geruchssinn, die ... Blumen liebt.«

»Auf jeden Fall ganz schön ironisch«, sagte Dylan traurig.

»Es tut mir leid, dass ... sie gestorben ist. Es war ... viel zu früh.«

Dylan nickte ernst, antwortete aber nicht. Ich dachte an meine eigene Mutter und an das, was ich kürzlich erfahren hatte: Dass es Dylans Eltern gewesen waren, die sie ins Krankenhaus gebracht hatten, als die Wehen einsetzten. Ich hätte meine Grandma gern danach gefragt, wusste aber nicht recht, wie ich mit diesem schwierigen Thema anfangen sollte.

Am Ende fragte ich schlicht: »Hast du in letzter Zeit mal was von Mom gehört?«

Grandma nickte. »Sie hat erst ... letzte ... Woche ... angerufen. Sagte, es geht ihr gut.«

»Oh. Das ist schön. Dylans Vater hat mir erzählt, dass er sie damals ins Krankenhaus gefahren hat, als ich geboren wurde. Erinnerst du dich daran?«

»Natürlich. Immerhin war das der Tag, an dem ... du auf die Welt gekommen bist. Ich war auf der Arbeit ... und Yvonne ... in der Schule, als es losging. Damals gab es noch keine Handys, also haben wir davon erst erfahren, als sie schon seit Stunden in den Wehen lag.«

Ich nickte nachdenklich. »Wie war sie denn damals?«

»Meine Lily? Dein genaues Gegenteil, in jeder Hinsicht. Sie war meine wilde Tochter, und Yvonne war mein kleiner Engel. Aber ich habe sie beide ganz gleich geliebt.« Sie unterbrach sich und schniefte leise. »Das tu ich immer noch.«

Ich wusste, dass Grandma wütend darüber war, dass Mom mich verlassen hatte, sie haderte immer noch sehr damit. Als ich Dylan ansah, stellte ich fest, dass er mich aufmerksam musterte. Ich fand, dass dieses Gespräch zu persönlich wurde, jedenfalls wenn er dabeisaß, also wechselte ich lieber das Thema. »Ach übrigens, Grandma, habe ich dir schon erzählt, wie gut meine Glockenblumen dieses Jahr gedeihen? Ich bringe dir bald einen Strauß vorbei.«

Die nächste halbe Stunde lang plauderten wir über Blumen, und ich machte Tee in der kleinen Küchennische in Grandmas Zimmer und stellte uns auch einen Teller Kekse hin. Dylan sah mich ständig an. Es schien ihn kein Stück zu langweilen, wenn ich über meinen Dachgarten sprach. Ich hatte noch nie jemanden kennengelernt, den das Thema so fesselte – selbst Yvonne langweilte ich damit manchmal fast zu Tode.

Gerade als wir wieder auf die Straße traten, fing es an zu regnen, und wir mussten den ganzen Weg rennen. Als wir ankamen, waren wir trotzdem bis auf die Knochen durchnässt, und ich musste lachen. Dylan lehnte sich gegen die Wand neben dem Treppenhaus, ein leichtes Lächeln auf den Lippen.

»Ich möchte lieber noch nicht nach Hause«, sagte er, und mir rann ein freudiger Schauer über den Rücken.

»Warum denn nicht?« Meine Stimme klang unerwartet heiser.

»Wahrscheinlich hat die Schule inzwischen schon angerufen und meinem Dad gesagt, dass ich suspendiert wurde. Ich bin noch nicht bereit, ihm gegenüberzutreten.«

»Yvonne ist noch auf der Arbeit. Wenn du möchtest, kannst du mit zu mir kommen. Ich mach uns was zu essen.«

Er schluckte, und ich sah, wie sich sein Kehlkopf bewegte. »Klingt gut.«

Ich drehte mich um, und er folgte mir die Treppen hinauf. Irgendwie spürte ich, dass er meinen Hintern betrachtete, aber ich drehte mich nicht um. Ein Kribbeln rann mir übers Rückgrat. In der Wohnung angekommen, nahm ich zwei Handtücher aus dem Wäscheschrank, und nachdem wir uns abgetrocknet hatten, sahen wir nach, was sich an Essbarem in der Küche fand. Ich schob eine Tiefkühlpizza in den Ofen, dann setzte ich mich zu Dylan aufs Sofa. Er schaltete den Fernseher ein, und mir fiel auf, dass seine Knöchel ein bisschen gerötet waren. Die Haut war unverletzt, aber wahrscheinlich tat es trotzdem weh.

Ich schob die Unterlippe vor und deutete auf seine Hand. »Das sieht aufgeschürft aus.«

Dylan warf einen Blick darauf, dann streckte er seine Finger. »Ja, tut ein bisschen weh.«

»Willst du Eis? Zum Kühlen?«

»Nee, alles gut.«

»Dann vielleicht eine Massage?«, platzte ich heraus.

Er zog eine Braue hoch. »Eine Massage?«

Ich räusperte mich. »Eine Handmassage, meine ich. Vielleicht hilft es nicht großartig gegen die Schmerzen, aber Sam und ich machen das ganz gern ab und zu füreinander, wenn wir gestresst sind. Es ist in Ordnung, wenn du nicht möchtest. Ich weiß, dass manche Leute solche Berührungen nicht mögen.«

Er lachte leise in sich hinein. »Glaub mir, Ev: Ganz egal, auf welche Art du mich berühren willst, ich bin absolut sicher, dass ich es mag.«

Darauf fiel mir keine Antwort ein, und ich wurde knallrot, also griff ich einfach schnell nach seiner Hand. Es gefiel mir, wenn er mich Ev nannte, genau wie Sam und Yvonne es taten.

Als ich anfing, seine Handfläche zu kneten, wurde sein Atem ein wenig schneller, und kurz bereute ich mein Angebot. Ihn zu berühren fühlte sich viel intimer an als bei Sam. Bei Sam war es einfach eine Freundschaftsgeste, aber Dylan war etwas ganz anderes. Meine Brust wurde eng und weit zugleich.

»Fühlt sich gut an«, sagte Dylan. Er klang ganz entspannt.

»In Sachen Handmassage bin ich einfach die Beste«, sagte ich, dann zuckte ich zusammen, als mir klar wurde, wie das klang. »Ich meine, äh … vergiss es.«

Seine Lippen verzogen sich zu einem Lächeln, aber er machte keine Bemerkung über meine Verlegenheit. Ich massierte weiter, staunte darüber, wie groß seine Hand war, und dann fragte ich mich, was er damit alles machen könnte. Bei dem bloßen Gedanken wurden meine Wangen heiß. Ob er schon mal Sex gehabt hatte? Wenn ich ihn mir so ansah, war ich sicher, dass sich die Gelegenheit schon mal ergeben hatte. Aber hatte er Erfahrung? Mit wie vielen Mädchen hatte er schon geschlafen?

Dylan stieß ein eigenartiges Grollen aus, und ich hielt inne. »Entschuldige bitte. Tat das weh?«

»Du tust mir eindeutig kein bisschen weh«, antwortete er.

»Oh. Okay. Gut.«

Zögerlich machte ich weiter, unsicherer als zuvor. Es machte ihn ja wohl sicher nicht an, dass ich seine Hand berührte. Sein Blick andererseits …

Als ich ihn wieder ansah, betrachtete er gerade meinen Mund. Mit rasendem Herzen wandte ich mich ab und stellte ihm eine Frage, die mir schon seit gestern auf der Seele brannte. »Dylan?«

»Hmm?«

»Warum hältst du mich für wunderbar?«

Seine Stimme klang träge, fast schläfrig. »Für wunderbar?«

»Das hast du gestern zu Yvonne gesagt. Dass du mich wunderbar findest. Ich habe mich nur gefragt, weshalb.« Die Worte sprudelten nur so aus mir heraus.

Lange schwieg er, und ich drückte die Fingerspitzen in seine Handfläche. Er gab einen genüsslichen Laut von sich. Ich fühlte mich ganz friedlich und zugleich wie elektrisch aufgeladen.

Endlich antwortete er: »Wenn du jemanden anlächelst und Hallo zu ihm sagst, dann meinst du es wirklich so.«

Das ist alles? Ich war enttäuscht. Irgendwie hatte ich etwas weniger … Alltägliches erwartet.

»Ich glaube, die meisten Leute meinen es so, wenn sie Hallo sagen, Dylan.«

»Nicht so wie du. Du hast dieses Leuchten in dir, diese Ausstrahlung, die macht, dass ich mich … ich weiß nicht, irgendwie leichter fühle. So, als ob es mich daran erinnert, dass es in dieser Welt auch Gutes gibt«, erklärte er, und mir wurde schwindelig. Vielleicht war es doch nicht so alltäglich. Fast schüchtern fuhr er fort: »Und dein Aussehen schadet ganz sicher auch nicht.«

Die Neugier überwältigte mich, und ich flüsterte: »Wie sehe ich denn aus?«

Er zögerte, dachte darüber nach, und dann sagte er mit einem leidenschaftlichen Eifer, den ich noch nie zuvor an ihm bemerkt hatte: »Du siehst aus wie ein sonniger Tag am Strand, wenn man ganz sandige Füße hat und Sandburgen baut. Oder wie das Gefühl, wenn mein Dad gut drauf ist, statt bei jeder knarrenden Fußbodendiele gleich zu denken, dass es Holzwürmer sind oder eine Ratte oder dass sich ein Serienkiller im Schrank versteckt.«

»Oh. Äh. Danke, glaub ich.« Ich runzelte die Stirn. Ich wusste, dass es ein Kompliment sein sollte, aber es war wirklich ein ganz schön eigenartiges. Ich machte mir Sorgen um ihn. Er war viel zu jung und begabt, um ständig so niedergeschlagen zu sein und so eine schwere Last zu tragen.

Er fluchte unterdrückt und schüttelte den Kopf. »Warte mal, das klang irgendwie nicht richtig. Was ich sagen wollte: Du siehst aus wie ein Leben ganz weit weg von hier. Ein glückliches Leben. Und du bist der schönste Mensch, den ich kenne. So, da hast du es.«

Ich starrte in meinen Schoß hinunter und spürte mein Herz hämmern. So etwas hatte noch nie jemand zu mir gesagt. Nicht mal ansatzweise. »Ich habe keine Ahnung, wieso du so eine hohe Meinung von mir hast«, sagte ich scheu.

»Vielleicht, weil ich dich schon lange beobachte. Ich erinnere mich nicht an eine Zeit, in der ich das nicht getan habe.«

»Ich wohne hier doch erst seit ein paar Jahren«, sagte ich und durchforstete meine Erinnerungen nach Momenten, in denen mir Dylan aufgefallen war. Ich begutachtete sie wie unter einem Mikroskop, versuchte sie zurückzuspulen und sie in Zeitlupe noch mal abzuspielen.

Ich erinnerte mich an einen Tag kurz nach meinem Einzug bei Yvonne. Ich hatte gerade eingekauft und stellte die Tüten kurz ab, um meinen Händen eine Pause zu gönnen. Als ich aufsah, stand im Treppenhaus ein Junge. *Dylan*. Er sah mich an, als wollte er etwas sagen, mir vielleicht Hilfe beim Tragen anbieten, aber dann schüttelte er nur den Kopf, drehte sich um und ging fort.

Er sagte die Wahrheit. Er hatte mich beobachtet. Bisher hatte ich nicht weiter darauf geachtet, hatte nur gedacht, er würde eben gern Leute beobachten. Jetzt sah ich es in einem ganz anderen Licht.

»Ich habe dich schon beobachtet, als du noch bei deiner Mom gelebt und ab und zu mal deine Tante und deine Grandma besucht hast. Du hast immer so glücklich ausgesehen. Ich habe oft gedacht, dass es schön sein muss, mit einem so fröhlichen Mädchen zusammenzuleben.«

Das stimmte, fröhlich war ich schon immer gewesen. Nicht so sehr, dass es anderen auf die Nerven ging, aber ich betrachtete das Leben gern von der positiven Seite. Das genaue Gegenteil von Dylan, könnte man sagen. Vielleicht fanden wir einander deshalb so interessant.

»Das ist wirklich nett, dass du das sagst«, antwortete ich schließlich ziemlich durcheinander. Mir war viel zu warm unter seinem aufmerksamen Blick.

Seine Mundwinkel zuckten. »Ich bin eben ein echt netter Typ.«

Ich kniff die Augen zusammen. »Nein, das bist du nicht«, neckte ich ihn.

Wieder wanderte sein Blick zu meinen Lippen, diesmal absichtlich. »Da hast du recht, bin ich nicht«, sagte er leise, und dann umfasste er mein Gesicht mit beiden Händen und küsste mich. Ich keuchte in seinen Mund, mir wurde schwarz vor Augen, und meine Hände krallten sich irgendwo fest.

Mich hatte noch nie zuvor jemand geküsst, und ich stellte mich ziemlich dämlich an. Dylan hingegen schien zu wissen, was er tat, denn er drehte ganz sachkundig meinen Kopf ein wenig, damit der Winkel stimmte. Und dann … und dann …

Und dann schob er seine Zunge in meinen Mund. Sie war rutschig, nass, aber sie bewegte sich, als würde er mich massieren, so wie ich eben noch seine Hand massiert hatte. Es kribbelte mich am ganzen Körper, und ich wimmerte leise auf. Bei dem Laut küsste mich Dylan umso nachdrücklicher, seine Zunge wurde schneller, und er rückte dichter heran. Immer dichter, bis ich rücklings auf dem Sofa lag und er sich mit einer Hand über mir abstützte.

Ich packte ihn an den Schultern und versuchte, immer noch unsicher, seinen Kuss richtig zu erwidern. Berührte zögernd seine Zunge mit meiner, und ihm entrang ein Stöhnen, das ich sehr sexy fand. Unwillkürlich erbebte ich. Versuchte es noch mal, wieder stöhnte er auf. Und diesmal legte er eine Hand auf meinen Oberschenkel und schob meine Beine auseinander. Legte sich dazwischen, und das, was ich in seiner Hose spürte, versetzte mich in blanke Panik.

Aber ich hörte nicht auf, ihn zu küssen. Es gefiel mir viel zu sehr, und ich wollte nicht, dass es jemals aufhörte. Wer wusste schon, ob es sich wiederholen würde? Ich wollte es so lange wie möglich auskosten, um mir seinen Geschmack tief in die Erinnerung einzuprägen, seinen Geruch in Krepppapier einzuschlagen und das alles tief in mir zu bewahren; für irgendeinen regnerischen Tag in der Zukunft, an dem ich ein wenig Sonnenschein gebrauchen konnte.

Genau so schmeckte er – wie ein Glas voller Sonne. Golden, so wie der Schimmer in seinem Haar.

Die Zeit verstrich, aber er hörte nicht auf, mich zu küssen. Nicht mal, um Luft zu holen. Es kam mir vor, als wollte auch er nicht, dass es vorbei war. Als hätte er schon sein ganzes Leben auf diesen Kuss gewartet und würde sich jetzt von nichts und niemandem dabei stören lassen. Sein Mund wärmte meinen Mund. Unter den Bewegungen seiner Zunge wurde mein ganzer Körper heiß und eigenartig träge, so als würde ich geradewegs ins Sofa schmelzen.

Wir küssten uns immer fiebriger, und irgendwann stieß er mit der Hüfte vor, ich spürte seine Härte zwischen meinen Schenkeln. In mir stieg eine ungeheure Erregung hoch, und mein ganzer Unterleib glühte auf und schien in Flammen zu stehen.

Dylan leckte und knabberte an meinen Lippen, und seine tiefen, maskulinen Laute mischten sich mit meinem leidenschaftlichen Wimmern. Ich hatte keine Ahnung, was ich hier eigentlich tat, aber ich wusste ganz klar: Es gefiel mir. Ihn zu küssen war, als wäre ich auf einmal vollständig, obwohl ich zuvor nicht gewusst hatte, dass überhaupt etwas fehlte.

Ich wollte seine Erektion in die Hand nehmen, wollte ihn ausziehen und seinen Körper erkunden. Ich wollte wissen, wie er nackt aussah.

Ich schlang ihm die Beine um die Hüften, drängte mich an ihn, auf der Suche nach etwas, das ich dringend brauchte, aber nicht benennen konnte. Meine Haut war heiß und gerötet, mein Atem ging so schnell, als hätte ich einen Marathon hinter mir, und es kam mir vor, als schlüge mein Herz eine Million mal pro Sekunde.

Zwischen meinen Beinen verspürte ich heftige und immer

rascher anwachsende Lust. Was das werden sollte, wusste ich nicht. Aber mir war sonnenklar: Wenn *es* nicht bald geschah, würde ich noch explodieren.

Dylans Erektion rieb über die Mittelnaht meiner Hose, aber ich wünschte, er würde stärker reiben. Ich wünschte, er würde mit seiner großen Hand in mich hineinfassen und mich von innen berühren. Wieder stöhnte er, und irgendetwas an der Kombination aus diesem Laut und der Reibung schleuderte mich himmelwärts. Vor meinen Augen explodierten lauter Sterne, das reinste Feuerwerk, und hinter meinen geschlossenen Lidern rasten Kometen entlang. Ein köstliches Beben nach dem anderen erfasste meinen ganzen Körper.

Erst eine ganze Weile später öffnete ich die Augen und entdeckte, dass Dylan mich anstarrte. Seine Augen waren fast schwarz vor Lust.

»Bist du gerade …«

Ich schüttelte den Kopf und biss mir auf die Unterlippe. »Nope. Nee. Auf keinen Fall.«

Aber ja, ich war gerade gekommen. So verdammt heftig gekommen.

Ich hatte soeben meinen ersten Orgasmus erlebt.

Es *musste* ein Orgasmus gewesen sein. Denn wenn nicht, dann würde ein richtiger Orgasmus einem wohl vollends den Verstand rauben.

Ich war fassungslos, dass ich gekommen war, obwohl er mir kein einziges Kleidungsstück ausgezogen hatte. Er hatte mich nicht einmal richtig berührt. Nur geküsst.

»Himmel«, sagte Dylan heiser, und dann schmiegte er das Gesicht in meine Halsbeuge. Kurz darauf fing er an, lauter kleine Küsse auf meiner Haut zu verteilen, und sofort wurde mir wieder heiß. Seine Lippen fanden zu meinen zurück, und wie zuvor wollte ich auch diesmal nicht aufhören. Nicht, um Luft zu holen. Nicht für sonst was auf der Welt.

Wir küssten uns, bis unsere Lippen wund waren.

Dann hörte ich, wie sich ein Schlüssel in der Tür drehte, und es war vorbei. Dylan und ich sprangen auseinander, als hätten wir einen elektrischen Schlag bekommen. Er saß mit ganz geradem Rücken auf der anderen Seite des Sofas, und ich ging in die Küche, um nach der Pizza zu sehen. Sie war ziemlich dunkel geworden, aber noch essbar.

»Oh Ev, du glaubst nicht, was ich für einen Tag hinter mir habe«, sagte Yvonne beim Hereinkommen. Dann blieb sie stehen. »Oh … hallo Dylan.«

Leicht verlegen kratzte er sich am Kopf. »Hi Yvonne.«

»Ich habe Dylan zum Essen eingeladen«, sagte ich. »Das ist hoffentlich okay?« Mir war, als wäre ich ganz rot im Gesicht. Kurz trafen sich mein und Dylans Blick, und ein Riesenschwarm Schmetterlinge flatterte in meinem Bauch auf. Rasch sah ich meine Tante an. Sie betrachtete mich, als würde sie genau wissen, dass sich irgendetwas verändert hatte, und auf einmal befürchtete ich, sie könnte mit einem kurzen Blick feststellen, was in den letzten dreißig Minuten geschehen war: Der Orgasmus, zu dem Dylan mich gebracht hatte, und dass mir in seiner Gegenwart mit einem Mal die eigene Haut zu eng zu sein schien.

Langsam und wie von allein hoben sich ihre Brauen. »Ich habe nichts dagegen. Habt ihr schon gegessen?«

Erleichtert sah ich zu, wie sie Tasche und Mantel aufhängte. »Noch nicht. Die Pizza ist gerade im Ofen. Möchtest du auch ein Stück?«

Sie seufzte. »Liebend gern. Und dann erzähle ich euch beiden alles über den verrückten Alten, der in die Bar marschiert kam und versucht hat, seinen Whiskey mit irischen Pfund zu bezahlen. Ich vermute fast, er hat heute zum ersten Mal seit vier Jahren das Haus verlassen, und niemand hat ihm von der Umstellung auf den Euro erzählt.«

»Er muss zwischendurch mal das Haus verlassen haben«, sagte Dylan. »Wie soll er sonst an etwas zu essen gekommen sein?«

Yvonne dachte darüber nach. »Vielleicht lebt er auf einer Farm und baut sein eigenes Gemüse an.«

»Irgendwelches Zubehör braucht er ja aber trotzdem. Vier Jahre sind lang«, wandte Dylan ein, und Yvonne lächelte und setzte sich, um weiterzudiskutieren. Meine Tante liebte skurrile Gespräche wie diese. Ich war sehr damit zufrieden, still ihrem Gespräch zu lauschen, denn ich selbst musste über den Kuss nachdenken. Von außen betrachtet versuchte ich so lässig zu erscheinen, wie es mir nur möglich war, aber innerlich war ich in hellem Aufruhr.

Himmel. Wie dieser Junge küssen kann. Mir war, als würde ich schweben. Ich hatte nie Freundinnen gehabt, mit denen ich über Jungs hätte reden können, und ich hatte nie etwas vermisst. Aber jetzt war ich völlig durch den Wind. *Dylan O'Dea hat mich verdammt noch mal geküsst.* Und nicht nur einfach geküsst. Es hatte sich angefühlt, als könnte er nicht anders, als mich mit Haut und Haar zu verschlingen. Hatte er sich ebenso sehr nach einer richtigen Berührung verzehrt wie ich? Rasten auch seine Gedanken gerade wild im Kreis, fragte er sich, wohin es wohl noch geführt hätte, wären wir nicht unterbrochen worden?

Ich sah ihn an, und ganz kurz erwiderte er meinen Blick. Ein wohliger Schauer durchlief mich.

Ja, ganz eindeutig fragte er sich das auch.

7. KAPITEL

»Glaubst du eigentlich, dass jeder Mensch irgendwie resozialisierbar ist?«, fragte mich Sam, während ich mich um meine Pflanzen kümmerte. Er hatte sich offenbar gelangweilt, sonst wäre er nicht hochgekommen, um mir Gesellschaft zu leisten. Es war spät am Sonntagabend, und ich hatte Dylan die ganze Woche nicht wiedergesehen. Seit der Sache auf dem Sofa.

Ich fragte mich, ob er Hausarrest bekommen hatte, weil er suspendiert worden war, aber sein Vater schien mir für so etwas nicht der Typ zu sein. Vielleicht bereute Dylan es ja mittlerweile, mich geküsst zu haben, und hielt sich erst mal von mir fern, während er überlegte, wie er mich so bequem wie möglich wieder loswurde.

Ja, so funktionierte mein Verstand, wenn ich mir Sorgen machte.

»Resozialisierbar?«, fragte ich, nur halb bei der Sache.

Sam seufzte ungeduldig. »Du bist irgendwie schon die ganze Woche in deiner eigenen kleinen Welt. Was ist denn mit dir los?«

Ich hatte ihm noch nichts von Dylan erzählt. Vor allem aus einem sehr kleinlichen Grund: Ich wusste genau, dass Sam irgendein Geheimnis vor mir hatte. Und ich würde ihm nichts anvertrauen, ehe er nicht damit herausrückte.

»Wenn ich in meiner eigenen kleinen Welt bin, dann bist du in deinem eigenen kleinen Universum«, antwortete ich.

Sam legte den Kopf schief. »Was soll das denn heißen?«

»Du bist mindestens ebenso zerstreut wie ich. Und was soll das ganze Zeug von irgendwelchen Leuten und Resozialisierung? Wovon redest du da eigentlich?«

Sam wich meinem Blick aus, und seine Miene wirkte fast beschämt. Er dachte lange nach, ehe er plötzlich herausplatzte: »Shane hat mich geküsst.«

Ich blinzelte benommen. »Er hat was?«

Wieder wandte er den Blick ab, in seiner Miene spiegelten sich widerstreitende Gefühle. »Er hat mich geküsst. Du hattest recht. Er ist schwul.«

Mehr Blinzeln. Ich war völlig geplättet und konnte nicht fassen, was ich da hörte. Konnte nicht glauben, dass Sam und ich beide in derselben Woche unseren ersten Kuss erlebt hatten. Und jetzt wusste ich auch, worauf er mit seiner Frage hinauswollte. Er wollte wissen, ob *Shane* resozialisiert werden konnte.

Ich überlegte, wie ich meine Frage am besten formulieren sollte. »Wie, äh, ist das denn passiert?«

»Er hat mir nach der Schule den Weg versperrt, als ich gerade nach Hause wollte. Du hast an dem Tag deine Grandma besucht, also war ich allein unterwegs. Ich hatte solche Angst, ich dachte, er will mich verprügeln oder so, aber dann hat er ... mich einfach gepackt und geküsst.«

Ich kriegte den Mund nicht mehr zu. Meine freudianische Theorie hatte sich als richtig erwiesen. Dabei hatte nicht mal ich selbst wirklich daran geglaubt.

»Wow.«

»Jepp.« Sam seufzte. »Also muss ich jetzt irgendwie klarkriegen, dass meine Nemesis in mich verknallt ist.«

»Ganz schöne Zwickmühle.« Ich kaute auf meiner Unterlippe herum. »Wie war es denn?«

»Der Kuss? Furchtbar. Absolut und vollkommen widerlich.«

Ich kicherte. »So gut also, ja?«

Er seufzte noch einmal. Wenn er nicht aufpasste, würden ihn die Leute noch für eine schwermütige Jungfer aus dem 18. Jahrhundert halten, die darauf wartete, endlich einen Mann zu finden. »Was ist das denn nur mit den Scheißtypen, denen wir einfach nicht widerstehen können?«

Ich zuckte mit den Schultern. Darauf hatte ich keine Antwort. Ich hatte noch nie auf Scheißkerle gestanden. Im Gegenteil. Ich stand auf Dylan O'Dea, der über Dinge nachdachte, an die die meisten Leute in unserem Alter keinen zweiten Gedanken verschwendeten, und mir erklärte, ich sei innerlich wie äußerlich wunderschön.

Als hätte ich ihn mit meinen Gedanken herbeibeschworen, tauchte er plötzlich zusammen mit Conor auf dem Dach auf.

»Sieht aus, als bekämen wir Gesellschaft.« Sam trank einen Schluck Coke.

Ich sah Dylan ins Gesicht. Unter seinem strahlenden Lächeln schwanden all meine Sorgen dahin. Nein – jemand, der ein Mädchen so anlächelte, wie Dylan O'Dea mich gerade anlächelte, zweifelte nicht an seinen Gefühlen.

Hoffe ich jedenfalls.

»Dachten uns schon, dass wir euch hier oben finden«, sagte er und setzte sich auf eine Ecke der Beeteinfassung. Conor tat es ihm gleich und begrüßte Sam.

»Keine Amy heute?«, fragte Sam, und Dylan schüttelte den Kopf.

»Sie besucht ihre Verwandtschaft in Wexford.«

»Wie schade. Ich habe mich schon so sehr an ihren Spott gewöhnt.«

»Sie sagt einem ins Gesicht, was sie denkt, das steht mal fest«, stimmte Conor ihm zu.

»Na, und was habt ihr beiden Hübschen heute noch so vor?«, fragte Sam und klimperte kokett mit den Wimpern.

»Wir dachten uns, wir hängen uns einfach an euch ran, was auch immer ihr heute macht«, antwortete Dylan und sah mich an. »Ich bin zum ersten Mal wieder draußen, seit ich von der Schule suspendiert wurde.«

Also war sein Dad *doch* der Hausarrest-Typ. Ich schluckte schwer vor lauter Erleichterung, und die Erinnerungen, die schon die ganze Woche in Wiederholungsschleife vor meinem geistigen Auge liefen, spülten über mich hinweg.

»Die Freiheit steht dir gut«, murmelte ich leise, und um Dylans Augen bildeten sich kleine Lachfältchen.

»Soso«, sagte Sam. »*Unser* Plan ist: Sobald Ev hier fertig ist, verpassen wir uns einen ordentlichen Zuckerschock, und danach ziehen wir uns *Desperate Housewives* rein.«

»Aber ihr beide seid herzlich eingeladen«, fügte ich hastig hinzu.

Sam warf mir einen fragenden Blick zu. Ja, ich war tatsächlich ein bisschen übereifrig. Aber ich wollte unbedingt, dass Dylan hierblieb. Ich hatte befürchtet, es hätte ihn verschreckt, dass Yvonne uns neulich fast erwischt hätte. Meine aufmerksame Tante hatte geahnt, dass da irgendwas im Busch war, und hatte Dylan über angebrannter Pizza und 7up einem regelrechten Verhör unterzogen.

Komischerweise hatte sie zu mir nicht mehr viel gesagt, nachdem er gegangen war. Nur, dass sie wusste, dass ich ein kluges Mädchen sei und wisse, dass sie mich nicht ermahnen musste, »vorsichtig« zu sein. Irgendwie klang es aber trotzdem wie eine Ermahnung.

Dylan kam zu mir. »Kann ich dir irgendwie helfen?«, erkundigte er sich mit gedämpfter Stimme.

»Nee, ich bin hier gleich fertig«, antwortete ich ebenso leise.

Was ich eigentlich am liebsten gesagt hätte, war: *Du kannst mir helfen, indem du mich noch mal küsst.*

Im Ernst – ein Mädchen derart unglaublich zu küssen und dann abzuhauen und es eine ganze Woche einfach so in der Luft hängen zu lassen, war ausgesprochen unhöflich.

»Hey, vielleicht könntet ihr mir da mal bei einer Frage weiterhelfen«, sagte Sam zu Dylan und Conor.

»Ich liebe Fragen«, kommentierte Conor trocken.

»Also«, fuhr Sam ungerührt fort, »ich frage mich, ob ihr glaubt, dass jeder Mensch resozialisierbar ist?«

»Sämtliche Menschen auf der ganzen Welt?«, fragte Dylan ungläubig. »Definitiv nein.«

»Okay.« Er hatte Sams volle Aufmerksamkeit. »Warum nicht?«

»Es gibt Serienkiller, Pädophile, Vergewaltiger, und viele von denen werden ständig rückfällig. Manche vergreifen sich sogar an den Leuten, die versuchen, ihnen zu helfen.«

»Okay. Serienkiller und Vergewaltiger mal außen vor … was ist mit den Leuten, die einfach nur irgendwie Arschlöcher sind? Glaubst du, dass sie jemals weniger … arschlochig werden können?«

Ich kicherte über Dylans verblüffte Miene. Er dachte nach, ehe er sagte: »Ich glaube, unter den richtigen Bedingungen, und wenn sie selbst es wirklich wollen, dann ja. Dann können sie resozialisiert werden.«

»Hm!«, machte Sam und ließ es sich durch den Kopf gehen.

»Viele Menschen haben ihre Gründe dafür, so zu sein, wie sie sind. Manche haben es einfach mit irgendwas zu weit getrieben«, fuhr Dylan fort. »Nehmen wir zum Beispiel meinen Dad. Er hat sich schon immer zu viele Sorgen gemacht, vielleicht schon seit seiner Geburt. So ist er einfach. Das wird sich niemals ändern, selbst wenn man alle Übel der Welt beseitigen würde. Dann würde er sich nämlich immer noch darüber sorgen, dass die Sonne vielleicht zu hell scheint oder der Mond vom Himmel fallen könnte.«

»Manche Leute finden Vergnügen an solcher Schwarzseherei«, warf ich ein.

»Genau so ist es«, stimmte Dylan mir zu. »Ich glaube, dass wir alle einen angeborenen Negativitätsbias haben, der dafür sorgt, dass wir uns eher auf das konzentrieren, was schlecht ist, statt das Gute richtig zu würdigen. Auf jeden Fall habe ich dieses Problem.«

»Ist das nicht vor allem so ein irisches Ding? Ein komischer Nebeneffekt davon, ein besiegtes Volk zu sein?«, schlug Conor vor. »Wir sind darauf programmiert, überall dunkle Wolken zu sehen. Und mein Dad stammt aus Kenia, ich bin also doppelt am Arsch«, witzelte er.

Dylan betrachtete ihn einen Moment lang nachdenklich. »Erinnert ihr euch an die Szene aus *Matrix*, in der Agent Smith Morpheus erzählt, dass die erste Matrix eine Utopie war und scheiterte, weil die Menschen sie nicht akzeptiert haben? Wir definieren unsere Existenz über Elend und Leid. Er sagte, die perfekte Welt wäre wie ein Traum, aus dem wir aufzuwachen versuchen, weil er zu schön ist, um wahr zu sein. Ich glaube, das betrifft uns alle, ganz egal, wo wir geboren wurden.«

Ich runzelte die Stirn. »Tut mir leid, aber das sehe ich anders. Ich definiere meine Existenz nicht durch Elend, sondern durch die Menschen, die ich liebe.«

Dylan erwiderte meinen Blick mit nachdenklichem Gesicht und wollte offenbar etwas sagen, aber da fragte Sam: »Was ist ein Negativitätsbias?«

Wenn ich mich nicht irrte, war Dylan erleichtert über die Ablenkung. Er schob seinen Ärmel zum Ellbogen hoch und entblößte einen sehr anziehenden Unterarm. Es war eine beiläufige, unterbewusste Bewegung, er hatte sich gar nichts dabei gedacht, aber ich war wie gebannt. Ich fand alles interessant, was mit seinem Körper zu tun hatte, von dem winzigen Muttermal über seiner Oberlippe bis zu der Sorgenfalte zwischen seinen Brauen. Ich kam mir vor wie einer dieser viktorianischen Gentlemen, die schon beim Anblick eines entblößten Knöchels eine Erektion bekommen.

»Okay. Stell dir vor, es passiert dir irgendwas Blödes und genau danach etwas Gutes. Du wärst immer noch wütend wegen dem doofen Ereignis, obwohl das, was gut lief, gleich danach passiert ist«, erklärte Dylan.

Sam zog ein nachdenkliches Gesicht und schwieg eine Weile. Schließlich sagte er: »Mrs Gogarty hat mir mal einen ganz schönen Einlauf verpasst, als ich durch die Französischprüfung gefallen bin, und ich musste die ganze Zeit daran denken, wie fies sie ist. Und das, obwohl ich am nächsten Tag Geburtstag hatte und alle mir Geschenke gebracht haben.«

»Was für ein putziges Beispiel, Sam.« Ich kicherte.

Er streckte mir die Zunge raus.

»Die meisten Leute kommen damit klar«, fuhr Dylan fort, »und irgendwann schütteln sie die negativen Gedanken ab. Aber manche von uns, tja, die verlieren sich tagelang in Grübeleien. Kann einen psychisch ganz schön zerrütten.«

»Weißt du was?«, sagte Sam zu ihm. »Wir reden immer über echt schräges Zeug, wenn du mit von der Partie bist.«

Dylan lächelte ironisch. »Das betrachte ich als Kompliment.«

Sam hatte recht. Dylan schaffte es immer wieder, dass man über Dinge nachdachte, die einem normalerweise nicht einfallen würden. Ich wusste, dass er glaubte, er würde die Leute deprimieren, aber ich fand ihn sehr mitreißend und erfuhr gern etwas über seine Sichtweise. Deshalb hätte ich ihn am liebsten gefragt, was er davon hielt, dass Shane Sam geküsst hatte. Ich machte mir Sorgen, dass sich Sam zu sehr in den Reiz des Verbotenen reinsteigern könnte. Shane sah zwar gut aus, aber er war immer noch ein Schläger und ein sehr, sehr wütender und schwieriger Typ. In Kombination mit seinem Selbstbetrug und der Unfähigkeit, die eigene Sexualität zu akzeptieren, hatten wir hier das perfekte Rezept für eine Katastrophe, und Sam war mittendrin. Im Auge des Sturms.

Ich stieß meinen Freund mit dem Ellbogen an. »Darf ich Dylan und Conor erzählen, was du mir gerade gesagt hast?«

Sam starrte mich an. »Was? Nein!«

»Okay, jetzt bin ich neugierig«, sagte Conor. »Was hat er dir erzählt?«

»Ich wüsste gern, was sie davon halten. Und sie behalten es auch für sich. Stimmt's?« Ich sah erst Dylan an, dann Conor.

»Zwei Finger aufs Herz«, versprach Conor.

»Ich müsste erst Genaueres wissen, ehe ich das versprechen kann«, erwiderte Dylan schmunzelnd.

»Ach, jetzt sei doch nicht so kompliziert«, schalt ich ihn, aber ich konnte nicht anders, als sein Lächeln zu erwidern.

Er hob die Hände. »Na schön. Ich verrate kein Sterbenswörtchen. Diese Lippen hier sind versiegelt bis ins Grab.«

Na großartig, jetzt denke ich an seine Lippen.

Sam stöhnte gequält. »Okay, dann erzählt es ihnen meinetwegen, aber ihr beide müsst mir hoch und heilig versprechen, dass ihr keinem was sagt. Vor allem nicht Amy. Sie kann den Mund nicht halten, und wenn das die Runde macht, bin ich tot.«

Ich fand, dass er es mit dem Drama ein wenig übertrieb, aber meinetwegen. Ich sah Conor an und dann Dylan. »Shane Huntley hat ihn gestern Nachmittag geküsst.«

»Ach komm, erzähl doch keinen Scheiß«, schnaubte Conor ungläubig.

»Das überrascht mich jetzt nicht so«, sagte Dylan.

»Tja, mich aber schon«, erwiderte Conor. »Shane ist einfach so … nichtschwul.« Ihm kam ein besserer Gedanke. »Antischwul.«

Ich lachte leise über seinen Eifer, Sam hingegen betrachtete Dylan neugierig. »Wieso überrascht es dich nicht?«

»Na komm schon«, spottete Dylan. »Er ist das reinste Musterexemplar eines Schwulen voller Selbsthass. Ein Paradebeispiel für jemanden, der hier in den Villas aufgewachsen ist. Wut, Gewalt und demonstrativ zur Schau gestellte Männlichkeit gelten als stark, während jede vermeintlich weibliche Eigenschaft bei einem Mann als abstoßend gilt. Das ist Standard in den unteren sozialen Schichten.«

»Manchmal redest du wie ein Professor, der Studien in den Villas betreibt, nicht wie jemand, der selbst hier lebt.«

Sams Bemerkung traf den Nagel auf den Kopf. Mir kam es vor, als hätte sich Dylan innerlich längst von diesem Leben verabschiedet. Er hatte schon lange vor, hier zu verschwinden, und nichts würde ihn aufhalten. Ich vermisste ihn jetzt schon, dabei war er noch hier.

»So lebt es sich hier leichter«, antwortete er, und Sam musterte ihn mit zusammengekniffenen Augen.

Wie ich war auch Sam gut darin, sich mit seinem Platz im Leben zu arrangieren. Er hatte keine wilden, hochtrabenden Erwartungen. Er wollte nur einen Job, ein Dach über dem Kopf und jemanden, der ihn liebte.

»Meine Mom sagt, das hier ist der fünftletzte Ort auf Erden, den Gott erschaffen hat. Es ist übel, aber es geht noch schlimmer«, sagte er.

»Auch eine Betrachtungsweise«, befand Conor.

»Wie auch immer. Du solltest vorsichtig sein, was Shane betrifft«, warnte Dylan. »Er ist nicht ganz richtig im Kopf.«

»Wer wäre denn schon richtig im Kopf mit einer solchen Mutter?«, fragte Sam.

Verteidigt er ihn etwa gerade?

»Ich sagte ja schon: Manche Leute sind Ärsche, weil andere sie dazu gemacht haben«, erwiderte Dylan, und er klang *fast* entschuldigend. Anscheinend spürte er, welche Hoffnungen sich Sam machte, und wollte ihn nicht allzu sehr vor den Kopf stoßen. Ich versuchte, den Gedanken zu akzeptieren, dass Sam offensichtlich auf Shanes Resozialisierbarkeit hoffte. Ich konnte es schon irgendwie nachvollziehen. Immerhin war es das erste Mal, dass ein anderer Junge ihm irgendeine Art romantischer Aufmerksamkeit schenkte … und ja, ich fasste den Begriff ›Romantik‹ hier sehr weit. Er wünschte sich, dass es echt war. Ich konnte mir gut vorstellen, was für ein unglücksseliger Liebesfilm sich gerade auf seiner inneren Leinwand abspielte.

Ein Stück die Straße hinab sprangen ein paar Leute lärmend aus dem Bus, jung und ordentlich aufgebrezelt für ihren Samstagabend. Mir fiel ein Paar High Heels auf, das im schwindenden Tageslicht hell funkelte. Beim Anblick der Truppe stieß Dylan ein angewidertes Grunzen aus.

»Was ist los?«, fragte ich verblüfft.

Er schüttelte den Kopf. »Nichts. Vergiss es.«

»Nein, du ärgerst dich doch offensichtlich über irgendwas. Spuck's schon aus.«

Er stieß die Luft aus. »Die gehen mir einfach auf die Nerven, das ist alles.«

»Wer? Die Leute, die gerade aus dem Bus gestiegen sind?«

»Ich weiß ja, wie irrational das ist«, brummte er. »Aber ich kann Menschen, die in die Stadt fahren, um sich volllaufen zu lassen, einfach nicht leiden.«

»Die können auch echt hart nerven«, stimmte Sam ihm zu. »Am Wochenende werde ich meistens um drei Uhr morgens wach, weil irgendwelche Typen aus dem Nachtclub am Ende der Straße getaumelt kommen und auf dem Nachhauseweg wie verrückt rumgrölen. Meinen Dad stinkt das auch ganz schön an.«

Dylans Kiefer mahlten aufgebracht. »Für die ist das alles nur ein Riesenspaß«, schäumte er. »Die gehen feiern. Sind laut. Benehmen sich wie die hinterletzten Idioten, schließlich sind sie hier in der Stadt ganz anonym. Denen ist nicht klar, dass manche Leute hier *leben* müssen.« Tiefe Falten gruben sich in seine Stirn. »Wir können nicht in unsere schicken Vorstadtvillen gehen und den Rausch ausschlafen. Unser Leben ist eine Art Dauerkater. Unsere Wohnungen sind kein Zuhause, sondern wie so eine Art Regal. Nein, noch schlimmer, eher wie Container. Man stopft uns hinein und sorgt dafür, dass wir so wenig Platz beanspruchen wie irgend möglich. Und es soll sie auch so wenig kosten, wie es nur geht, billiges Baumaterial, mistige Leitungen und Pyrit, Schimmel und Radonbelastung. Es gibt keine Gärten, in denen wir sitzen können, nichts, was irgendwie erfreulich anzusehen wäre. Nur Beton und Staub und Lärm und Träume so groß, dass wir vielleicht eines Tags bei dem Versuch, sie in uns zu begraben, entzweibrechen werden.«

Ich schnappte nach Luft, als er fertig war, mein Herz raste. Ich wusste selbst nicht genau, weshalb, aber ich war ebenfalls wütend. Allein vom Zuhören. Mir war, als verleihe er einem Ärger in mir, der mir bis dahin nie bewusst gewesen war, eine Stimme. Aber ja, der Ärger war da. Meine Brust brannte vor Wut.

Wir lebten wirklich in Containern.

Billig, schmutzig und grau.

Und wir hatten keine Gärten.

Verdammt noch mal, ich hatte sogar so weit gehen müssen, meinen eigenen Garten auf diesem nasskalten, rostigen Dach dort oben anzulegen, um meine Sehnsucht nach ein bisschen Natur zu befriedigen. Um ein bisschen Grün zu sehen und Farben. Und in diesem billig hochgezogenen Bau zu leben bedeutete einen immerwährenden Kampf gegen Schimmel und andere Widrigkeiten.

»Aber so ist es eben, wenn man ganz unten lebt«, stellte Conor fest. »Man muss sich hocharbeiten. Im Leben gibt's nun mal nichts umsonst.«

»Das ist nicht wahr. Wer reich ist, bekommt alles umsonst, dabei brauchen die es am allerwenigsten«, widersprach Dylan. »Mit ihren Steuerermäßigungen und Spesenkonten und Freikarten für ein Bon-Jovi-Konzert in irgendeiner lächerlich riesigen Arena.«

»Okay, da ist was dran«, gab Conor zu.

»Und sie wissen es kein bisschen zu schätzen«, knurrte Dylan. »Ich sag euch mal was: Falls ich je Geld haben sollte, werde ich für jeden Cent dankbar sein, und ich werde auf keinen Fall alles für mich behalten wie ein selbstsüchtiger Deckskerl.«

»Das sagen alle«, wandte Sam ein. »Aber dann gewinnen sie im Lotto, und peng, halten sie sich für Mariah und wollen von den armen Schluckern, die sie früher gewesen sind, nichts mehr wissen. So was liest man doch ständig in irgendwelchen Zeitschriften.«

»Tja, ich werde nicht so. Wart's nur ab.«

Forschend sah ich ihn an. »Wieso bist du so sicher, dass du mal reich wirst? Den meisten Leuten gelingt das nicht.« Und vor allem: *Wie* wollte er das anstellen? Ich hätte ihm stundenlang eine faszinierte Frage nach der anderen stellen mögen, um besser zu verstehen, wie sein Gehirn funktionierte.

Dylan schüttelte den Kopf. »Weiß ich noch nicht. Aber ich bin fest entschlossen.«

»Und wenn du es schaffst, bist du dann glücklich? Oder eher so wie dein Vater – machst du dir dann Sorgen, dass die Sonne vielleicht zu hell scheint oder der Mond vom Himmel fällt?«, fragte ich herausfordernd.

Dylan wirkte überrascht, dass ich ihn so wortgetreu zitierte. Aber ich hatte ihm aufmerksam zugehört, jedes Wort in mich aufgesogen. Lange betrachtete er mich, und ich vermochte nicht zu sagen, ob es ein verärgerter oder ein anerkennender Blick war.

Letzteres, beschloss ich, als sein Blick warm wurde und er antwortete: »Ganz ehrlich? Ich weiß es nicht. Aber das heißt nicht, dass ich es nicht ausprobieren werde.«

Kurz herrschte Schweigen. Ich starrte ihn an. Keine Ahnung, wie lange ich mich in seinem Blick verlor, bis Sam auf einmal sagte: »Okay, lasst uns mal über ein erfreulicheres Thema reden, ja? Jeder nennt drei Lieblingsdinge. Ev, du fängst an.«

Ich grinste ihn an. Es war großartig, wie es ihm immer gelang, die Stimmung aufzulockern. »Hmmm, lass mich mal nachdenken.« Nachdenklich kratzte ich mich am Kinn, dann streckte ich einen Finger aus. »Kleine alte Hunde mit dicken Bäuchen, die die Straße entlangwatscheln.« Ich streckte den zweiten Finger aus. »Babys, die über ihre eigenen Fürze lachen.« Ich streckte einen dritten Finger aus. »Und wenn ich gleich morgens als Allererstes Jasminduft rieche.«

»Babys lachen über ihre eigenen Fürze?«, fragte Conor verdattert.

Ich nickte. »Ja. Es ist zugleich urkomisch und total hinreißend.«

»Mein kleiner Bruder Mark hat das auch die ganze Zeit gemacht«, sagte Sam. »Okay, Conor, jetzt bist du dran, los!«

Conor grinste. »Das ist einfach. Meine drei Lieblingsdinge sind Hackfleisch-Pizza, die *Scheibenwelt*-Serie von Terry Pratchett und wie Yvonne aussieht, wenn sie mich anlächelt.« Beim letzten Punkt sah er ganz schön verlegen aus.

Ich schüttelte den Kopf. »Unglaublich, dass du immer noch in meine Tante verknallt bist.«

»Nachdem er sie letzte Woche im Pyjama gesehen hat, sprengt seine Verknalltheit die Stratosphäre«, verriet uns Dylan.

»Das sagt der Richtige«, warf Sam ein. »Ich wette, eins *deiner* Lieblingsdinge ist es, wie Ev aussieht, wenn sie dich anlächelt.«

Dylan warf mir einen Blick zu, und ich lief rot an, als er antwortete: »Kann schon sein.«

»*Seufz*. Er ist so romantisch. Ist er nicht romantisch, Ev?«

»Mein Gott, Sam. Du seufzt eh schon zu viel, du musst nicht auch noch das *Wort* ›seufz‹ in dein Repertoire aufnehmen«, beschwerte ich mich und versuchte, nicht noch dunkler anzulaufen.

»Ach was, du liebst alles, was ich im Repertoire habe.«

Ich verdrehte die Augen. Er hatte recht. Es war, als wäre ich genetisch darauf programmiert, ihn anzubeten, selbst wenn ich ihn eigentlich gerade zum Teufel wünschte. Während ich noch über meinen besten Freund nachdachte, ergriff Dylan wieder das Wort, aber er wandte sich nicht an unsere ganze kleine Runde, sondern sah nur mich an.

»Meine zwei anderen Lieblingsdinge sind, wenn deine Augen im Sonnenlicht wie Saphire schimmern, und die Art, wie du loslachst, wenn irgendwer etwas wirklich Witziges sagt.«

Ich erwiderte seinen Blick und spürte meinen Puls in der Kehle wummern. In seinem Blick lag keinerlei Zurückhaltung, kein Zögern, in Sams und Conors Gegenwart so etwas Intimes zuzugeben. Mir wurde heiß, und ich sah scheu zur Seite. Wünschte, wir wären allein; wünschte, ich könnte ihn küssen.

»Hat mal jemand einen Fächer für mich? Ich fall gleich in Ohnmacht«, rief Sam verzückt und wedelte sich mit der Hand Luft zu. »Du solltest dich für Junggesellinnenabschiede anheuern lassen. Wer braucht schon einen Stripper, wenn er sich stattdessen von deinem blumigen Liebesgesäusel verzaubern lassen kann?«

Ja, in der Tat.

In mir breitete sich etwas aus. Ein fleischiges, gewundenes Etwas mit unzähligen Armen. Es schlang sich fest um mein Herz und meine Lungen und andere Organe und zog sich zusammen, bis ich kaum noch Luft bekam.

Und das war eine Riesenscheiße. Denn er würde nicht hierbleiben. *Bei mir.* Dylan war für etwas Größeres bestimmt als für diese poplige Stadt am Rand einer kleinen, vom Meer umschlossenen Insel.

Und wie ein Stein, der über ebendiesen Rand ins Meer rollt, stürzte ich ebenfalls in die Tiefe und verliebte mich Hals über Kopf in ihn.

8. KAPITEL

Ich konnte Dylan nicht ansehen. Nicht, ehe ich diesen Gefühlswirrwarr sortiert hatte.

Zum Glück kam mir Sam erneut zur Hilfe und schlug vor, dass wir nach unten gehen und mit *Desperate Housewives* loslegen sollten. Ich sammelte rasch mein Zeug ein, und wir machten uns auf den Weg. Dylan lief neben mir, und als er sich zu mir herunterbeugte, um mir etwas ins Ohr zu flüstern, streiften seine Fingerspitzen meine. »Ist alles in Ordnung?«

Ich nickte heftig. »Rundum in Ordnung.«

»Du bist sehr still.«

Ganz kurz sah ich ihn an. »Gibt eine Menge, worüber ich nachdenken muss.«

Ich schloss die Wohnung auf und ließ die anderen hinein. Yvonne würde bis in die frühen Morgenstunden arbeiten, ich musste also nicht befürchten, dass sie auf einmal hereinplatzte. Ich bat Sam, schon mal den DVD-Player einzuschalten, während ich mir im Badezimmer die Erde von den Fingern schrubbte.

»Du hast immer Schmutzränder unter den Fingernägeln.«

Ich schreckte auf. Im Türrahmen stand Dylan und beobachtete mich.

»Yvonne sagt, dass ich ständig mit irgendwelchen Pflanzen

zugange bin. Dreckige Fingernägel sind quasi Berufsrisiko.« Ich versuchte, ganz lässig zu klingen, während seine Worte von vorhin in meinem Kopf widerhallten.

Meine zwei anderen Lieblingsdinge sind, wenn deine Augen im Sonnenlicht wie Saphire schimmern, und die Art, wie du loslachst, wenn irgendwer etwas wirklich Witziges sagt.

Mal im Ernst, wollte er mir etwa das Herz stehlen und damit davonrennen? Vielleicht hatte er vor, es zu verkaufen, um mit dem Geld ein Leben weit weg von den Villas anzufangen?

»Das war keine Kritik. Es steht dir. Du riechst immer nach etwas Grünem. Blätter und feuchte Erde.«

»Ich wette, das ist noch so ein Lieblingsding von dir«, brummte ich in mich hinein.

»Was hast du gesagt?«

Aufstöhnend trocknete ich mir die Hände ab. »Du musst wirklich damit aufhören, immer so nett zu mir zu sein.«

Er legte den Kopf schief. »Wäre es dir lieber, wenn ich gemein zu dir bin?«

»Ja«, brach es aus mir heraus. »Wenn du so entschlossen bist, gleich nach der Schule hier abzuhauen, dann wäre es mir wirklich sehr viel lieber, wenn du gemein bist.« Eine kurze Pause entstand, dann flüsterte ich: »Dann bricht es mir nicht das Herz.«

Ich versuchte, an ihm vorbeizumarschieren, aber er packte mich am Handgelenk. Mit der anderen Hand hob er mein Kinn und zwang mich, ihn anzusehen. Er sagte kein Wort, sondern betrachtete mich nur mit seinen Mikroskop-Augen. Mehrere lange, lange Augenblicke verstrichen, und es war das reinste Wunder, dass Sam nicht hereinkam, um nachzusehen, ob wir vielleicht in den Abfluss gefallen waren.

Als Dylan endlich sprach, lösten seine Worte ein sehnsuchtsvolles Ziehen in meinen Eingeweiden aus: »Weißt du, da gibt es eine ganz einfache Lösung.«

Ich zog eine Braue hoch. »Ach ja?«

»Komm mit mir.«

Für einen unermesslich kurzen Moment konnte ich nicht atmen. Dann schüttelte ich abwehrend den Kopf und lief an ihm vorbei. Er folgte mir in die Küche, vorbei an Conor und Sam, die im Wohnzimmer saßen und uns hinterhersahen.

»Das kann ich nicht. Ich muss hierbleiben. Wegen meiner Grandma.«

»Das ist lächerlich. Deine Grandma würde nicht wollen, dass du dein Leben hier verschwendest. Ich weiß, dass sie das nicht will.«

Ich lachte auf. »Du hast sie ein Mal gesehen, und schon kennst du sie so gut?«

»Ja, so ist es. Das Gute in Menschen erkennt man ebenso leicht wie das Schlechte.«

»Tja, aber ich sehe es nicht als verschwendetes Leben, wenn man hier wohnt, im Gegensatz zu dir.«

Sobald ich es laut ausgesprochen hatte, war mir klar: Das war gelogen. Dylans Rede von gerade eben brannte mir noch immer in den Adern. Sie hatte ein Feuer entzündet, Unzufriedenheit mit dem dreckigen kleinen Loch, das man uns zugestand. Ich verabscheute diese neuen Gedanken. Ich wollte nicht unzufrieden sein. Ich wollte glücklich sein, mich wohlfühlen ... wollte positiv denken. Der Mensch sein, der ich immer gewesen war.

Dylan O'Dea veränderte mich auf allen Ebenen. Er zeigte mir neue Wege auf, die Welt zu betrachten, und auch wenn es vergebens war: Ich kämpfte mit Klauen und Zähnen dagegen an.

»Du irrst dich. Es ist Verschwendung«, entgegnete er mit fester Stimme. Es machte mich wahnsinnig, wie überzeugt er von seiner eigenen Propaganda war.

Ich presste die Lippen zusammen. »Tja, wir müssen uns wohl darauf einigen, dass wir da unterschiedlicher Ansicht sind.« Mit diesen Worten schnappte ich mir die Snacks, die Sam und ich in der Küche gehortet hatten, und rauschte ins Wohnzimmer. Knallte Chips und Schokolade auf den Couchtisch und sagte Sam missmutig, er solle einschalten.

»Ooookay«, sagte er leise mit hochgezogenen Brauen und drückte auf die Fernbedienung.

Zu meiner Verärgerung ging Dylan nicht etwa auf Abstand. Im Gegenteil, er setzte sich direkt neben mich, verschränkte die Arme vor der Brust und starrte den Bildschirm an. Ich dachte mir, dass er vermutlich lieber eine Doku auf dem Discovery Channel ansehen würde als so eine trashige amerikanische Soap-Opera. Aber als er sich nicht beklagte, verpuffte mein Ärger ein bisschen.

So machten gute Freunde das nämlich. Aber sobald ich das dachte, hielt ich inne. Bis vor Kurzem hatte ich Dylan nicht als Freund betrachtet. *Aber er ist mir ein Freund geworden, und er bedeutet mir so viel.* Wir waren nicht mal zusammen, und doch wollte er, dass ich mit ihm kam.

Wollte er das wirklich?

Fast vier Folgen lang sagte ich kein Wort, und Sam warf mir immer wieder neugierige Blicke zu. Normalerweise war ich niemand, mit dem man sich leicht in die Haare bekam, ich wurde auch fast nie wütend. Es brauchte schon einiges, um mich so richtig sauer zu machen, aber Dylans Vorstellung, ich sollte meine Grandma einfach im Stich lassen, damit ich davonhüpfen und mich in ein aufregendes neues Leben stürzen konnte, brachte mich zur Weißglut.

Ich war nicht meine Mom.

Ich würde nicht so selbstsüchtig sein wie sie und mich einfach so vor meiner Verantwortung drücken.

Yvonne sollte ihre Chance bekommen. Die liebenswerte, selbstlose Yvonne, die mich, als meine Mom mich dem Sozialdienst übergeben hatte, aufgenommen hatte, damit ich nicht in irgendeiner Jugendwohngruppe landete. Sie verdiente es, dass ihre Träume wahr wurden.

Und ich, tja, ich konnte hier glücklich sein. Sobald das, was Dylan gesagt hatte, verblasste und zu einer fernen, vergessenen Erinnerung wurde, konnte ich hier glücklich sein, da war ich mir sicher.

Ich würde mich einfach auf das konzentrieren, was ich hatte, und mich damit zufriedengeben, statt mich nach einem anderen Leben zu sehnen.

»Ich glaub, ich bin reif für die Kiste«, sagte Sam gähnend. »Für mich ist für heute erst mal Schluss mit Hausfrauendrama.«

»Ja, ich geh dann besser auch mal«, stimmte Conor zu. »Morgen ist ja Schule und der ganze Scheiß.«

Ich brachte sie zur Tür, umarmte Sam wie üblich und bedachte Conor zum Abschied mit einem Lächeln. Eigentlich hatte ich erwartet, dass sich Dylan den anderen anschließen würde, aber er blieb. Er sah sehr nachdenklich aus.

»Können wir uns mal unterhalten?«

»Worüber denn genau?«

Er sah mich unverwandt an. »Über uns.«

Ich zog eine Braue hoch. »*Gibt* es denn ein uns?«

»Für mich schon«, erwiderte er ernst.

Ich stieß die Luft aus und schloss die Tür, dann ging ich in die Küche und setzte den Kessel auf. »Wenn das so ist, mach ich uns Tee.«

»Ich will keinen Tee.«

Gereizt starrte ich ihn an. »Himmel, Dylan, du musst ihn ja nicht trinken. Es ist nur Tee. Meinetwegen kannst du auch dasitzen und die Tasse anstarren, wenn du willst.«

»Okay«, sagte er und rückte sich einen Stuhl zurecht.

Ich wandte mich ab, hantierte mit Tassen und Löffeln herum und hoffte, er würde anfangen zu reden, damit ich es nicht musste. Das tat er jedoch nicht, also seufzte ich tief, drehte mich zu ihm um und stützte die Hände auf der Arbeitsplatte ab.

»Ich war mit meinem Leben zufrieden, ehe du aufgetaucht bist.«

In seinem Gesicht regte sich nichts. »Leute, die sich für glücklich halten, denken nur nicht gründlich genug nach.«

»Also sagst du, ich war selig unwissend?« Meine Brauen schoben sich zusammen.

»Nein. Ich sage, du hast zu viel einfach so hingenommen. Du solltest mehr wollen als das bisschen, was du bekommst, ohne etwas dafür zu tun, Evelyn.«

»Und wenn mich das, was ich einfach so bekomme, glücklich macht?«, fragte ich. Mein Herz hämmerte. Etwas daran, wie er dasaß, so ernst und grüblerisch, weckte in mir den Drang, zu ihm zu gehen und ihm zu zeigen, dass Glück ganz einfach war, wenn man es nur zuließ.

»Das reicht mir nicht. Ich will mehr für dich.«

Verärgert schüttelte ich den Kopf. »Warum?«

»Weil …« Mit aufgewühltem Blick verstummte er. Lange

sagte keiner von uns beiden ein Wort, und über sein Gesicht zog ein ganzes Kaleidoskop von Gedanken, schnell wie Autos, die auf einer Schnellstraße aneinander vorbeizischen. »Weil ich meine eigenen Träume nur dann klar vor Augen habe, wenn ich dich ansehe.«

Mir war, als würde mein Innerstes durch einen Lautsprecher brüllen, aber meine Stimme war nur ein Flüstern. »Ich verstehe nicht, was das heißen soll.«

Dylans Lachen klang traurig. »Es fühlt sich an, als wäre alles, was ich erreichen könnte, völlig sinnlos, wenn du nicht bei mir bist.«

Binnen eines einzigen Herzschlags sah ich ein ganzes Leben vor mir, siebzig Jahre oder mehr, in denen die einzige Konstante Dylan war. Es war eine tolle Vorstellung, jemanden zu haben, mit dem man sein Leben teilt, ganz gleich, welchen Weg es auch nehmen mag.

Aber was, wenn wir nicht den gleichen Weg hatten?

Was, wenn ich den gelben Ziegelsteinweg entlangschritt, während er sich aufmachte, den verwunschenen Wald zu erkunden?

Diese Gedanken machten alles furchtbar intensiv. Ich wollte diesen Augenblick festhalten, ihn bis zum letzten Tropfen auskosten wie heiliges Wasser, das man nur ein Mal in seinem Leben zu trinken bekommt.

Mein Körper reagierte schneller als mein Verstand. Mit wenigen schnellen Schritten war ich bei Dylan, zog ihn vom Stuhl hoch, schlang die Arme um ihn und küsste ihn, als ginge es um mein Leben.

Als wir uns voneinander lösten, starrte er mit glänzenden Augen auf mich herunter. »Wofür war das denn?«

»Dafür, dass du du bist«, flüsterte ich. »Auch wenn ich mir

deinetwegen manchmal gern büschelweise das Haar ausreißen würde.«

Ich schubste ihn Richtung Schlafzimmer, aber er packte mich schwer atmend an den Ellbogen. »Warte mal, warte!«

»Dylan, hör ein Mal in deinem Leben damit auf, alles totzudenken.« Ich stellte mich auf die Zehenspitzen, um ihn noch mal zu küssen. Ganz kurz hießen mich seine Lippen willkommen, dann ließ er mich los und wich zurück. Ging ins Wohnzimmer und fluchte dabei leise vor sich hin.

Ich runzelte die Stirn.

Will er mich nicht?

»Was ist los?«, fragte ich leise.

Dylan stand ganz still und sah mich an. Schloss die Augen. Als er dann jedoch den Mund aufmachte, brach es aus ihm heraus wie eine Sturzflut. »Ich will dich, Evelyn. Ich will dich wie verrückt. Ich habe aufgehört zu zählen, wie oft ich es mir vorgestellt habe, aber ich bin nicht …« Ein dumpfes Grollen. »Ach, Scheiße.«

Ich starrte ihn an, mittlerweile besorgt. »Du bist nicht was?«

Er ächzte frustriert auf und sah mir in die Augen. »Ich habe das noch nie gemacht, okay?«

Mit offenem Mund starrte ich ihn an. Das war das Letzte, was ich zu hören erwartet hätte. Ich meine – ein Typ mit Dylans Aussehen ist normalerweise keine Jungfrau mehr. Andererseits war er kein typischer Teenager. Er war ständig damit beschäftigt, über den Sinn des Lebens zu grübeln, während andere Jungs in seinem Alter Joints rauchten und sich in irgendwelchen Seitenstraßen von Mädchen einen runterholen ließen.

Als ich ihn betrachtete, zog sich mein Herz zusammen. Ich

hätte nie im Leben geglaubt, dass er dieses alberne, gefühlsduselige Organ *noch* mehr für sich einnehmen könnte, aber das war ein Irrtum gewesen.

Vielleicht gehörte es ihm jetzt ganz.

Mir stieg das Blut ins Gesicht. »Na, dann sind wir ja schon zwei. Ich war auch noch nie mit jemandem zusammen.«

Er öffnete die Augen. »Warst du nicht?«

Ich lachte leise auf. »Wieso klingst du so überrascht?«

Er verzog das Gesicht. »So meinte ich es nicht. Du bist nur so bildhübsch, und in dieser Gegend …«

»Du bist auch bildhübsch«, entgegnete ich.

Auf seiner Stirn bildete sich eine steile Falte. »Männer sind nicht bildhübsch, Ev.«

»Sind sie wohl«, flüsterte ich und trat auf ihn zu. Nahm seine Hände und drückte sie. »*Du* bist es.«

Sein Blick wanderte zwischen meinen Augen hin und her, und er nahm mein Gesicht in beide Hände. Seine Stimme war nur ein Flüstern. »Wer hat dich gemacht?«

Es war eine Frage, die nicht nach einer Antwort verlangte. Niemand weiß wirklich, wer uns gemacht hat. Aber wer auch immer Dylan geschaffen hatte, er musste dabei die Gussform gesprengt haben.

Seine Lippen berührten meine, ganz behutsam und sanft, als wäre ich so filigran, dass ich unter zu viel Druck entzweibrechen könnte. Seine Zunge glitt in meinen Mund, berührte mich wie in einem zärtlichen Tanz. Ich stöhnte auf, und er schob mich zurück, bis ich mit dem Rücken gegen die Wand stieß. Ich keuchte laut auf, aber ich genoss es, wie seine Hände von meinem Gesicht den Hals hinunterglitten, über die Schultern und weiter hinab, bis sie fest meine Taille umfassten.

Ohne unsere Lippen voneinander zu lösen, taumelten wir den Flur entlang zu meinem Zimmer.

Dylan ließ mich los, holte tief Luft und fragte: »Yvonne?«

»Noch lange auf der Arbeit.«

»Ganz sicher?«

»Ja. Komm her.«

Er kam, und ich küsste ihn, mit spürbar mehr Selbstvertrauen als zuvor. Es war, als wüsste ich mit einem Mal ganz genau, was zu tun war. Sein Mund war mir vertraut. Ich wusste, dass es ihm gefiel, wenn sich unsere Zungen berührten und ich an seiner Unterlippe knabberte und saugte.

Er legte mich aufs Bett, und als er mich ansah, liefen mir kitzelnde Schauer über den Rücken. Sein Blick war sehr … lustvoll, aber zugleich ungeheuer zärtlich. Ich lag mit Kopf und Schultern auf dem Kissen. Schwer atmend sah ich ihn an, dann zog ich mir das Oberteil über den Kopf. Dylans Blick wanderte von meinem Gesicht abwärts, er betrachtete mich, wie ich da in meinem BH auf dem Bett lag. Murmelte etwas Unhörbares, kletterte ebenfalls aufs Bett und fasste mich bei den Hüften.

Er zog mich nach unten, bis ich flach auf dem Rücken lag, die Beine links und rechts neben ihm. Biss sich auf die Unterlippe, und wieder wanderte sein Blick über meinen Körper. Mit gerunzelter Stirn sagte er leise: »Lass mich mal … was versuchen.«

»O…okay«, stotterte ich und sah zu, wie er meine Jeans aufknöpfte.

Dylan O'Dea knöpfte *meine* Jeans auf.

Halb konnte ich nicht fassen, was gerade passierte, halb war ich mir ganz außerordentlich bewusst, dass es wirklich geschah.

Als er mir die Jeans ausgezogen hatte, machte er direkt weiter. Ich spürte, wie seine Hände ganz leicht zitterten, als er mir die Unterhose über die Hüften streifte.

»Was …«

»Bitte sag nichts«, flehte er. »Sonst verlier ich vielleicht die Nerven.«

Ich schloss den Mund und staunte darüber, wie nervös er war und wie zaghaft. Normalerweise war Dylan nicht unbedingt der zögerliche Typ. Ich sah, wie sich sein Kehlkopf bewegte, als er schluckte und für einen Moment die Augen schloss. Dann schob er die Finger wieder unter das elastische Bündchen und streifte mir die Unterhose ganz über die Beine. Griff unter meinen Rücken, um den BH aufzuhaken.

Gleich darauf war ich ganz nackt unter seinem eindringlichen, aufmerksamen Blick. »Du bist vollkommen«, sagte er ehrfürchtig. Ich verzichtete darauf, ihm all die Gründe aufzuzählen, derentwegen ich das nicht war. Plötzlich wurde mir bewusst, dass ich wirklich nichts mehr am Leib hatte, und ich wurde schrecklich nervös. Das hier wurde gerade wirklich richtig ernst. Aber ich hatte nicht vor, mich davon abschrecken zu lassen.

»Dylan.«

»Hmmm?«, murmelte er geistesabwesend, immer noch ganz auf den Anblick meines nackten Körpers konzentriert.

»Küss mich.«

»Ich … das habe ich auf jeden Fall dringend vor«, antwortete er, sah mir aber noch immer nicht ins Gesicht. Stattdessen war sein Blick wie gebannt zwischen meine Beine gerichtet, und er spreizte sie, rutschte nach unten und legte sich dazwischen, seine Schultern berührten meine Schenkel. Betrachtete mich wie ein Gemälde oder die Speisekarte eines sündhaft teuren Restaurants.

Als er mit einem Finger zwischen meinen Beinen entlangstrich, eine Augenbraue hochgezogen, den Kopf schief gelegt, schoss mein Puls bis in den Himmel. In sein Gesicht standen Faszination, Neugier und heftige Erregung.

Ich prägte es mir sorgfältig ein, um diesen Anblick niemals zu vergessen, und fing an, zu hyperventilieren. »Was mach…«

Meine Worte gingen in meinem eigenen überraschten Japsen unter. Dylan hatte den Kopf gesenkt und küsste mich dort, an dieser allerintimsten Stelle meines ganzen Körpers. Er stieß einen tiefen, heiseren Laut aus. Dann sah er mir in die Augen und fuhr mit der Zunge geradewegs darüber. Und dann ließ er seine Zungenspitze mehrmals hin und her schnellen, genau dort, wo sich die Lust zusammenballte, und ich wimmerte laut und hoch auf.

»Gott«, hauchte ich.

Unsicher hielt er inne. »Soll ich …«

»Hör nicht auf.«

Gehorsam senkte er den Mund wieder auf mich herab. Leckte und saugte, ließ die Zunge um meinen Kitzler kreisen, bis ich die Hände ins Laken krallte und ihm sehnsüchtig die Hüften entgegenwölbte.

Er strich über die Innenseite meines Schenkels, und mir war, als würden lauter elektrische Funken aufstieben. Jede seiner Berührungen, sei sie noch so flüchtig, ließ mich von Kopf bis Fuß auflodern. Er stöhnte auf, als würde er es ebenso sehr genießen wie ich. Ich schloss die Augen und konzentrierte mich ganz auf das, was er tat. Ich wollte keine Sekunde davon verpassen. Seine weiche, feuchte Zunge zu spüren war mit Abstand das Beste, was ich in meinem ganzen bisherigen Leben empfunden hatte.

Es war ein verdammtes Wunder.

»Als du letztes Mal …«, keuchte er zwischen zwei Zungenschlägen, »… unter mir gekommen bist … das war so unglaublich sexy.«

Wie lustig, dass er das ausgerechnet jetzt sagte, denn ich war ganz kurz davor, erneut zu kommen, diesmal unter seinem Mund.

Zitternd umklammerte ich ihn mit den Schenkeln. »Ich habe nie gesagt, dass …«

»Ich weiß doch, was ich gespürt habe, Ev. Versuch gar nicht erst, es abzustreiten«, entgegnete er, und ich hielt den Mund. Er hatte recht. Es war unsinnig, etwas anderes zu behaupten. Er hatte mich zum Orgasmus gebracht, nur durch ein paar Küsse und ein wenig wohldosierte Reibung.

Ich stöhnte laut und sinnlich auf, ein Laut, wie ich ihn noch nie zuvor von mir gegeben hatte. Es schien Dylan nur noch mehr anzumachen, die Bewegungen seiner Zunge wurden fordernder. Immer wieder kreiste sie um meinen Kitzler, und mir war, als wäre ich gestorben und in den Himmel gekommen.

Ich packte ihn an den Schultern und sah ihm zu, unfähig, den Blick abzuwenden.

»Bist du ganz sicher, dass du das noch nie gemacht hast?«

»Noch nie.« Sein schiefes Grinsen war furchtbar sexy. »Aber ich, äh, habe jede Menge mentales Training.«

Das hieß, er hatte es sich vorgestellt. Und zwar *oft*.

Lust wogte über mich hinweg, und ich rang zitternd nach Atem. Dylans große Hände lagen auf meinen Schenkeln, massierten mich, erkundeten meine Haut, und dann erfasste mich der Orgasmus. Er kam plötzlich und mit Wucht, viel heftiger als beim letzten Mal, und er bestand aus mehreren Wellen. Die erste war unbeschreiblich, die anderen wie ein unaufhörliches Nachbeben, und ich zerfiel regelrecht unter ihm, bis ich nur noch ein kleines Häuflein reinster Seligkeit war.

Dylan stützte das Kinn auf meinen Bauch und sah mich an. Auf seinen Lippen schimmerte meine Feuchtigkeit, sein Haar war zerzaust. Das musste ich gewesen sein, aber ich konnte mich nicht daran erinnern, so sehr ich es auch versuchte. Seinen Mund zu spüren war, als würde man eine ganze Flasche Wodka stürzen. Völliger Blackout danach, aber man wusste noch genau, dass man eine verdammt gute Zeit gehabt hatte.

»Ich könnte dir mein Leben lang dabei zusehen, immer und immer wieder, bis ich sterbe«, sagte er fast ehrfürchtig. Fasziniert von seiner eigenen Fähigkeit, meinen Körper Dinge tun zu lassen. Staunend, dass all das, was sich bisher nur in seinem Kopf abgespielt hatte, in der Wirklichkeit tatsächlich funktionierte.

»Das wäre ein wirklich herrliches Leben«, antwortete ich und betrachtete ihn zärtlich.

Eine Weile verloren wir uns im Blick des anderen, und Dylan schien vollkommen zufrieden damit zu sein, bis in alle Ewigkeit zwischen meinen nackten Beinen liegen zu bleiben.

»Du hast wohl keine Lust, dich irgendwann in nächster Zeit dort wegzubewegen?«, neckte ich ihn.

Er schüttelte den Kopf. »Ich glaube, ich habe meinen Lieblingsplatz gefunden.«

Ich musste lachen. »Also mir kommt es nicht sehr fair vor, dass ich hier die Einzige bin, die nichts anhat.«

Er schmunzelte. »Du gewöhnst dich schon dran.«

Über diese Frechheit musste ich wieder lachen, und dann griff ich nach seinem T-Shirt und zog es ihm über den Kopf. Seine breiten, kräftigen Schultern waren ausgesprochen sehenswert, aber er tat so, als wäre sein Körper nichts Besonderes. Anscheinend war ihm nicht klar, dass seine Nacktheit mich ebenso sehr erregte wie umgekehrt.

Ich war ziemlich sicher, dass er nicht trainierte, sondern von Natur aus mit einer guten Figur gesegnet war. Ein Muskelprotz war er nicht, aber sein Bizeps wölbte sich sichtbar unter der Haut, ich sah sogar, wo seine schräge Bauchmuskultur verlief. Meine Hände glitten über seine Schultern und dann seinen eindrucksvollen Rücken hinunter. Er war einfach vollkommen.

»Bildhübsch«, flüsterte ich.

»Ich habe dir doch gesagt, Ev, Männer sind nicht …«

»Du bist bildhübsch«, sagte ich nachdrücklich, damit er begriff, dass ich es ernst meinte.

Wieder schüttelte er den Kopf. »Wenn du es sagst.«

Eines Tages würde ich ihn überzeugen, aber hier und jetzt wollte ich ihm einfach nur nah sein. Ich legte die Hände flach auf seine Brust und strich über seinen Bauch nach unten bis zur Gürtelschnalle. Langsam und ohne den Blickkontakt mit ihm zu unterbrechen, öffnete ich sie. Dylans Atem ging immer schneller.

»Wir sollten lieber nicht …«

»Ich will hier einfach nur mit dir liegen. Wir müssen gar nichts tun.«

Um ehrlich zu sein, wusste ich nicht, ob ich Sex mit ihm verkraften würde. Das eben war schon unglaublich intensiv gewesen. Aber ich sehnte mich danach, ihm näherzukommen.

Als ich anfing, seine Boxershorts nach unten zu schieben, hielt er meine Hände fest. »Du hast es aber eilig«, sagte er, und über seine Lippen huschte ein Lächeln.

Vor Verlegenheit lief ich rot an. Drängte ich ihn zu sehr?

Dylan schien meine Gedanken zu lesen, denn er sagte: »Mach dir keine Sorgen, Ev. Alles, was wir hier gerade machen, gefällt mir ganz unheimlich gut.«

Ich schob meine Verlegenheit beiseite und sah zu, wie sich Dylan sein letztes Kleidungsstück abstreifte. Vielleicht starrte ich ihn ein bisschen zu eindringlich an, aber ich hatte nun mal noch niemals einen nackten Jungen gesehen. Einen nackten *Mann*. Sein Penis war hart, was wohl nur logisch war nach dem, was er gerade getan hatte. Ich hatte keinen Schimmer, ob er groß war oder durchschnittlich, aber klein war er auf jeden Fall nicht.

Ich beschloss, dass er vermutlich durchschnittlich groß war, weil mir das keine Angst machte. Ein besonders großer Penis beim ersten Mal, das wäre schon ganz schön erschreckend. Und außerdem – was sollte ich mit einem Riesenschwanz? Dann bräuchte ich ein passendes Gegenstück, und …«

Himmel, Evelyn, denk irgendwas anderes. Irgendwas.

Mein Mund wurde ganz trocken, und ich wandte den Blick ab. Drehte mich um und schlüpfte unter die Decke. Konzentrierte mich auf das Poster von Jared Leto an der Wand, während Dylan ebenfalls unter die Decke kam und sich von hinten an mich schmiegte. Ich spürte seinen *ganzen* Körper.

Er war warm und fest.

Es war, als würde mich ein haarloser Bär umarmen.

Okay, das war ein seltsamer Gedanke.

Egal.

Mein Verstand war ebenso durch den Wind wie meine

Nerven, aber als mir Dylan eine Hand flach auf den Bauch legte und langsam und gleichmäßig darüberstrich, entspannte ich mich ein bisschen.

»Das fühlt sich gut an.«

»Du fühlst dich gut an.«

Lächelnd drehte ich den Kopf nach hinten und schmiegte das Gesicht an seinen Unterkiefer. Seine Hand glitt weiter nach oben und umfasste meine Brust. Ans Fenster trommelte sachte der Regen. Gleich darauf küssten wir uns, und ich seufzte. Es war, als würde sein Körper mich ganz umschließen und ich mich einfach auflösen. Meine Augen waren geschlossen, aber mir war sehr bewusst, dass seine Erektion sich von hinten gegen meinen Oberschenkel drückte.

Es war warm hier.

Und sicher.

Ich könnte ihn bis in alle Ewigkeit küssen.

Wenn das doch nur möglich wäre.

Ich spürte, wie er in meinen Mund stöhnte, und dann, mit einem rauen Atemzug, drehte er mich auf den Rücken und kam über mir zu liegen. Sichtlich erregt spreizte er meine Beine, und ich keuchte auf, als ich seinen Schwanz spürte.

»Evelyn«, stieß er hervor, küsste meinen Hals und arbeitete sich nach unten zu meinen Brüsten vor.

Als er mit der Zunge um meine Brustwarze kreiste und die andere zwischen zwei Finger nahm, japste ich auf. »Oh Gott.«

»Fühlt sich das gut an?«

»Ja! Hör nicht auf.«

»*Himmel.*«

»Dylan.«

»Was brauchst du?«

»Liebe mich.«

Mein Name kam ihm von den Lippen wie ein Knurren. »Ev.« Er stützte sich auf, sah auf mich herunter und fragte atemlos: »Bist du sicher?«

Ich nickte fiebrig. »Ich bin sicher.«

Dann zog ich ihn zu mir herunter. Wir küssten uns ganz langsam, während er die Hüften vorschob. Seine Erektion berührte mich, und es war ein wundervolles Gefühl, wie hart er war. Er fing an, in mich einzudringen, und ich spürte, wie er mich dehnte. Sein Gesicht war ganz verzerrt, als litte er Qualen. Ganz sicher sehnte er sich danach, fester zuzustoßen, aber ich war zu eng. Ganz langsam drang er tiefer in mich ein, und dann, mit einem scharfen Schmerz, war er ganz drin.

»*Lieber Gott*«, keuchte ich und klammerte mich an seinen Schultern fest.

»Tut mir leid«, murmelte er und knabberte an meinem Ohr.

»Es muss dir nicht leidtun. Mach weiter.«

»Himmel, das fühlt sich so unglaublich an. *Du* fühlst dich verdammt unglaublich an, Ev.«

Ich freute mich, dass es sich für ihn schön anfühlte, mir tat es im Moment einfach nur weh. Allerdings lag auch ein wenig Lust in dem scharfen Brennen, und je länger er in mir war, desto mehr verblasste der Schmerz. Er war noch immer da, aber schon viel schwächer.

Ich konzentrierte mich auf Dylans blaue Augen, seinen männlichen Mund und die kräftige Linie seines Kiefers. Ich dachte über unsere kleinen Leben nach und darüber, wie lange ich gebraucht hatte, um ihn zu finden, obwohl er die ganze Zeit direkt vor meiner Nase gewesen war.

Ich fragte mich, wie vielen anderen Menschen es ähnlich erging. Ihr Seelengefährte mochte nur drei Türen weiter leben, aber es ergab sich nie, dass sie einander mal Hallo sagten.

Mit den Fingern fuhr ich durch Dylans kurzes Haar. Es war ganz weich; so ungefähr fühlte sich in meiner Vorstellung eine Wolke an. Meine Hand glitt weiter, seinen Hals hinunter und über seinen Rücken. Unter der Haut fühlte ich seine Muskeln spielen. Sein Gesicht wirkte angespannt, die Stirn tief gefurcht, als würde er sich mit aller Kraft konzentrieren.

Auf mich konzentrieren. Auf uns.

Ich liebe ihn, dachte ich.

Irgendetwas an diesem Augenblick, daran, wie stark die Verbindung war, die ich zwischen uns spürte, machte mir klar, dass es stimmte. Die Worte lagen mir schon auf der Zunge, wollten eben meinen Mund verlassen, da stieß Dylan ein raues Keuchen aus und hielt mit einem Mal ganz still. Hitze flutete mich, und ich japste auf, als ich begriff: Er war gerade gekommen.

Er sackte über mir zusammen, liebkoste mit den Lippen meine Halsbeuge und flüsterte liebevolle Worte.

»Du bist … so unglaublich.«

Ich schloss die Augen und schlang die Arme um ihn. Ich wollte ihn nicht gehen lassen. Ich wusste, es musste sein, aber noch nicht jetzt. Mit diesem Gedanken dämmerte ich weg und schlief ein.

Als ich erwachte, war Dylan fort. Mein Bett kam mir leer vor, und ich war wund zwischen den Beinen. Das blasse Morgenlicht verriet mir, dass einige Stunden vergangen waren, inzwischen war Yvonne sicherlich zu Hause. Dylan musste gegangen sein, ehe sie zurückkam, denn wenn sie ihn erwischt hätte, da war ich sicher, wäre ich von dem darauffolgenden Theater bestimmt aufgewacht.

Ich setzte mich auf und warf einen Blick auf meinen

Nachttisch, aber dort war kein Zettel. Auch auf meinem Handy fand ich keine Nachricht. Nichts in meinem Zimmer wies darauf hin, dass Dylan hier gewesen war, abgesehen von meinem ungewohnt zerwühlten Bettzeug.

Ich stand auf, duschte und zog mich an. Ein bisschen frühmorgendliches Gärtnern würde mir bestimmt helfen, meinen fieberhaft rasenden Verstand zu beruhigen. Wir hatten gestern Abend beide unsere Jungfräulichkeit aneinander verloren. Es wäre schön gewesen, in seinen Armen aufzuwachen. Allerdings war mir klar, dass er keine andere Wahl gehabt hatte, als zu gehen. Manchmal kam Yvonne nach der Arbeit in mein Zimmer, um nach mir zu sehen. Und wie gesagt: Wenn sie dabei einen Jungen in meinem Bett gefunden hätte, wäre die Hölle losgewesen.

Es war ein kalter, aber sonniger Morgen. Auf dem Dach war niemand zu sehen, weder Mrs O'Flaherty noch Seamus. Sie tauchten meist erst im Lauf des Vormittags auf, und es war erst sechs Uhr. Ich arbeitete eine ganze Weile vor mich hin, ehe ich hörte, wie sich Schritte näherten.

Als ich aufsah, stand die Morgensonne hinter ihm und ließ die goldenen Strähnen in seinem Haar aufschimmern, als trüge er einen Heiligenschein. Ich zog meine Arbeitshandschuhe aus, und er lächelte mich an. Ließ den Blick von dem unordentlichen Dutt auf meinem Kopf über den abgetragenen Hoodie wandern. Ich war noch nie ein Glamour-Girl gewesen, jedenfalls nicht, wenn es keinen besonderen Anlass dafür gab.

»Hallo«, sagte ich und war überrascht, wie heiser meine Stimme klang. Die letzte Nacht war eine große Sache gewesen. Für uns beide.

»Hey«, antwortete Dylan, kam näher und setzte sich neben mich auf die Beeteinfassung. In einer Hand hielt er eine kleine Papiertüte, in der anderen eine Thermosflasche. »Ich dachte mir schon, dass ich dich hier oben finden werde.«

»Das hier ist mein Lieblingsplatz«, sagte ich, und dann fiel mir ein, wie er etwas ganz Ähnliches gesagt hatte, gestern Abend zwischen meinen Beinen, und ich lief rot an.

Fast unmerklich zuckten seine Mundwinkel. Er stellte Papiertüte und Thermosflasche neben sich ab. »Ich habe Frühstück mitgebracht.«

Ich zog eine Braue hoch. Das war hinreißend von ihm. »Oh.« Ich drehte den Verschluss der Thermosflasche auf und fand Tee darin. Dann öffnete ich die Tüte, japste und starrte ihn mit offenem Mund an. »Sind das …«

Er nickte. »Wunderbeeren. Ich musste ganz bis ans südliche Ende der Stadt latschen, bis ich welche gefunden habe. Der einzige Laden, der sie verkauft, ist so ein todschicker Feinkostladen.«

Ich lächelte so breit, dass es richtig wehtat. »Dylan, ich kann es nicht fassen, dass du das für mich getan hast.«

Er sah mich ernst an. »Ich würde noch viel mehr für dich tun, Ev.«

Bei diesen Worten wurde mir ganz warm in der Brust. Ich nahm eine der kleinen roten Beeren und steckte sie mir in den Mund.

»Du musst sie gründlich kauen, ungefähr eine Minute lang, und sie mit der Zunge gut im Mund verteilen«, wies mich Dylan an.

Das tat ich, und dann packte ich einen der sauren Bonbons aus, die er mitgebracht hatte. Normalerweise hasste ich solche Süßigkeiten. Mein Geschmackssinn konnte mit sauren Sachen nichts anfangen. Aber als ich jetzt das Bonbon in den

Mund steckte, schmeckte es wunderbar süß, es war kein bisschen Säure mehr auszumachen.

»So süß! Einfach unglaublich. Probier auch mal eine«, drängte ich Dylan und schob ihm die Tüte hin.

Dylan aß eine Wunderbeere, dann ein Bonbon, und lächelte mich dabei die ganze Zeit an. »Japp, du hast recht. Es ist ein Wunder«, sagte er liebevoll.

»So cool. Ich kann es nicht erwarten, das Yvonne und Sam zu zeigen.«

Dylan nickte, und eine Weile starrten wir beide schweigend in die Ferne und sahen zu, wie die Stadt erwachte. Von hier aus sah man fast die gesamte Skyline Dublins. Der Anblick der vertrauten Gebäude hatte mich schon immer beruhigt. Ich war noch nie woanders gewesen.

Dylans Traum von einem anderen Leben, einem besseren, nagte an mir, bahnte sich einen Weg in mein Herz und weckte Sehnsucht in mir. Wie mochte es in anderen Städten sein? Wie waren die Leute dort? Das kulturelle Leben? Was, wenn ich nie etwas anderes kennenlernen würde als diese Stadt? Würde mir das reichen?

Ich sah Dylan an. Er blickte noch immer in die Ferne, und ich betrachtete sein Profil. Die Züge eines Gesichts, von dem ich nicht genug bekommen konnte.

»Dylan?«, flüsterte ich.

»Ja?« Er drehte den Kopf zu mir.

Ich fragte mich, wo er wohl gerade mit den Gedanken gewesen sein mochte. Vielleicht ein paar Jahre in der Zukunft, irgendwo weit, weit weg, mitten in einem Leben, das jetzt noch unerreichbar schien. Ich wollte so gern mehr darüber wissen. Fühlte mich wie ein Kind, das auf eine Gutenachtgeschichte drängt. Ich wollte wissen, wo dieses Irgendwo lag, wer er in der Zukunft sein wollte. Und ich wollte wissen, ob es in diesem Leben auch einen Platz für mich gab.

»Erzähl mir von deinen Träumen.«

9. KAPITEL

»Ich möchte etwas verändern«, antwortete Dylan, nachdem er lange über meine Frage nachgedacht hatte.

»Wie Mutter Theresa?«

Schmunzelnd schüttelte er den Kopf. »Nein, Ev, nicht wie Mutter Theresa. Versteh mich nicht falsch, Leuten helfen will ich schon, aber ich glaube, Heiligkeit ist nicht der richtige Weg.«

»Welcher denn dann?«

»Na, erst mal braucht man Geld, und dafür muss man den kapitalistischen Weg einschlagen. Also brauche ich dringend etwas, das ich verkaufen kann. Ich weiß nur noch nicht, was.«

»Du könntest selbst ein Produkt erfinden«, schlug ich vor.

»Vielleicht. Oder ich suche mir jemanden, der es für mich erfindet.«

»Nee. Du bist viel zu schlau, um dir nicht selbst was auszudenken.«

»Schlau zu sein heißt noch lange nicht, dass man auch erfinderisch ist«, sagte Dylan. »Aber verkaufen kann ich alles, das weiß ich.«

Lächelnd ließ ich den Blick über den Dachgarten mit seinen Parzellen schweifen. Streckte die Hand aus, pflückte eine

Jasminblüte vom Strauch und gab sie ihm. »Okay. Verkauf mir das hier.«

Amüsiert nahm Dylan die Blüte entgegen, und um seine Augen bildeten sich kleine Lachfältchen. Er schnupperte sorgsam an der Blüte, drehte sie zwischen den Fingern und betrachtete sie eine Weile.

»Du hast gesagt, eins deiner Lieblingsdinge sei der Duft von Jasmin am Morgen.«

Ich nickte. »Meine Grandma hat mir beigebracht, wie man Jasminwasser herstellt, damit man den Duft im ganzen Zimmer hat.«

»Also ist für dich der Duft das Wichtigste daran, nicht die eigentliche Blüte?«

»Könnte man so sagen, ja.«

Eine Weile dachte er schweigend nach, dann sagte er: »Was, wenn ich die Essenz dieses frischen Jasminblütendufts einfangen könnte? Keine Öle oder Tinkturen, keine Nachahmung, einfach nur allerreinster Jasmin? Was, wenn ich die Essenz in Flaschen abfüllen könnte, sodass du dir niemals mehr die Mühe machen musst, dich um die Pflanzen zu kümmern, sie zu pflücken, Wasser zu erhitzen und so weiter – würdest du es dann kaufen?«

Ich schürzte die Lippen und dachte darüber nach. Die Pflanzen machten tatsächlich viel Mühe, vor allem, wenn man bedachte, wie lange das Aufziehen dauerte. Wenn Dylan wirklich ein solches Produkt entwickelte, würde ich es vermutlich kaufen.

»Vielleicht später mal, wenn ich arbeite und morgens nicht mehr so viel Zeit habe. Klar, dann würde ich es kaufen. Aber mich um die Pflanzen zu kümmern mag ich auch gern.«

»Die meisten anderen Leute aber nicht. Die meisten Leute wollen, dass ihre Bedürfnisse sofort erfüllt werden. Und da komme ich dann ins Spiel. Ich will etwas verkaufen, das ihre Bedürfnisse befriedigt, und ganz nebenbei verändere ich damit mein Leben und auch das der anderen.«

»Inwiefern denn das der anderen?«

»Wenn ich ein Geschäft aufziehe, schaffe ich damit Arbeitsplätze. Wenn mein Geschäft gut läuft, habe ich vielleicht sogar genug Geld, um etwas für wohltätige Zwecke zu spenden. Um denen zu helfen, die nicht die Mittel haben, um sich selbst zu helfen.«

Ich musterte ihn, überrascht von seinen philanthropischen Ambitionen. Zwar hatte ich ihn nicht direkt für selbstsüchtig gehalten oder so, aber mir war auch nicht klar gewesen, wie gern er anderen Menschen helfen wollte.

»Ich hätte nicht gedacht, dass dir humanitäre Anliegen so wichtig sind«, sagte ich. Tatsächlich kam er mir oft eher vor wie ein Misanthrop, vor allem, wenn er sich in Fahrt redete. Aber vielleicht kam darin nur zum Tragen, wie enttäuscht er von der Menschheit war. Vielleicht wollte er selbst aktiv werden, um mehr zu sein als nur ein Arschloch unter Millionen anderer Arschlöcher.

Ich packte meine Sachen zusammen, und er sah mir schweigend dabei zu. Es wurde Zeit für die Schule. Für Dylan bestimmt auch, er war ja nur für eine Woche suspendiert worden, und die war vorbei.

Auf dem Weg zum Treppenhaus musterte ich ihn von der Seite. »Was auch immer du am Ende verkaufst – ich hoffe, du erreichst, wovon du träumst.«

»Wir haben nur ein Leben, Ev. Da kann man ebenso gut was Lohnendes damit anstellen.«

Ich nickte und spürte, wie ich eine noch größere Zuneigung zu ihm fasste als ohnehin schon. Unten am Fuß der Treppe, wo sich unsere Wege trennten, nahm Dylan meine Hand und zog mich zu sich heran. Ohne Vorwarnung küsste er mich so innig, dass mir die Luft wegblieb. Es war ein zärtlicher Gutenmorgenkuss, und ich spürte nichts bis auf seine Lippen und seine weiche Zunge. Ich lächelte, und er löste sich schmunzelnd von mir.

»Wir sehen uns in der Schule, Ev«, sagte er, und dann ging er und verschwand um die nächste Ecke.

Ich kehrte in die Wohnung zurück. Es kribbelte mich am ganzen Körper. Rasch schlüpfte ich in meine Schuluniform, schnappte mir Jacke und Rucksack und machte mich auf den Weg zu Sam. Morgens ging es bei ihm immer zu wie im Irrenhaus. Bei fünf Kindern in einer Vierzimmerwohnung, die meisten unter zwölf, war das auch kein Wunder. Sam war der Älteste, und im ganzen Trubel wurde er oft vergessen. Seine Eltern waren keine schlechten Menschen, das nicht, aber sie waren immer im Stress mit all ihren vielen Kindern.

Seine Mutter öffnete mir die Tür. »Morgen, Ev, komm rein. Sam frühstückt schnell noch fertig.«

»Danke, Pam«, antwortete ich und trat ein. Ja, Sams Mutter heißt Pam. Sam und Pam. Damit zog ich ihn hin und wieder gern auf.

Ich fand Sam in der Küche, wo er vor einer Schüssel Müsli saß, während sich seine beiden Brüder um ein Spielzeug stritten. Seine kleine Schwester bürstete ihrer Barbiepuppe die Haare, und das Baby saß mit völlig verschmiertem Gesicht vor einer Schüssel Brei.

»Hey.« Ich winkte in die Runde. Hinter mir kam Sams Mom herein und drehte den Wasserhahn auf, um sich schon mal für das Abwaschen des Frühstücksgeschirrs zu wappnen.

»Maisie Feelans Jüngste hat sich gerade auf der UCD eingeschrieben, für den Wirtschaftsstudiengang«, verkündete sie mit Blick auf Sam.

Sam stöhnte entnervt auf. »Ich bin erst siebzehn, Ma. Ich muss mich erst nächstes Jahr fürs College bewerben.«

»Tja, ich sag ja nur, dass es gut ist, rechtzeitig zu planen. Grandma Kennedy hat mich auf dem Sterbebett gebeten, dafür zu sorgen, dass all meine Kinder so lange zur Schule gehen wie nur möglich. Sie sagte, Bildung ist die wertvollste Investition, die es gibt.«

»Ich sag dir mal was.« Sam ließ den Löffel klirrend in die inzwischen leere Schüssel fallen. »Grandma Kennedy war auf dem Sterbebett ganz furchtbar geschwätzig. Ich glaube, wir sind jetzt so ungefähr bei ihrem elften letzten Wunsch, wenn wir mitzählen, dass ich jeden Abend die Zähne putzen und bis zur Ehe Jungfrau bleiben soll. Diese Frau muss ja geredet haben wie ein Wasserfall, während sie sich darauf vorbereitet hat, die Himmelspforten zu durchschreiten.«

»Sei nicht so frech«, schalt ihn seine Mom, aber man hörte ihrer Stimme an, dass sie lächelte.

»Okay, also dann. Wir sollten los zur Schule«, verkündete Sam, stand auf und schnappte sich seinen Rucksack.

Vor der Tür stieß er ein tiefes, leidendes Seufzen aus. »Das ist ihr neuestes Hobby – ständig nervt sie wegen dem College rum. Sie war sogar drüben im Bürgerbüro und hat sich erkundigt, wie man ein Stipendium beantragt und den ganzen Scheiß.«

»Schlau genug fürs College bist du auf jeden Fall«, sagte ich. »Wo liegt also das Problem?«

»Ev, ich weiß ja schon kaum, was ich nächste Woche machen will, von nächstem Jahr ganz zu schweigen. Sie denkt da viel zu weit.«

»Du beschwerst dich ständig, dass sie immer nur mit dem Baby beschäftigt ist und überhaupt keine Zeit für dich hat. Und jetzt nimmt sie sich Zeit für dich, und das ist dir auch nicht recht.«

Entrüstet verschränkte Sam die Arme vor der Brust. »Und was genau hat dich heute Morgen so allwissend gemacht und über alle anderen Menschen erhoben?«

»Ich finde einfach nur, dass du würdigen solltest, dass sie es gut mit dir meint. Das ist alles.«

Er fasste mich scharf ins Auge. »Nee, ist es nicht. Du siehst anders aus als sonst. Irgendwie, weiß nicht, als ob du leuchten würdest und all dieser Scheiß. Und du kommst mir noch besser gelaunt vor als sowieso schon. Was ist los?«

»Kann ich nicht einfach um der guten Laune willen gute Laune haben?«

»So fröhlich ist niemand einfach nur so. Na komm, spuck's schon aus. Mir ist nicht entgangen, dass Dylan gestern noch geblieben ist, als Conor und ich nach Hause gegangen sind …«

Ich ächzte. »Himmel, vor dir kann ich wirklich gar nichts verbergen.«

Sam riss die Augen auf. »O… M… G… Ev. Was ist passiert? Erzähl mir alles!«

Ich holte tief Luft und flüsterte: »Wir hatten Sex.«

»Was? Ist das dein verdammter Ernst? Ich hatte gedacht, du sagst mir, dass du ihm einen runtergeholt hast oder so.«

Ich krümmte mich. »Bitte sag nicht ›einen runtergeholt‹ in meiner Gegenwart.«

Sam tat, als hätte er nichts gehört, er wollte Details wissen. »Jetzt erzähl schon, wie war es?«

»Ich bin ziemlich wund. Aber es war schön. Es hat mir gut gefallen.«

»Es hat dir nur *gut gefallen*? Wow. Dylan O'Dea ist schlecht im Bett. Wer hätte das ged...«

»Er war nicht schlecht.« Ich seufzte. »Es war nur ... sehr intensiv. Und unerwartet. Ich hätte nicht gedacht, dass wir so weit gehen ...«

»Moment mal. Verhütet habt ihr aber schon, oder?«

Ich biss mir auf die Unterlippe und wandte den Blick ab. Seine Frage hatte mich kalt erwischt. Gestern Abend hatte es mich so mitgerissen, dass ich keine Sekunde lang über Verhütung nachgedacht hatte. Ich meine ja nur ... Ich war noch Jungfrau gewesen. Und er auch. Es war nicht so, als würden wir immer einen Vorrat Kondome im Portemonnaie spazieren tragen.

»Nein?«, antwortete ich schließlich. Es klang wie eine Frage, und zur Antwort verpasste mir Sam eine Ohrfeige.

»Hey! Wofür war das denn?«

»Du hast kein Kondom benutzt, Ev. Was zum Teufel ist los mit dir? Willst du so enden wie meine Mutter? Oder meinetwegen wie deine? Denn du kannst mir ruhig glauben, Babys sehen vielleicht niedlich aus, aber sie machen nichts anderes als kacken und pinkeln und kotzen, den ganzen Tag lang, und nachts kacken und pinkeln und schreien sie die ganze Zeit. So willst du also mit siebzehn Jahren leben, ja?«

»Himmel, jetzt komm mal wieder runter. Ich bin nicht schwanger.« *Hoffe ich.*

»So, das war's. Gleich nach Schulschluss schleife ich dich zum Arzt, und wir besorgen dir die Pille danach.«

»Sam, du übertreibst.«

»Kein Stück. Du nimmst diese Pille, Ev. Du darfst nicht schwanger werden. Wenn du einen Welpen wirfst, wird es nix mit meinem Traum, mit dir gemeinsam nach London zu ziehen und in einer supernoblen WG in Soho zu residieren.«

»Vor einer Minute hattest du noch keine Ahnung, was du mit deinem Leben anfangen willst.«

»Na, dass wir zusammenziehen, ist ja wohl eh klar.«

Gereizt schüttelte ich den Kopf. »Na schön. Wenn du dann die Klappe hältst, gehen wir eben zum Arzt.«

»Gut. Und kein latexfreier Sex mehr mit Dylan Kann-den-Schwanz-nicht-in-der-Hose-behalten O'Dea. Da läuft nichts mehr, ehe ich nicht auf Amazon einen Jahresvorrat Kondome geordert habe, das schwör ich bei Gott.«

Er war so dramatisch, dass ich kichern musste, aber ich hörte rasch wieder damit auf, als mir klar wurde, dass er recht hatte. Das mit Dylan hatte mich so mitgerissen, dass ich keine Sekunde lang über die möglichen Konsequenzen nachgedacht hatte. Dass ich noch Jungfrau gewesen war, schützte mich aber vor rein gar nichts.

Den ganzen Morgen über war mir übel vor Sorge. Ich hatte richtig Angst. Erst gegen Mittag beruhigte ich mich ein wenig. Ich war gerade auf dem Weg zur Cafeteria, da kam jemand hinter mir her und schlang von hinten die Arme um mich. Erschrocken quiekte ich auf, drehte mich um und stand vor Dylan.

Er lächelte mich strahlend an. »Hey«, sagte er leise.

»Oh, hallo«, sagte ich, halb erfreut, ihn zu sehen, halb peinlich berührt. In der Schule hatte mich noch nie ein Junge umarmt. Na gut, okay, Sam natürlich schon, aber das zählte nicht.

»Gehst du essen?«

Ich biss mir auf die Unterlippe. »Mhm.«

»Ist es okay, wenn ich mich zu dir setze?«

»Klar.«

Sam war schon da und machte sich über ein Sandwich her. Als er Dylan sah, bedachte er ihn mit dem schmallippigen, tadelnden Blick einer in die Jahre gekommenen Lehrerin. Ehrlich, er war manchmal *so was* von Maggie Smith.

Dylan runzelte die Stirn. »Was glotzt du mich denn so an?«

Sam kaute und schluckte den Bissen runter. »Kein besonderer Grund.«

Sein schnippischer Ton sagte eindeutig, dass es doch einen Grund gab, aber Dylan biss nicht an. Stattdessen setzte er sich und holte sein eigenes Mittagessen raus. Als ich es ihm gleichtat, erwischte ich ihn dabei, wie er mich mit zärtlicher Miene beobachtete. Ich verdrehte die Augen und schüttelte den Kopf, aber in Wirklichkeit war ich wie elektrisiert von seiner Aufmerksamkeit. Ich liebte es, wie er mich ansah – als wäre ich der allerinteressanteste Mensch in der ganzen Cafeteria.

Kurz darauf gesellten sich Conor und Amy zu uns, sie redeten eifrig miteinander.

»Ihr erratet nie, was Amy passiert ist, als sie ihre Cousins besucht hat«, sagte Conor grinsend.

Amy stieß ihm den Ellbogen in die Rippen. »Wag es nicht.«

»Was denn? Du machst das auch dauernd mit mir. Rache ist süß.«

»Hattest du Sex mit deinen Verwandten?«, fragte Sam. »Weil ich nämlich ziemlich sicher bin, dass das nicht legal ist.«

»Iih, nee, ich hatte ganz bestimmt keinen Sex mit meinen Cousins. Ekelhaft. Die sehen alle aus wie Steve Buscemi.«

»Aber wenn sie aussähen wie Brad Pitt, wärst du dabei?« Sam wollte sie foppen, ich sah es an der Art, wie seine Mundwinkel zuckten.

Amy kniff die Augen zusammen und zeigte ihm den Mittelfinger. »Fick dich, Kennedy.«

»Nein danke«, schoss er fröhlich zurück.

»Sie hat sich auf dem Familiencomputer Pornos angeguckt, das trottelige Huhn«, spottete Conor. »Ihre Tante hat den Browserverlauf kontrolliert und am Zeitstempel gesehen, wer es gewesen sein muss.«

»Ich hatte Langeweile, okay?«, sagte sie und verschränkte die Arme vor der Brust.

Dylan musterte sie. »Hast du schon mal davon gehört, dass man den Browser auf privat stellen kann?«

»Äh, nein, offensichtlich *nicht*«, grunzte Amy. »Sonst wäre mir das ja nicht passiert.«

»Ah, die gute alte Privatsitzung«, sagte Conor salbungsvoll. »Der loyalste Mitstreiter jeder Armee.«

Dylan kicherte. »Lässt einen in keiner noch so kompromittierenden Lage hängen.«

»Hält einem immer den Rücken frei, wenn eine geheime Mission ansteht«, alberte Conor weiter.

»Bäh, bitte hört auf. Ich will mir keinen von euch beim Wichsen vorstellen, herzlichen Dank auch.« Amy bedachte Conor mit einem angewiderten Blick.

Ich kicherte immer noch, als sich ein Mädchen aus Dylans Jahrgang näherte. Sie hieß Kirsty irgendwas und gehörte zu denen, die ein Auge auf Dylan geworfen hatten. Trotz seines arroganten Auftretens hatte er an unserer Schule unter den Mädchen einen regelrechten Fanclub. Kirsty gehörte zu seinen glühendsten Verehrerinnen, aber seit wir zusammen rumhingen, hatte sie noch keinen Vorstoß unternommen. Jedenfalls soweit ich wusste.

Sie tippte ihm auf die Schulter, und er drehte sich um und sah sie mit offenkundiger Überraschung an. Als sie ihn anlächelte, durchzuckte mich Eifersucht wie ein Blitzschlag.

»Hey, Dyl.«

Dyl? So wie Dill? Urgs. Warum nicht gleich Koriander?

Mann, ich war so sauer wie diese Bonbons, die ich zum Frühstück gegessen hatte. Ich musste mich dringend mal ein bisschen entspannen.

»Äh, hi, Kirsty.«

»Du bist doch schon achtzehn, stimmt's?«, fragte sie und zwirbelte eine Haarsträhne um den Finger.

Seine Stirn umwölkte sich leicht. »Ja …«

»Ich und meine Mädels haben uns gefragt, ob du vielleicht diesen Samstag Alk für uns kaufen könntest? Wir wollten ein bisschen vorglühen, ehe wir ins *Godskitchen* losziehen. Du bist natürlich auch eingeladen. Ich habe noch eine Karte übrig.«

»Ooooh, *Godskitchen*«, johlte Sam. »Was zieht ihr an? Höschen und BH?«

Wirklich, in solchen Momenten hätte ich ihn für seine Unverfrorenheit küssen können.

Kirsty musterte ihn mit schmalen Augen. »Eigentlich hatte ich vor, ein Kleid von H&M zu tragen.«

»Gute Idee.« Sam nickte. »Sie müssen es sich verdienen.«

»Lassen die einen nicht erst mit achtzehn da rein?«, fragte Amy, verärgert von der Unterbrechung. Ich wusste, dass sie Mädchen wie Kirsty auf den Tod nicht ausstehen konnte.

Hohl. Blond. Dauernd in Pink gekleidet.

»Wir haben falsche Ausweise dabei«, erwiderte Kirsty gereizt.

»Na, dann erlaube mir doch bitte die dumme Frage, wozu um alles in der Welt ihr *Dyl* braucht, um euch Alkohol zu besorgen.«

Conor kicherte, als sie *Dyl* sagte. Er fand es offenbar auch urkomisch.

Kirsty machte ein sauertöpfisches Gesicht, ihre hübschen Katzenaugen wurden immer schmaler. »Sei keine verfickte Ziege, Amy.«

»Ich weise nur auf das Offensichtliche hin.«

»Tja, du bist nicht gerade eine große Hilfe«, zischte Kirsty, stieß einen frustrierten Seufzer aus und wandte sich wieder an Dylan. »Du brauchst uns keinen Alk zu kaufen. Komm einfach so mit. Wir können, du weißt schon, Spaß haben.« Ihr anzüglicher Ton traf mich wie ein Pfeil. Meinte die das etwa ernst?

Ich umklammerte die Tischkante und wollte gerade den Mund aufmachen, da antwortete Dylan: »Technopartys sind echt nicht so mein Ding.«

Er sagte es so abfällig, dass Kirsty regelrecht in sich zusammensackte. Sie presste die Lippen aufeinander, machte auf dem Absatz kehrt und eilte davon. Ich hörte gerade noch, wie sie etwas murmelte, das mir verdammt nach *Ich wünschte, du würdest mal irgendwem sagen, was dann dein Ding ist* klang.

»Wow, das war ja mal eine eiskalte Abfuhr, O'Dea.« Sam kicherte. »Seht euch nur die arme Kirsty an – da rennt sie davon, um ihre Wunden zu lecken.«

»Ich begreif nicht, warum die es immer wieder versucht«, sagte Amy. »Die dämliche Kuh blitzt jedes Mal ab.«

»Weißt du denn nicht, dass unser Dylan hier heiß begehrt ist?«, entgegnete Conor und grinste mich an. »Du kannst dich echt glücklich schätzen, Evie.«

»Ev, nicht Evie«, mischte sich Sam ein. »Niemand nennt sie Evie.«

Conor zwinkerte mir zu. »Mir gefällt Evie. Das kann ja mein Spitzname für dich sein. Nur zwischen dir und mir.«

Dylan verpasste ihm einen Klaps gegen den Hinterkopf. »Hey. Halt dich an die Tante, Arschgesicht. Sie gehört mir.«

Bei diesen Worten schlug mein Magen einen Salto. *Sie gehört mir*. Meine Eifersucht wegen Kirsty war wie weggeblasen. Dylan hatte offensichtlich kein Interesse an ihr. Mich hingegen sah er über den Tisch hinweg an, als würde ich leuchten wie ein Weihnachtsbaum. Ich war nicht ganz sicher, dass ich solche Bewunderung wirklich verdiente, aber ich würde mich bestimmt nicht darüber beschweren.

Die Klingel ertönte und verkündete das Ende der Pause. Vor Enttäuschung verspürte ich einen leichten Stich im Bauch. Die Zeit mit Dylan schien immer viel zu schnell zu verfliegen. Und nach der Schule konnten wir uns auch nicht treffen, weil ich Sam versprochen hatte, mit ihm zum Arzt zu gehen. Leider konnte man bei uns die Pille danach nicht einfach kaufen wie in England und anderswo. Man bekam sie nur auf Rezept. Aber *darüber* wollte ich mit Dylan auf keinen Fall reden. Mir gefiel sehr, wie er auf Wolke sieben schwebte, und ich wollte nicht, dass die schnöde Wirklichkeit das Leuchten in seinen Augen erlöschen ließ.

Beim Arzt wartete Sam am Empfang auf mich, während ich ins Sprechzimmer ging.

»Evelyn Flynn?«, fragte die ältere Frau, die mich dort erwartete.

»Ja. Hi.«

Sie sah sich meine Akte am Computer an. Ich war bisher nur selten beim Arzt gewesen, und nie wegen etwas Ernsterem, also konnte ich mir nicht vorstellen, dass es da viel zu lesen gab.

Endlich drehte sie sich um und verschränkte die Hände miteinander. »Okay. Was kann ich denn für Sie tun?«

Ich räusperte mich. Plötzlich war es mir sehr peinlich. »Ich brauche die Pille danach.«

Mit ausdruckslosem Gesicht nickte sie und warf wieder einen Blick auf den Bildschirm. »In Ordnung. Und wie lange sind Sie schon sexuell aktiv?«

»Noch nicht lange«, flüsterte ich.

»Ginge das etwas präziser?«, bat sie mich ganz geschäftsmäßig.

»Äh, ich hatte nur dieses eine Mal Sex.«

Schweigend und mit immer noch völlig ausdruckslosem Gesicht musterte sie mich. Es war ziemlich unangenehm. Schließlich nickte sie, sah wieder auf den Bildschirm und gab etwas in den Computer ein. »Zu mir kommen viele Mädchen aus St. Mary's. Normalerweise warten sie nicht so lange.«

Auf den ersten Blick klangen ihre Worte freundlich, aber die Beleidigung, die in ihrer Bemerkung mitschwang, war unmissverständlich. Es war unverkennbar, wie wenig sie von Leuten aus den Villas hielt, und das kränkte mich. Wir waren nicht alle fahrlässige, sexbesessene Teenager, die viel zu früh Kinder bekamen. Manche von uns verliebten sich auch in Jungs, die mit tiefer Faszination über die menschliche Natur sprachen. Jungs, die etwas erreichen wollten, das weit jenseits unserer augenblicklichen, sehr beschränkten Möglichkeiten lag.

Es kränkte mich, dass diese Frau uns allesamt als Versager abstempelte, die damit zufrieden waren, auf Regierungskosten zu leben. Weil das nicht stimmte. Ja, klar, auf viele Leute traf es zu, aber nicht auf die, die mir wichtig waren, so wie Yvonne, Sam und Dylan. Sogar Conor und Amy hatte ich inzwischen ein bisschen liebgewonnen. Wir waren mehr als nur ein paar Zahlen auf dem Bildschirm. Wir waren echte Menschen mit Herz und Seele und Gefühlen. Aber vermutlich bevorzugten es Leute, die höher auf der sozialen Leiter standen, an das Klischee zu glauben und auf die Menschen unter ihnen herabzusehen. Das war leichter, als mitzufühlen. Leichter, als sich die Mühe zu machen, zu *verstehen*.

»Freut mich, dass meine Geduld Ihnen imponiert«, sagte ich und musterte die Ärztin kühl. Meine kalte Stimme im Zusammenspiel mit meinen sorgfältig gewählten Worten schien sie zu überraschen.

Sie ruderte ein bisschen zurück. »Ich wollte Sie nicht beleidigen.«

»Natürlich nicht«, antwortete ich, aber mein Tonfall sagte klar: *Doch, genau das wolltest du*. Sie hatte nur nicht damit gerechnet, dass ich mich wehren würde.

Dylans Sichtweise kam mir immer überzeugender vor. Er hasste es, wenn Leute erfuhren, wo er herkam, und deshalb auf ihn herabsahen. Tja, jetzt wurde mir klar, dass ich das ebenfalls hasste.

Ich verließ das Sprechzimmer mit dem gewünschten Rezept, aber meine Stimmung war nicht mehr ansatzweise so fröhlich wie bei unserer Ankunft. Als Sam und ich in die Apotheke am anderen Ende der Straße marschierten und ich bei den Kosmetika Kirsty stehen sah, rutschte sie noch tiefer in den Keller. Sie hatte zwei Freundinnen dabei. Sie wühlten sich gerade durch die Selbstbräuner.

Die rüsten sich wahrscheinlich fürs *Godskitchen* aus, dachte ich bitter.

Bitterkeit war mir normalerweise fremd, aber im Zusammenhang mit Dylan lernte ich eine ganze Palette neuer Gefühle kennen. Mir war ganz besitzergreifend zumute, als würde er allein mir gehören. Genauso, wie er erklärt hatte, ich wäre sein.

Mit hochgerecktem Kinn ging ich zum Tresen und reichte der Apothekerin mein Rezept. Sam tippte gerade irgendwas auf dem Handy und hatte Kirsty & Co. noch nicht bemerkt. Die Apothekerin verschwand mit meinem Rezept, und ich kaute nervös auf den Fingernägeln rum. Ich wollte nicht, dass Kirsty mitbekam, weshalb ich hier war.

Leider bewahrheitete sich meine ungute Vorahnung – als Sam und ich fertig waren und gerade gehen wollten, entdeckte sie uns. Blitzschnell sauste sie uns hinterher und baute sich vor mir auf. Viel größer als ich war sie zwar nicht, aber trotzdem fand ich es bedrohlich.

»Na, hast du dir deine Monatsration AIDS-Medikamente abgeholt?«, fragte sie abfällig, und ihre Freundinnen kicherten.

Ich machte mir nicht die Mühe, darauf zu antworten. Sam jedoch, der kein sonderlich pazifistisches Gemüt sein eigen nannte, bedachte sie mit einem vernichtenden Blick.

»Glaub mal ja nicht, dass jeder so verseucht ist wie du, Kirsty. Hab gehört, du hast dir letzten Sommer bei Danny Doolan einen Tripper eingefangen.«

Kirsty starrte ihn an. »Wer hat dir das erzählt?«

Sam lachte ihr ins Gesicht. »Das musste mir niemand erzählen. Die ganze Schule zieht darüber her.«

Bei allem, was mir heilig ist, Sam musste dringend darüber nachdenken, Schauspieler zu werden. Wenn jemand eine Lüge überzeugend rüberbringen konnte, dann er.

Kirsty sah ihre Freundinnen an. »Habt ihr diese Gerüchte auch gehört?«

Die beiden schüttelten simultan die Köpfe, den gleichen dümmlichen Ausdruck im Gesicht.

»Ich bringe Danny *um*, wenn ich ihn erwische! Ständig erzählt er allen, dass wir miteinander im Bett waren.«

Und mit diesen Worten ließ sie die Tube Selbstbräunungscreme einfach fallen und stürmte aus dem Laden.

»Oh mein Gott, ich liebe dich«, sagte ich kichernd.

Sam legte mir den Arm um die Schultern. »Niemand redet so mit meiner Ev und kommt damit durch.«

Ich grinste von einem Ohr zum anderen und küsste ihn auf die Wange. »Im Ernst, ich wüsste nicht, was ich ohne dich machen sollte.«

10. KAPITEL

Das Arnotts war nicht gerade mein angestammtes Kaufhaus. Manchmal hatten Yvonne und ich dort Weihnachtsgeschenke gekauft, aber meist sahen wir uns nur ein bisschen um. Und wenn wir ausreichend begehrliche Blicke auf Designer-Handtaschen, überteuerte Kleider und Wintermäntel geworfen hatten, die wir uns nie würden leisten können, gingen wir auf die andere Straßenseite rüber und kauften bei Penneys die sehr viel günstigeren Versionen.

Morgens hatte ich bei Dylan angerufen und von seinem Vater erfahren, dass er arbeitete, und mir war sein Wochenendjob wieder eingefallen. Da ich ohnehin in die Stadt musste, um ein paar Besorgungen für Yvonne zu erledigen, dachte ich mir, ich könnte ja mal bei ihm vorbeisehen und ihn vielleicht in seiner Pause erwischen.

Auf der Suche nach ihm lief ich an diversen Verkaufstresen vorbei. Mehrmals sprachen mich Verkäufer an und versuchten, mir ihre Waren schmackhaft zu machen.

Als ich Dylan endlich entdeckte, blieb ich stehen und schwelgte in seinem Anblick. Er trug ein tiefschwarzes Hemd, dazu eine passende Stoffhose und ein Namensschild. Sein helles Haar hob sich leuchtend gegen das ganze Schwarz ab, und gerade lächelte er eine Frau an, die vor ihm am Tresen stand. Sie war ungefähr in ihren Fünfzigern und hatte schon mehrere Einkaufstüten in der Hand.

Dylan präsentierte ihr einen Parfumflakon. »Dies ist ein sehr eleganter Duft. Die pudrige Moschusgrundnote setzt ein deutliches Statement. Aber wenn Sie einen leichteren Duft bevorzugen«, er stellte das Fläschchen weg, »würde ich Ihnen diesen hier empfehlen. Er ist lieblicher und ein wenig blumig.«

Er sprach anders als sonst. Zwar klang er noch vertraut, aber sein Akzent drang kaum durch. Ich fragte mich, ob er das mit Absicht machte oder ob es wie beim Telefonieren war, wo man ja oft selbst nicht merkte, wie anders man auf einmal redete.

»Ich rieche zum Beispiel Orange besonders gern. Haben Sie vielleicht einen Zitrusduft da?«, fragte die Frau.

Dylan bei der Arbeit zu beobachten faszinierte mich. Er wirkte so entspannt, so selbstbewusst, als würde er sich jeder denkbaren Frage und jedem möglichen Anliegen gewachsen fühlen. Er erinnerte mich an einen sexy Portier in einem Filmdrama.

»Hm, lassen Sie mich mal eben sehen.« Er ging eins der Regale durch, zog einen Flakon heraus und schraubte ihn auf. »Ich glaube, das hier dürfte Ihnen gefallen. Ein berauschendes Zusammenspiel aus Bergamotte und einer erfrischenden Zitronennote.« Er nahm noch einige weitere Parfums heraus, beschrieb sie ihr und gab von jedem einen kleinen Spritzer auf schmale Papierstreifen.

»Hier, probieren Sie mal aus, welcher Ihnen am meisten zusagt.«

Sie lächelte ihn an wie eine Mutter, die stolz darauf ist, wie gut sich ihr Sohn bei einem Test in der Schule geschlagen hat. »Sie können ausgezeichnet mit Worten umgehen, junger Mann«, sagte sie und schnupperte nacheinander an den Streifen. »Das Mädchen, das unter der Woche hier arbeitet, beschreibt die Düfte nicht halb so plastisch.«

»Ich habe einen sehr präzisen Geruchssinn«, antwortete Dylan, und dann lächelte er schuldbewusst. »Und eine zu große Klappe, wie mein Dad immer behauptet. Allerdings ist es bei Diskussionen oft hilfreich.«

»Ich kann mir gut vorstellen, was für ein Ärgernis das für ihn ist.« Sie lachte. »Ich nehme das hier.« Sie reichte ihm den dritten Streifen.

»Eine sehr gute Wahl«, sagte Dylan und suchte einen versiegelten, in einer Schachtel verpackten Flakon heraus. Er kassierte, und die Frau verabschiedete sich gut gelaunt. Erst jetzt trat ich näher.

»So«, sagte ich und warf einen Blick auf sein Namensschild, als wäre er ein Fremder. »Und was können Sie sonst noch so alles mit Ihrem präzisen Geruchssinn anstellen, Mr O'Dea?« Ich hatte einen koketten Ton angeschlagen, und Dylan lächelte mich voller Zuneigung an. Ich war ungeheuer froh, dass er sich über meinen Besuch zu freuen schien.

»Alles Mögliche. Was machst du denn hier?«

»Ich habe bei dir angerufen, aber dein Dad hat mir gesagt, dass du heute arbeitest. Und ich musste sowieso noch in die Stadt, also ...«, ich breitete die Arme aus, »... da bin ich.«

Dylans Augen leuchteten warm. »Da bist du«, sagte er leise und vergewisserte sich mit einem raschen Blick, dass gerade niemand zusah. »Komm her.«

Ich beugte mich zu ihm, und er umfasste rasch mein Kinn, zog mein Gesicht zu sich heran und küsste mich. Dann ließ er mich wieder los. Ein Mädchen am gegenüberliegenden

Verkaufstresen lächelte in sich hinein und tat, als wäre sie vollauf mit dem Sortieren kleiner Schachteln mit Kosmetika beschäftigt.

Dylan richtete sich auf und räusperte sich. »Tja, jetzt, wo du hier bist, kann ich endlich mal etwas tun, was ich seit Ewigkeiten gern tun würde.«

Ich zog die Brauen hoch. »Oh?«

»Ich möchte ein Parfum für dich aussuchen.«

Kurz wallte Aufregung in mir auf, rasch gefolgt von Enttäuschung. »Ich kann mir das nicht leisten.«

»Ich bezahle«, versicherte mir Dylan. Ich wollte gerade protestieren, da hob er einen Finger. »Ich bekomme Mitarbeiterrabatt.«

»Ich wette, das kostet immer noch furchtbar viel, selbst mit Rabatt.«

»Lass das mal meine Sorge sein.« Er griff nach meiner Hand und zog mich näher heran. »Ich habe schon für unzählige Frauen Parfum ausgesucht, dabei bist du die Einzige, bei der ich je davon fantasiert habe. Mach mir diese Freude.«

Okay, das war … okay. Vor lauter Erwartung war ich ein bisschen atemlos. Ich sah zu, wie er mehrere Flakons aus einem Glasregal nahm.

»Nach welchen Kriterien suchst du die aus?«, fragte ich fasziniert.

Dylan kratzte sich am Kiefer und betrachtete mich eindringlich. »Deine Haut hat einen Eigengeruch. Das ist bei allen Menschen so. Ein bisschen so, wie auch jedes Zuhause einen ganz eigenen Geruch hat. Er entsteht unter anderem durch die Lebensweise. Und von diesem Eigengeruch der Haut hängt ab, welcher Duft zu jemandem passt. All diese

Düfte hier«, er deutete auf die Flakons, die er herausgesucht hatte, »passen perfekt zu dir.«

Er wusste, wie meine Haut roch? Bei dem Gedanken überlief mich ein Schauer, aber von der angenehmen Sorte. Eigentlich war es ja auch nicht weiter verwunderlich, so nah, wie er mir gewesen war. Allerdings hatte er gesagt, dass er schon seit Ewigkeiten darüber nachdachte, also lange bevor wir uns näher kennengelernt hatten. Damals konnte er auf keinen Fall gewusst haben, wie ich roch.

Ich überflog die Markennamen: Chanel, Gucci, Versace, Chloé, Yves Saint Laurent. Namen, die für Luxus standen, für Seidenkleider, Designerschuhe und schicke Stadtwagen. Das war nicht ich. Kein bisschen.

»Ich bin eigentlich eher so der Typ Body Shop.«

»Am Body Shop ist nichts verkehrt«, sagte Dylan. »Was ist denn da dein Lieblingsparfum?«

Ich zuckte mit den Schultern. »Yvonne schenkt mir immer eine Flasche White Musk zum Geburtstag. Das mag ich, aber ich habe es mir nicht selbst ausgesucht. Bisher habe ich über Parfum nie viel nachgedacht.«

Dylan gab ein leises, nachdenkliches Summen von sich. »Das habe ich schon ein paar Mal an dir gerochen«, sagte er, den Blick noch immer konzentriert auf die Flakons gerichtet. Mein Magen machte einen kleinen Hüpfer.

»Moschus ist schon mal ein guter Anfang«, sagte er und griff zu einem Flakon von Gucci. Gab einen Spritzer davon auf einen Papierstreifen, wie bei der letzten Kundin, und reichte ihn mir.

Ich schnupperte daran und rümpfte die Nase. »Das ist viel zu aufdringlich.«

Seine Mundwinkel zuckten. »Das dachte ich mir.«

»Es riecht wie das richtige Parfum für eine achtzigjährige alte Dame, und zwar vor allem deshalb, weil ihr Geruchssinn sie im Stich lässt.«

Dylan lachte leise, und ich starrte ihn mit zusammengekniffenen Augen an. »Du wusstest schon, dass ich das Zeug nicht mögen würde, stimmt's?«

»Ich wollte nur eine Theorie überprüfen.«

»Und zwar?«, hakte ich nach.

»Ob ich deine Präferenzen anhand der Dinge, mit denen du dich umgibst, richtig einschätze. Du hast zwar gesagt, dass du dich nie besonders für Parfum interessiert hast, aber dein Leben ist voller Düfte, Ev. All die Pflanzen, denen du deine Zeit widmest, geben ihre eigene kleine Duftmarke an dich ab.«

Ich runzelte die Stirn. »Echt?«

»Probier es mal hiermit«, schlug er vor, statt zu antworten, und reichte mir ein Testfläschchen *Bright Crystal* von Versace. »Blumig und fruchtig mit einer Moschus-Basisnote.«

Ich sprühte ein wenig davon auf einen Papierstreifen und schnupperte daran. »Hmmm. Ich mag es, aber die große Liebe ist es jetzt nicht unbedingt.«

Dylan nahm mir den Flakon wieder weg und gab mir dafür einen anderen. »Den hier als Nächsten.«

»Chloé«, las ich laut vom Etikett ab. »Kommt mir irgendwie bekannt vor.« Ich sog den Duft ein. »Riecht nach Rosen.«

»Eine der Herznoten«, sagte Dylan. »Wie findest du es?«

»Es ist … ganz nett.«

Gespielt streng sah er mich an. »Sie sind nicht leicht zufriedenzustellen, Miss Flynn.«

»Was soll ich sagen? Ich habe hohe Ansprüche.«

Dylan lächelte mich an. »Okay, versuch es hiermit. Ist gerade dieses Jahr erst erschienen. Ein orientalischer Duft.«

Auf dem Flakon stand *Flowerbomb*, von Viktor & Rolf. Ich warf Dylan einen neugierigen Blick zu. »Orientalisch?«

Er verschränkte die Arme vor der Brust und erklärte: »Es gibt acht Hauptkategorien: Citrus, blumig, fruchtig, holzig, grün, ozeanisch, würzig und orientalisch. Orientalische Düfte riechen moschusartig und sinnlich. Sie verleihen eine Aura des Geheimnisvollen.«

Ich lächelte ihm zu, ehe ich daran schnupperte. »Es ist so seltsam, dass du das alles weißt.«

Er zuckte mit den Schultern. »Ist mein Job.«

»Ich wette, dass die meisten Leute, die in der Parfumerieabteilung arbeiten, nicht mal ein Drittel so viel darüber wissen wie du.«

»Na, dann einigen wir uns wohl am besten darauf, dass ich ein bisschen davon besessen bin.«

Grinsend gab ich ihm den Flakon zurück. »Ja, einigen wir uns darauf. Also – den Duft mag ich wirklich sehr. Definitiv mein bisheriger Favorit.«

»Dann gehört er dir.«

»Aber das ist so teuer«, protestierte ich, obwohl mir die Vorstellung, etwas so Besonderes könnte mir gehören, wirklich gut gefiel. Es roch nach Bergamotte und grünem Tee, mit einem Hauch Jasmin und Orchideen. Auch eine Spur Moschus war dabei. Es zu tragen stellte ich mir aus irgendeinem Grund vor, würde mir mehr Selbstvertrauen verleihen – was lächerlich war, schließlich war es nur ein Duft. Wie konnte ein Duft einem zu mehr Selbstvertrauen verhelfen? Noch etwas, über das ich mit Dylan diskutiert hatte, und wie sich jetzt herausstellte, hatte er recht behalten.

»Gut so«, sagte er. »Du verdienst teure Dinge.«

Errötend betrachtete ich meine Hände. Wo kam dieser

Junge nur her? Er war einfach wie aus dem Nichts in mein Leben explodiert mit seiner Freundlichkeit, seiner romantischen Ader und seinen unerwarteten Geschenken.

»Übrigens, morgen hat Conor Geburtstag«, sagte Dylan, während er mir das Parfum in eine Tüte packte. »Heute Abend wollen wir reinfeiern. Komm doch mit.«

Ich seufzte. »Würde ich sehr gern, aber ich bin noch nicht achtzehn. Ich darf nirgendwo rein.«

Er runzelte die Stirn. »Das vergesse ich andauernd.«

Enttäuschung machte sich in mir breit. Wir hatten uns die ganze Woche kaum gesehen, und heute Abend zusammen loszuziehen wäre einfach perfekt gewesen. Da hatte ich plötzlich eine Idee.

»Hey, wenn Conor und Amy einverstanden wären, könnten wir doch alle ins *Morgan* gehen? Yvonne arbeitet da. Ich könnte sie vielleicht überreden, uns für ein, zwei Stunden die Dachterrasse klarzumachen, wenn ich verspreche, keinen Alkohol zu trinken.«

Dylan wirkte angetan. »Also ... Conor würde das bestimmt supergut gefallen. Meinst du, sie sagt Ja?«

Ich grinste ihn an. »Wer könnte zu diesem Gesicht Nein sagen?«

Er erwiderte das Lächeln, und dann wurde er ernst und sagte leise: »Ich jedenfalls nicht.«

Ohne ein weiteres Wort reichte er mir die Tüte, und ich wich zurück. Vor allem deshalb, weil ich nicht dafür garantieren konnte, dass ich ihn nicht auf ausnehmend unpassende Weise küssen würde, wenn ich jetzt nicht ging.

»Ich ruf dich nachher an und sag Bescheid, ob es klappt.«

»Dann bis nachher, Evelyn.«

11. KAPITEL

Yvonne gab grünes Licht für die Party.

Ich vermutete, es war vor allem deshalb, weil sie seit unserer ungeplanten Zusammenkunft letzte Woche eine Schwäche für Conor hatte. Angesichts seiner Unsicherheit hatte sie eine Art mütterliche Zuneigung zu ihm gefasst. Dass er in sie verknallt war, ging komplett an ihr vorbei.

Vielleicht musste sie es nie erfahren. Ich war ziemlich sicher, dass Conor nicht den Mut finden würde, es ihr zu sagen. Und schon bald würde er irgendein Mädchen finden, für das er schwärmen konnte, und meine Tante wäre vergessen.

Ich zog einen laubgrünen Rock und ein schwarzes Spitzenoberteil an, dazu Ballerinas. Sam kam zu mir, um sich bei mir im Zimmer ausgehfein zu machen, aber er war nicht ganz bei der Sache.

»Irgendwas Neues an der Shane-Front?«

Sam schüttelte den Kopf. »Er macht einen großen Bogen um mich. Ich glaube, es hat ihn ganz schön verstört, dass er mich geküsst hat.«

»Na, vielleicht ist es besser so. Typen wie er machen nur Ärger.«

»Japp. Darum halte ich mich ja auch von ihm fern«, stimmte Sam mir zu, aber irgendwie hatte ich das Gefühl, dass er das nur sagte, damit ich zufrieden war.

Ich stieß die Luft aus und legte ein wenig von dem Parfum auf, das Dylan mir geschenkt hatte. Dann atmete ich ein und schwelgte in dem üppigen Duft mit der feinen Moschusnote.

»Oooh, das sieht nobel aus.« Sam pflückte mir den Flakon aus der Hand, um das Etikett zu lesen. Er pfiff leise. »Wo hast du denn das Geld dafür her?«

Ich nahm ihm das Parfum wieder weg. »Nirgendwoher. Das ist ein Geschenk von Dylan.«

»Muss echt was Ernstes sein mit euch beiden, wenn er dir Parfum schenkt.«

»Kann sein.«

»Oh, jetzt tu nicht so, als ob es dich kalt lässt. Du bist hin und weg.«

»Ich hör auf, wenn du zugibst, dass Shane dich fasziniert.«

Sam schnaubte und verschränkte die Arme vor der Brust. »Wie auch immer.«

»Du kannst es so oft abstreiten, wie du willst – ich weiß, wie sehr dir dieser Kuss geschmeichelt hat.«

»Okay, okay. Mann, wir sind schon zwei selbstgefällige Superhelden. Komm, sonst sind die anderen vor uns im *Morgan*.«

Mir war klar, dass er absichtlich das Thema wechselte, aber ich ließ es ihm durchgehen – wir mussten allmählich wirklich los, wenn wir nicht zu spät kommen wollten. Yvonne empfing uns an der Tür und brachte uns selbst aufs Dach hinauf.

»Okay, ihr habt zwei Stunden. Aber ich sehe immer mal wieder vorbei, also bildet euch nicht ein, dass ihr irgendwelche Drinks an mir vorbeischmuggeln könnt. Es gibt ausreichend alkoholfreie Alternativen.« Mit dieser Warnung entschwand sie wieder nach unten.

Ich setzte mich an den Tisch und goss uns beiden eine Cola ein. »Sieht ganz so aus, als wäre Zucker die einzige Droge, mit der wir uns heute abschießen können«, witzelte ich.

Sam sah mich an. »Zum Henker damit. Ich will Wodka.«

»Tja, aber sag später nicht, ich hätte dich nicht gewarnt. Du bist es, den Yvonnes heiliger Zorn trifft, wenn sie es herausfindet.«

Grinsend schraubte er eine Flasche auf und nahm einen raschen Schluck. »Das ist es mir so was von wert.«

Mein Handy machte *ping*. Dylan hatte mir geschrieben, dass er und die anderen ebenfalls eingetroffen waren. Mir krampfte sich der Magen zusammen, und mein ganzer Körper kribbelte vor Aufregung. Als die drei durch die Tür kamen, sprangen wir auf und riefen wie aus einer Kehle: »Überraschung!«

Conor sah sich um. »Oh mein Gott, so cool«, rief er.

»Haben wir das Dach ganz für uns allein?«, fragte Amy mit gezücktem Camcorder und machte eine 360-Grad-Aufnahme von der Dachterrasse. Es war das erste Mal, dass sogar sie ein bisschen beeindruckt wirkte.

Ich strahlte übers ganze Gesicht. »Japp. Volle zwei Stunden lang. Schnappt euch was zu trinken.«

Dylan musterte mich anerkennend von Kopf bis Fuß, dann kam er näher, beugte sich vor und küsste mich auf die Lippen. Atmete tief ein und flüsterte: »Du hast es aufgelegt.«

Schüchtern nickte ich. »Ja.«

»Es steht dir. Du hast einen guten Geschmack.«

Ich stupste ihm gegen die Schulter. »Du bist derjenige, der es ausgesucht hat.«

»Stimmt. Dann habe eben ich einen guten Geschmack.« Lächelnd legte er mir eine Hand auf den Rücken, und wir setzten uns zu den anderen an den Tisch. Ich genoss es, die Wärme seiner Hand zu spüren, und versuchte, mich nicht zu sehr auf meine Idee zu versteifen, wie diese Nacht am liebsten enden sollte. Ich hatte seine Berührungen vermisst, den Geschmack seiner Lippen.

»Und was habt ihr drei diese Woche so getrieben?«, erkundigte sich Sam. »Gibt es irgendwelchen neuen Klatsch und Tratsch?« Während er das sagte, starrte er Dylan an. Ich hätte ihn umbringen können. Natürlich spielte er darauf an, dass wir Sex gehabt hatten. Sam wusste, dass ich noch Jungfrau gewesen war, bei Dylan wusste er es nicht. Er würde *so* feiern, wenn er das erfuhr.

»Nichts Neues, immer nur derselbe Trott«, brummte Conor.

»Die Katze meiner Nachbarin ist gestorben«, erzählte uns Amy. »Sie hat sich mit der Gemeinde angelegt, weil man ihr verboten hat, sie irgendwo vor dem Haus zu vergraben. Das Morbide daran: Die Katze ist schon seit einer Woche tot, und sie hat sie in eine Tüte gesteckt und eingefroren, bis sie eine akzeptable Lösung gefunden hat.«

»Igitt! Eine tote Katze direkt neben den Tiefkühl-Chicken-Nuggets.« Sam schnitt eine Grimasse.

»Warum lässt sie sie nicht einfach ausstopfen?«, fragte Dylan. »Mein Dad war mal mit einem Typen befreundet, der am Wochenende Tiere präpariert hat. Bei dem stand alles voll mit toten Tieren.«

»Das ist ja noch widerlicher.« Conor schüttelte sich. »Der kleine Fluffy, der bis in alle Ewigkeit auf dem Kaminsims hockt und dich nie aus den Augen lässt. Keine Sekunde.«

»Ausgestopfte Tiere machen mir nichts aus. Mich macht nur die Vorstellung mit dem Tiefkühlfach irre. Mir vergeht sofort der Appetit, wenn ich daran denke.«

»Ich dachte, du stehst auf so was«, warf Sam ein.

»Ach ja? Weil alle Goths den Tod lieben?«, spottete sie. »Ich zieh mich so an, weil es scheißcool ist, nicht weil ich mich für einen Vampir oder einen Zombie halte oder so einen Scheiß.«

»Schon gut.« Sam hob die Hände, dann sah er Dylan an. »Und, bei dir irgendwas Neues?«

Dylan schüttelte langsam den Kopf. »Nichts, was mir jetzt so direkt einfällt.«

»Ganz sicher? Du hast nicht zufällig die eine oder andere dumme, spontane Entscheidung getroffen, die das Leben eines jungen Mädchens für immer verändern könnte?«

»Sam!«, zischte ich.

»Was denn? Ihm muss dringend mal jemand ins Gewissen reden, und ich bin offenbar der Einzige, der dazu bereit ist.«

Beschämt schloss ich die Augen und vergrub das Gesicht an Dylans Schulter. »Es tut mir so leid«, murmelte ich in sein T-Shirt.

»Klingelt immer noch nix?« Sam ließ nicht locker. »Okay, dann mal zum Mitschreiben: Nächstes Mal benutz ein Kondom. Wir wollen doch nicht, dass hier lauter kleine Dylalyns rumrennen und nach einer neuen Windel krähen.«

Okay, das war's. Sobald ich Sam allein erwischte, würde er LEIDEN. Und zwar in GROSSBUCHSTABEN.

Dylan klang belustigt. »Dylalyns?«

»So würde euer ungeplantes Baby heißen. Du weißt schon, so wie Brangelina.«

Dylan beugte sich zu mir und flüsterte mir ins Ohr: »Du hast es ihm erzählt?«

Ich nickte. »Tut mir leid.«

»Das muss es nicht.« Er flüsterte noch immer. »Und ich hätte ein Kondom benutzt – ich hatte nur nicht so direkt geplant, dass es so weit kommt.«

»Nein, das weiß ich doch. Er bläst das Ganze nur zu einer Riesensa…«

»Ich kann euch hören, das wisst ihr doch, oder?«, fiel mir Sam ins Wort. »Und das *ist* eine Riesensache.«

»Moment mal. Ihr beiden hattet *Sex*?«, fragte Conor.

»Ist doch völlig offensichtlich«, sagte Amy unbeeindruckt. »Ich meine, seht sie euch an. Man kann die Pheromone praktisch riechen.«

»Das geht keinen außer uns was an«, sagte ich. »Also sucht euch ein anderes Thema.«

»Na toll. Jetzt bin ich der Einzige hier, der immer noch Jungfrau ist«, beklagte sich Conor missmutig.

Sam japste auf und glotzte Dylan an. »*Du* warst noch Jungfrau?«

Dylan zuckte mit den Schultern, als wäre nichts dabei.

»Aber wie kann das sein? Was ist mit all den Kirstys aus der Schule, die dir unbedingt an die Wäsche wollen?«

»Niemand sagt heutzutage noch *an die Wäsche wollen*«, warf Amy ein.

»Tja, ich aber schon«, entgegnete Sam, immer noch völlig verdattert. »Ich kann's einfach nicht glauben.«

»Wie gesagt, es geht euch nichts an«, wiederholte ich, dann sah ich Conor an. »Und mach dir mal keinen Kopf, du bist hier nicht die einzige Jungfrau. Sam ist immer noch so unberührt wie frisch gefallener Schnee.«

»Evelyn!«, quiekte Sam.

Conor kicherte. »Juhu, jetzt fühl ich mich nicht mehr ganz so allein.«

Sam räusperte sich und warf mir einen verärgerten Blick zu, dann zog er das Handy aus der Tasche, um nachzusehen, ob er neue Nachrichten hatte. In der nächsten halben Stunde tat er, als wären wir gar nicht da. Ich hatte ein schlechtes Gewissen, weil ich ihn vor den anderen geoutet hatte. Andererseits hatte er es nicht anders verdient, nachdem er mich so vor Dylan blamiert hatte.

Nachdem ich meine zweite Coke getrunken hatte, beugte ich mich vor und schaute auf sein Display. Er war so aufs Tippen konzentriert, dass er gar nicht bemerkte, dass ich über seine Schulter sah und mitlas.

Shane: Wo bist du?

Sam: Wir genehmigen uns gerade ein paar Drinks auf der Dachterrasse vom Morgan. :-P

Shane: Du lässt es also so richtig krachen, was? Ich auch. Bin seit gestern auf Sauftour.

Sam: Dachte ich mir schon.

Shane: Wieso das?

Sam: Weil du mir immer nur schreibst, wenn du dich so richtig abgeschossen hast.

Sam: Und seit Tagen nicht mehr zu Hause warst.

Sam: Und dein Urteilsvermögen den Abflug gemacht hat.

Shane: Fick dich.

Sam: Bye, Shane.

Er schaltete das Handy aus. Ich saß stocksteif da und konnte es nicht fassen. Er hatte Shanes Nummer. Und anscheinend war es nicht das erste Mal, dass sie einander schrieben.

»Sam«, sagte ich, und er zuckte erschrocken zusammen.

»Hast du etwa gerade meine Nachrichten …«

»Du und Shane, ihr schreibt euch!« Es war halb Flüstern, halb Zischen. Ich presste die Lippen zusammen.

»Wenn das mit Dylan und dir mich nichts angeht, dann gehen Shane und ich dich nichts an.«

»Ja, schon, aber …«

»Lass es gut sein, Ev«, sagte er mit so fest zusammengebissenen Zähnen, dass ich begriff: Er meinte es wirklich ernst.

Ich starrte ihn an und konnte nicht leugnen, dass mich sein Verhalten verletzte. Offensichtlich war zwischen ihm und Shane einiges vorgefallen, und er hatte mich nicht eingeweiht. Als er mein trauriges Gesicht sah, seufzte er und drückte meine Hand. »Hör mal, ich habe doch gerade das Handy ausgemacht. Mit dem bin ich fertig. Ich habe nicht vor, sein schmutziges kleines Geheimnis zu sein.«

Ich musterte ihn und versuchte, aus seiner Miene schlau zu werden. »Versprochen?«

Er drückte meine Hand ein wenig fester. »Versprochen.«

»Na ihr? Wie sieht's aus, alles klar hier oben?« Yvonne kam aufs Dach heraus. Bei ihrem Anblick strahlte Conor übers ganze Gesicht.

»Alles super. Vielen, vielen Dank, dass du uns hier hochgelassen hast«, sagte er.

»Oh, kein Ding. Und herzlichen Glückwunsch zum Geburtstag.« Sie umarmte ihn. Yvonne umarmte ständig Leute, so war sie eben, und sie hatte keine Ahnung, was das für Conor bedeutete. Als sie ihn an sich drückte, sah er drein, als wäre gerade Ostern und Weihnachten zusammen.

Sie ließ ihn los und betrachtete die Gläser, die vor Sam und mir auf dem Tisch standen. In beiden war Coke, aber die von

Sam war mit Wodka gemischt. Vermutlich dachte sie sich so was schon, aber sie sagte nichts.

»Gute Feier?«

»Großartig!«, sagte Amy begeistert. Betrunken war sie viel zugänglicher, und sie hatte schon ganz schön was intus. »Es ist einfach toll hier. Ich kann nicht fassen, dass ich von dieser Dachterrasse nichts wusste.«

Yvonne lächelte. »Ja, es ist ein richtiger Geheimtipp. Kann ich euch irgendwas bringen? Vielleicht Erdnüsse oder Chips von der Bar?«

»Ja«, sagte ich. »Wenn das nicht zu viele Umstände macht.«

»Kein bisschen, Süße.« Sie beugte sich vor und gab mir einen flüchtigen Kuss auf die Schläfe. »Ich bin gleich wieder da. Ich habe jetzt erst mal eine halbe Stunde Pause.«

Sobald sie verschwunden war, sah Conor in die Runde, als schwebte er gerade auf Wolke sieben. »Sie hat mich umarmt.«

»Japp. Merk dir gut, wie es sich angefühlt hat. Für deine feuchten Träume heute Nacht«, spottete Amy.

»Nichts, was du sagst, kann mir das kaputtmachen, Amy. Das ist der beste Geburtstag meines Lebens.«

»Sogar noch besser als der, wo wir mit deinem Vater beim Bowling waren?«, fragte Dylan grinsend.

»Nee, stimmt, *das* war noch besser«, erwiderte Conor sarkastisch. In diesem Augenblick öffnete sich schon wieder die Tür. Gerade wollte ich Yvonne für ihre Geschwindigkeit bejubeln, da sah ich: Es war gar nicht Yvonne.

Es war Shane.

Wenn man im Wörterbuch nach der Definition von *betrunken* suchte, musste dort ein Bild von Shane sein.

Sam sprang auf und eilte ihm entgegen. »Was willst du hier?«, fragte er erschüttert. Statt einer Antwort packte Shane ihn am Kragen und küsste ihn geradewegs auf den Mund. Um ehrlich zu sein, sah es aus, als wollte er sein Gesicht verschlingen.

»Oh … mein … Gott«, hauchte Amy und starrte die beiden mit offenem Mund an.

»Seht euch diesen Hintern an«, ergänzte Conor, der schon ganz schön beschwipst war. Sie starrte ihn böse an. »Tut mir leid«, entschuldigte er sich, »ich konnte nicht anders.«

Sam stand wie erstarrt, zu überrumpelt von Shanes plötzlichem Auftauchen, um sich zu rühren.

»Sollten wir … irgendwas tun?«, fragte Dylan.

Bis auf uns beide war niemand mehr nüchtern.

»Bloß nicht«, zischte Amy. »Ich will sehen, was als Nächstes passiert.«

»Sie hat recht«, stimmte Conor zu. »Das ist wie eine Seifenoper in echt.«

Endlich legte Sam Shane die Hände auf die Schultern und stieß ihn weg. Holte tief Luft und flüsterte: »Du gehst jetzt besser.« Es war das erste Mal, dass ich ihn richtig verlegen sah.

»Aber ich wollte zu dir«, jammerte Shane.

Er war wie ausgewechselt, ein ganz fremder Mensch. Komplett betrunken, die Augen blutunterlaufen. Sogar seine sonst so schroffe Stimme klang völlig anders. Aber vielleicht ähnelte er dem echten Shane ja mehr als der Schlägertyp, den er in der Schule immer raushängen ließ.

»Tja, aber ich will dich hier nicht haben«, erwiderte Sam und verschränkte die Arme vor der Brust.

Shane machte zwei Schritte auf ihn zu und griff nach seiner Hand. »Bitte, Sam. Gib mir nur fünf Minuten.«

Sam warf mir einen Blick zu, und ich sah, wie es ihn innerlich zerriss. Ich flehte ihn wortlos an, nicht nachzugeben, aber er tat es trotzdem. »Okay, fünf Minuten.« Er seufzte. »Lass uns nach unten gehen.«

Ich wollte aufspringen und ihm sagen, er solle nicht gehen, aber Dylan hielt mich am Arm fest. »Lass ihn. Seine eigenen Schlachten muss er selbst schlagen«, sagte er leise.

»Aber ich will das nicht. Er ist mein bester Freund.«

»Du bist nicht seine Mutter. Er ist stärker, als du denkst.«

War er das? Trotz seiner großen Klappe war mein kleiner Sam im Grunde seines Herzens so verletzlich und sensibel. Er hatte eine gütige Seele. Und Menschen mit gütigen Seelen hielten sich von harten Typen besser fern, sonst machte es sie am Ende nur kaputt.

Die Tür fiel hinter den beiden zu, und ich wurde nervös. Am liebsten wäre ich ihnen hinterhergerannt, aber Dylan hatte recht: Sam würde es mir nicht danken, wenn ich mich einmischte. Letztes Mal hatte ich auch schon eine regelrechte Ohrfeige kassiert.

Dylan legte mir den Arm um die Schultern. »Er kommt schon klar. Und falls nicht, verpasse ich Shane eine Abreibung.«

Ich brachte ein gequältes Lächeln zustande. »Mein Held.«

Er umfasste mein Handgelenk und strich mit dem Daumen über die Innenseite, und mich überlief ein Schauer. Er stieß ein tiefes, leises Summen aus, das tief in seiner Kehle vibrierte. »Wie kann ich dir helfen, dich ein bisschen zu entspannen?«

Beim Klang seiner tiefen, leisen Stimme wurde mir ganz eigenartig im Bauch. Ich blinzelte ein paar Mal, dann gab ich ihm einen flüchtigen, unsicheren Kuss auf die Lippen. »Küssen ist gut.«

»Das stimmt. Wenn nur nicht deine Tante jede Sekunde zurückkommen würde.«

»Wenn sie das nur nicht täte.« Seufzend lehnte ich mich gegen ihn. Es gefiel mir, ihn ganz nah neben mir zu spüren.

Yvonne kam zurück, den ganzen Arm voller salziger Snacks. Sie ließ alles auf den Tisch plumpsen. »Haut rein. Ich betrachte meine Mission erst als erfüllt, wenn euer Cholesterolspiegel um mehrere Punkte angestiegen ist.«

Ich lachte und riss eine Tüte Erdnüsse auf.

Mit gerunzelter Stirn sah sich Yvonne um. »Wo ist Sam abgeblieben?«

»Sein Freund ist auf einmal aufgetaucht. Er ist gleich wieder zurück«, antwortete ich, sagte aber nicht, dass dieser Freund Shane war. In meiner Tante weckte Sam sogar noch stärkere Beschützerinstinkte als bei mir. Wenn ich ihre Adoptivtochter war, dann war er ihr Adoptivsohn.

Sie setzte sich zwischen Conor und Amy, und Conor ging sofort dazu über, sie sehnsüchtig anzustarren.

»Also schon wieder Geburtstag, was?«, fragte sie und nippte an dem Orangensaft, den sie sich mitgebracht hatte. »Erzähl mal, was hast du dir fürs nächste Jahr so vorgenommen?«

Für Yvonne drehte sich immer alles um Hoffnungen und Träume. Und sie liebte Menschen, die ihr in der Hinsicht ähnlich waren, die mehr erreichen wollten als das, was sie hatten. Ich war sicher, dass sie Dylans Entschlossenheit, sich ein besseres Leben zu schaffen, zu schätzen wüsste.

»Ins College zu gehen würde mir erst mal reichen«, antwortete Conor. »Wenigstens wären dann meine Eltern zufrieden.«

»Oh, aber du musst dir doch noch mehr für dein Leben wünschen«, sagte Yvonne. »Wie wäre es mit einer Freundin? Oder damit, dein großes Idol persönlich kennenzulernen?«

Conor nahm einen großen Schluck Bier. Angetrunken, wie er war, fiel es ihm offensichtlich viel leichter, sich mit Yvonne zu unterhalten. »Idole habe ich eigentlich nicht, aber eine Freundin wäre schon schön.« Er lächelte sie schüchtern an. »Du bist doch Single, richtig?«

Kichernd boxte sie ihm gegen die Schulter. »Oh, du Süßholzraspler.« Sie dachte, er hätte einen Witz gemacht – was wirklich lustig für uns war, die wir wussten, dass er es ernst meinte. »Ev hat doch bestimmt ein paar Freundinnen an der Schule, die sie dir mal vorstellen könnte.«

Ich sah sie vorwurfsvoll an. »Du weißt, dass Sam mein einziger Freund ist. Und ich bin ziemlich sicher, dass Conor kein Interesse hat.«

»Und was ist mit Amy?«, fragte Yvonne. »Ihr seid doch Freunde, oder?«

Amy und ich wechselten einen Blick. Ja, wir hatten uns irgendwie angefreundet, aber wir hatten noch nie irgendwas zu zweit unternommen. »Ja, schon, aber …«

Amy hob eine Hand, und ich verstummte. »Ich stehe nicht als Kandidatin zur Verfügung. Ein Date mit Conor wäre, als ob ich mit meinem eigenen Bruder ausgehe.«

»Hey! So schlimm bin ich nun auch wieder nicht!«

Sie hob eine Braue. »Willst du denn mit mir ausgehen?«

»Ich verstehe, was du meinst.«

»Nur mal so aus Neugier«, erkundigte ich mich kühn bei Amy, »gäbe es denn irgendwelche Jungs bei uns an der Schule, die du magst?«

»Owen Costello würde ich nehmen, und Eddie Ryan sieht auch nicht übel aus. Ansonsten nicht, nein. Die anderen sind alle ätzend.«

Beide Jungs waren vom Typ einsamer Wolf. Ein bisschen wie Dylan. Ich fragte mich, weshalb sie sich nie in ihn verknallt hatte. Andererseits waren sie von Kindesbeinen an miteinander befreundet. Vielleicht wäre es zu schräg, sich in jemanden zu verlieben, den man schon so lange kannte.

»Eddie Ryan sitzt in Bio neben mir«, sagte ich. »Ich könnte ja mal ein gutes Wort für dich einlegen.«

Amy rückte dichter heran. »Jetzt kommen wir der Sache schon näher. Was würdest du denn zu ihm sagen?«

»Ich könnte ihn fragen, ob er eine Freundin hat.«

»Tu das nicht.« Dylan starrte mich finster an. »Er würde denken, du fragst, weil du ihn magst.«

»Nee, würde er nicht. Die Jungs an unserer Schule interessieren sich nicht für mich.«

Dylan lachte ungläubig. »Du bist ja witzig, Evelyn. *Urkomisch.*«

»Ja«, stimmte Amy ihm zu. »Alle finden dich wunderbar. Ganz schön nervtötend.«

»Wenn das so ist, warum fragt mich dann nie jemand, ob ich mit ihm ausgehe?«, entgegnete ich.

»Weil ich ihn dann umbringen würde«, erwiderte Dylan und legte den Arm um meine Taille. Es war mir ein bisschen zu intim, weil Yvonne da war und sich mit Conor unterhielt, und ich versuchte, von ihm abzurücken. Aber er dachte nicht daran, mich loszulassen.

»Tja, wie auch immer, ich bin jedenfalls ziemlich sicher, dass Eddie Ryan kein Interesse an mir hat, also kann ich ja versuchen, ihn mit Amy zu verkuppeln. Ich rede am Montag mit ihm und erzähl euch in der Mittagspause, wie es gelaufen ist.«

»Sag ihm, ich warte auf dem Klo auf ihn, bereit für einen Quickie.«

»Amy«, rügte Dylan. »Auf keinen Fall wirst du …«

»War nur ein Witz. Sag ihm einfach, weiß nicht … dass ich ihn heiß finde. Mal sehen, was er sagt.«

»Ich muss es vielleicht ein bisschen umformulieren, aber ich gebe mein Bestes.«

»Das gefällt mir überhaupt nicht«, brummte Dylan.

Ich runzelte die Stirn. »Warum?«

»Du bist meine Freundin, darum.«

Das verschlug mir die Sprache. Mein Herz raste los. So offiziell hatten wir es bisher noch nicht gemacht. Ich hatte den Verdacht, dass Dylan es gar nicht infrage stellte, dass er und ich ein Wir waren. Wortlos starrte ich ihn an. Fragte mich, ob Yvonne ihn gehört hatte, aber als ich über den Tisch schielte, unterhielt sie sich noch immer angeregt mit Conor.

»Ja, stimmt«, antwortete ich zittrig. »Aber das heißt ja nicht, dass ich nicht für Amy ein bisschen Kuppelei betreiben kann.« Ich tat ganz cool, aber seine Worte echoten in Dauerschleife durch meinen Kopf.

Du bist meine Freundin.

Du bist meine Freundin.

Du bist meine Freundin.

»Na gut«, willigte er ein. »Aber wenn er irgendwas bei dir versucht, verpass ich ihm eine Abreibung.«

»Mann, du willst ja heute halb Dublin eine Abreibung verpassen«, sagte Amy trocken. Dylan zeigte ihr den Mittelfinger, und im gleichen Moment japste Yvonne überrascht auf.

Ich sah gerade noch rechtzeitig hin, um mitzukriegen, wie Conor sie zu küssen versuchte. Sie sprang von der Bank auf, als stünde sie in Flammen. »Oh nein, Süßer, das habe ich nicht …«

»Ich hab's nicht so gemeint. Sollte nur ein Witz sein«, behauptete Conor lahm.

Meine Tante gehörte nicht zu den Leuten, die andere lange in ihrer Blamage schmoren lassen. Sie holte tief Luft und riss sich zusammen. »Na gut. Ich sollte mal wieder zurück an die Bar. Feiert noch schön. Ev, wir sehen uns nachher zu Hause.«

Damit drehte sie sich um und eilte zur Tür. Sam kam gerade zurück, aber sie war zu sehr durch den Wind, um stehen zu bleiben und sich mit ihm zu unterhalten. Er starrte ihr hinterher, dann sah er uns an. Sein Haar war zerzaust, seine Klamotten durcheinander, die Lippen wirkten gerötet. Kein Zweifel, er und Shane hatten irgendwas miteinander angestellt, und vor Sorge verspürte ich ein Brennen tief in der Brust.

Oh Sam, was tust du da nur?

»Okay, das war eigenartig. Was habe ich verpasst?«

Conor starrte zu Boden, während Dylan, Amy und ich nach den richtigen Worten suchten, um diesen seltsamen, peinlichen Versuch, meine Tante zu küssen, irgendwie zu erklären. Ich entschied mich, gnädig zu sein und einfach das Thema zu wechseln.

»Nichts. Jetzt komm her und hilf mir, diese Cokes auszutrinken, ehe die Party vorbei ist. Du warst viel zu lange weg.«

12. KAPITEL

Dylan musste den ganzen Sonntag arbeiten.

Am Montag rechnete ich damit, ihn erst beim Mittagessen zu sehen, aber zu meiner Überraschung stand er morgens auf einmal vor unserer Tür. Yvonne schlief noch fest, sie hatte bis tief in die Nacht gearbeitet. Lächelnd ließ ich ihn herein und stellte mich auf die Zehenspitzen, um ihm einen Kuss zu geben.

»Ich habe dich vermisst«, flüsterte ich.

Eigentlich hatte es nur ein flüchtiger Kuss werden sollen, aber Dylan schloss die Augen, sein Mund verschmolz praktisch mit meinem. Leise aufstöhnend ließ er die Zunge zwischen meine Lippen gleiten. Ich keuchte auf. Es war unerwartet, aber schön. Er schlang mir die Arme um die Mitte und schob mich rückwärts auf mein Zimmer zu.

»Was machst du denn da?« Ich löste mich gerade eben lang genug von ihm, um die Frage auszustoßen. Yvonne konnte aufwachen und ihn hören. Dann würde ich ihr erklären müssen, warum sich um acht Uhr morgens ein Junge in meinem Zimmer befand.

»Ich musste eine ganze Woche ohne dich auskommen«, sagte er heiser, als würde das alles erklären. Ich spürte, wie seine Hände unter meine Schuluniform glitten.

»Wir müssen zur Schule«, protestierte ich.

»Du kommst noch pünktlich, das verspreche ich dir.« Er küsste mich auf den Hals. Und da schaltete mein Hirn ab. Ich hatte seinen Berührungen nichts entgegenzusetzen, sie machten mich völlig hilflos; er konnte mit mir tun, was immer er wollte. Im nächsten Moment legte er mich rücklings aufs Bett, befreite mich von der Taille abwärts von allen Klamotten und fiel mit Lippen, Zähnen und Zunge über mich her. Leise sein zu müssen war die reinste Folter. Es war nichts zu hören bis auf mein leises Aufkeuchen und meinen schweren Atem.

Dylan sah sexy aus in seiner Uniform und ein bisschen zerzaust. Er sah mir in die Augen, während seine Zunge in einem trägen, gleichmäßigen Rhythmus über meinen Kitzler glitt. Mir war, als würden tausend kleine Explosionen meinen Unterleib zerreißen. Als der Orgasmus nahte, krallte ich mich in meine Bettdecke.

Dylan legte die Hände an meine Hüften. Seine Augen waren fast schwarz. Am liebsten hätte ich laut geschrien, aber das durfte ich nicht. Ich wollte ihm die Kleider vom Leib reißen und ihn auf mich ziehen, aber dafür hatten wir keine Zeit.

Als ich kam, erbebte ich. Dylan machte trotzdem weiter, als könne er gar nicht genug von mir bekommen, bis ich vollkommen ausgelaugt und zufrieden war.

»Sehr hübsch«, murmelte er schließlich, während ich nach Atem rang.

»Äh … danke«, antwortete ich verlegen.

»Wir sollten das jeden Morgen machen«, befand er, und ich lachte leise.

»Ich hätte nichts dagegen.«

Wäre es immer so, wenn wir zusammen fortgehen würden? Ich fühlte mich unglaublich gut, als könnte mir nichts auf der Welt etwas anhaben. Doch zugleich hatte ich ein schlechtes Gewissen, weil ich noch mehr wollte. Ich wollte Dylan auf mir, in mir, unter mir. Ich war von Kopf bis Fuß Sehnsucht. Ich wollte ihn wissen lassen, welche Lust er mir gerade bereitet hatte.

Seufzend zog er mich von der Matratze hoch. »Na komm. Ich bring dich mal besser zur Schule, sonst wird es nichts mit meinem Versprechen.«

Auf dem Weg zur ersten Unterrichtsstunde kamen wir an Kirsty und ihren Freundinnen vorbei. Dylan ließ keine Sekunde meine Hand los, und zum ersten Mal fühlte es sich an, als wären wir wirklich ein Paar. Wir zeigten der Welt, dass wir zusammen waren, und das gefiel mir, aber die Aufmerksamkeit, die das auf sich zog, mochte ich gar nicht. Kirstys Blick wanderte zu unseren miteinander verschränkten Fingern, und ich sah, wie ganz kurz Ärger in ihrem Gesicht aufflammte.

Na super.

Vermutlich gewöhnte ich mich am besten schnell daran, dass Dylans Schar von Verehrerinnen mich hasste.

Vor meiner Klasse blieben wir stehen, und er küsste mich rasch auf die Lippen. »Wir sehen uns beim Mittagessen, Ev.«

»Ja, bis dann«, antwortete ich.

Die ganzen ersten Stunden hindurch roch ich ihn an mir, eine berauschende Mischung aus seinem Rasierwasser und seinem ganz eigenen Duft. Er hatte recht. Jeder Mensch hatte einen Eigengeruch, und den von Dylan mochte ich am allerliebsten. Ich konnte an nichts anderes denken als daran, wie er heute Morgen zu mir gekommen war, um mich glücklich zu machen. Ich war ganz versunken in meiner eigenen Welt. Vom Unterricht bekam ich nichts mit.

Wahrscheinlich bemerkte ich deshalb in der Pause nicht, dass mir Kirsty auf die Toilette folgte. Allerdings hatte ich eine ungute Ahnung, es kribbelte mich eigenartig im Nacken. Mir standen förmlich die Haare zu Berge, als würde mein Körper eine Bedrohung spüren, die meinem Verstand viel zu langsam dämmerte.

Ich stand am Waschbecken und wusch mir die Hände, dann sah ich auf. Im Spiegel entdeckte ich Kirsty und mehrere ihrer Freundinnen. Sie standen da und beobachteten mich, und mit einem Mal standen mir die Haare noch steiler zu Berge. Zahlenmäßig waren sie mir hoffnungslos überlegen.

Kirsty kaute auf ihrem Kaugummi herum und musterte mich, dann nahm sie den Kaugummi langsam aus dem Mund. Ich beobachtete sie im Spiegel. Wortlos machte sie einen Schritt auf mich zu und klatschte mir das Zeug auf den Hinterkopf.

»Was soll das denn?«, rief ich und fuhr herum.

»Halt dich von Dylan fern.«

»Oder was? Klebst du mir sonst noch mehr Kaugummi ins Haar? Du bist echt widerlich.«

Grinsend wich sie zurück. »Viel Glück bei dem Versuch, das wieder rauszukriegen, Schlampe.«

Ihre Freundinnen folgten ihr kichernd nach draußen, und ich versuchte, meine Wut zu bezähmen. Normalerweise verlor ich nicht so leicht die Beherrschung, aber andererseits war mir so etwas auch noch nie passiert. Ich war zu unscheinbar, um irgendwelchen Schulhofschlägern aufzufallen. Ich verschmolz einfach mit der Umgebung. Aber jetzt nicht mehr. Nicht, wenn ich mit Dylan O'Dea zusammen war.

Ich versuchte, den Kaugummi mit einem Taschentuch zu entfernen, aber das machte alles nur noch schlimmer. Allein schaffte ich das nicht, also schickte ich rasch Sam einen Hilferuf per Handy. Gleich darauf war er auch schon da. Den Blick einer Schülerin, die ihn vorwurfsvoll ansah, weil er als Junge auf dem Mädchenklo auftauchte, erwiderte er mit einer hochgezogenen *Geht-dich-gar-nichts-an*-Augenbraue.

Er begutachtete meinen Hinterkopf und keuchte auf. »Oh mein Gott, dieses kleine Miststück.«

»Ist es sehr schlimm?« Ich konnte es selbst nicht richtig sehen.

»Schon ziemlich schlimm, ja, aber das kriegen wir hin. Sie ist eine eifersüchtige Kuh. Nur deshalb hat sie das gemacht.«

»Ich weiß. Ich hasse solchen Mist. Du weißt ja, ich bin Pazifistin.«

Sam grinste. »Ja, außer wenn du mich verteidigst. Dann verwandelst du dich in eine wilde Irre, die allen Leuten die Augen auskratzt.«

»Ja, stimmt«, gab ich zu. »Aber das sind besondere Umstände.«

»Okay. Ich glaube, wir sollten dir einfach erst mal einen Zopf machen und uns zu Hause richtig drum kümmern. Wenn wir ein bisschen Erdnussbutter oder einen Löffel Öl reinreiben, kriegen wir es bestimmt gut raus.«

»Bäh«, knurrte ich. »Dann habe ich den ganzen Tag Kirstys Spucke in den Haaren.«

»Ich weiß, aber uns bleibt ja nichts anderes übrig. Ich verspreche dir: Sobald wir zu Hause sind, hol ich diesen Dreck aus deinen Haaren.«

»Du bist mein Retter«, bedankte ich mich bei ihm.

»Na komm, gehen wir was essen, bevor die Pause vorbei ist.«

Ich nickte und folgte ihm. Auf dem Weg zur Cafeteria kamen wir an Shane vorbei. Anders als sonst bedachte er Sam nicht mit einem finsteren Blick, sondern mit einem Grinsen. Aber genau wie immer begrüßte er ihn mit einer Beleidigung.

»Hey, Schwuchtel.«

»Hey, Hackfresse«, erwiderte Sam.

»Heute schon einen Schwanz gelutscht?«, fragte Shane.

»Warum fragst du? Hast du Interesse?«, entgegnete Sam, und Shane grinste noch breiter und machte sich durch den Flur davon.

»Okay, das war … bizarr.«

»Mir ist klar geworden, dass man ihn am besten mit seinen eigenen Waffen schlägt. Ich habe sogar den Eindruck, es gefällt ihm.«

Ich zog eine Braue hoch. »Ungefähr so wie einem Sadisten, der es mag, wenn sich seine Opfer wehren?«

Sam verzog nachdenklich das Gesicht. »Hmmm, vielleicht.«

»Das ist total schräg.«

»Glaubst du etwa, das weiß ich nicht? Ich verspreche mir dauernd selbst, dass ich nicht mehr mit ihm rede, und fünf Minuten später antworte ich doch wieder auf seine Nachrichten. Irgendwas ist bei mir ernsthaft kaputt.«

»Nein, ist es nicht. Du genießt nur einfach sein Interesse. Du kannst nichts dafür, dass dein Verehrer zu normaler, gesunder Kommunikation nicht fähig ist. Redet er immer so mit dir?«

Sam schüttelte den Kopf. »Nur, wenn irgendwer zuhört.«

»Und wenn ihr allein seid?«

Er biss sich auf die Unterlippe. »Wenn wir allein sind, reden wir nicht viel.«

»Also ist es rein … sexuell?«, flüsterte ich.

»Mehr oder weniger.«

»Hattet ihr schon Sex?«

»Noch nicht.«

»Das heißt, du hast es vor.«

»Nein, das heißt es nicht. Aber falls es doch passiert, musst du dir keine Sorgen machen. Ich empfinde nichts für ihn. Mir gefällt nur die ganze Heimlichtuerei. Das ist aufregend.«

Ich musterte ihn besorgt. Sich selbst mochte Sam ja erfolgreich davon überzeugt haben, dass keine Gefühle im Spiel waren, aber ich war mir da nicht so sicher. Ich hatte mich in Dylan verliebt, bevor wir uns geküsst hatten. Bevor wir Sex hatten. Noch bevor er mich zum ersten Mal berührt, mich zum ersten Mal geküsst hatte, waren alle nur denkbaren Gefühle da gewesen, und ich hätte eigentlich gedacht, dass Sam in der Hinsicht ähnlich tickte wie ich.

Leider fehlten mir die richtigen Worte, um ihm das zu sagen. »Pass einfach gut auf dich auf, ja?«

»Ich passe immer gut auf mich auf. Aber im Ernst, Ev, eigentlich solltest du dich für mich freuen. Zum ersten Mal, seit ich denken kann, erlebe ich etwas wirklich Aufregendes. Mir ist zumute, als ob ich irgendwann in die Welt hinausziehen und jemanden finden kann, den ich wirklich liebe. Freust du dich denn nicht, dass ich nicht den Rest meines Lebens allein sein werde?«

»Das stand doch nie zur Debatte. Das hast du nur gedacht, weil wir nun mal da leben, wo wir leben. Aber nur zehn Minuten Busfahrt, und du bist mitten im reinsten Schwulen-

Mekka. Du hast dich nur noch nie aus unserer kleinen Blase rausgetraut, das ist alles.«

»Zehn Minuten Busfahrt, ja? Versprich mir eins: Wenn wir beide achtzehn sind, ziehst du mit mir gemeinsam durch alle Schwulenkneipen Dublins. *Alle.*«

Ich kicherte. »Na klar mach ich das. Ich will ja nicht verpassen, was die Jungs da so aufs Parkett legen.«

»Nicht zu vergessen die Gelegenheit, sexuell total unbedrohliche Prachtexemplare von Männern anzugaffen«, ergänzte Sam und zwinkerte mir zu.

In der Cafeteria saßen Dylan, Amy und Conor gemeinsam an einem Tisch, unterhielten sich und aßen. Sam und ich gingen zu ihnen, und ich setzte mich auf den freien Platz neben Dylan. Wieder verspürte ich dieses eigenartige Kribbeln im Nacken und sah stirnrunzelnd auf. Nicht weit entfernt saßen die Jungs, mit denen sich Dylan vor seiner Suspendierung geprügelt hatte, und starrten mich auf äußerst unangenehme Weise an. Vielleicht starrten sie aber auch Dylan an. So oder so, es war echt ungemütlich.

Ich versuchte so zu tun, als wären sie gar nicht da, und wickelte mein Sandwich aus. Conor sah mich verlegen an. »Hat Yvonne irgendwas wegen Samstag gesagt?«

Ich biss von meinem Sandwich ab. »Sie hat sich erkundigt, ob bei dir alles okay war, nachdem sie gegangen ist. Sie hofft, dass sie deine Gefühle nicht verletzt hat.«

Conor barg das Gesicht in den Händen. »Sie hat Mitleid mit mir. Ich glaub, das ist sogar noch schlimmer, als wenn sie sich ekeln würde.«

»Natürlich ekelt sie sich nicht, sei nicht albern. Du hast sie nur völlig überrumpelt.«

Niedergeschlagen sah Conor mich an. »Sie nimmt mich

nicht auf die Art wahr. Ich hab's ja schon verstanden. Nüchtern hätte ich das niemals getan.«

Mitfühlend erwiderte ich seinen Blick. »Ich weiß.«

Conor sah Amy an. »Was meinst du, wie lange dauert es, bis die Erinnerung an meine Blamage verblasst?«

Sie schürzte die Lippen. »Hm. Sechs bis acht Wochen, würde ich schätzen.«

»Lieber Himmel. Bitte erschießt mich.«

»Sei nicht so melodramatisch«, spottete Sam. »Ich fand deinen Vorstoß sehr tapfer, auch wenn es nicht gut ausgegangen ist. Immerhin weißt du jetzt Bescheid.«

»Du trägst das Haar heute anders«, sagte Dylan, und mir fiel erst jetzt auf, dass er mich die ganze Zeit stumm beobachtete.

»Ja, stimmt. Ich habe es hochgebunden.«

»Was ist das?«, fragte er und strich mit den Fingern darüber. »Kaugummi?«

»Das war diese blöde Kuh Kirsty«, erklärte ihm Sam, und ich schloss kurz die Augen. Ich wollte keine Szene.

Dylan musterte mich finster. »Kirsty war das?«

»Sie hat mir gesagt, ich soll mich von dir fernhalten. Aber mach dir nichts draus, sie ist bloß eifersüchtig …«

Bevor ich meinen Satz vollenden konnte, sprang er auf. Entdeckte Kirsty am anderen Ende der Cafeteria und marschierte schnurstracks auf sie zu. Meine Kehle war mit einem Mal wie zugeschnürt. Keiner von uns hörte, was er sagte, dafür war er zu weit weg, aber seine Körpersprache war unmissverständlich. Er stauchte sie kräftig zusammen, und alle Schüler an den umstehenden Tischen beobachteten das Schauspiel wie gebannt. Wütend fuhr Dylan mit der Hand durch die Luft, und Kirsty lief rot an. Als er mit ihr fertig war, kam er zu uns zurückgestampft, setzte sich und aß schweigend weiter.

Niemand sagte ein Wort. Ich hätte gern gefragt, was er zu ihr gesagt hatte, aber Dylans gesamte Erscheinung gebot Schweigen. Ich sah zu Kirsty hinüber und stellte fest, dass sie uns anstarrte. In ihrem Gesicht standen Zorn und Demütigung, aber auch Scham.

Ich hatte den Verdacht, dass sie mir in Zukunft keinen Kaugummi mehr ins Haar kleben würde. Aber das spielte auf einmal gar keine Rolle mehr und verblasste neben der Tatsache, dass Dylan O'Dea in aller Öffentlichkeit zu *meiner* Verteidigung geschritten war. Vor lauter Ärger darüber, was mir passiert war, hatte er sich Kirsty vorgeknöpft. Bis zu diesem Augenblick hatte es in meinem Leben nur zwei Menschen gegeben, die mich verteidigten. Yvonne und Sam. Meine Mutter? Die war abgehauen und hatte nie einen Blick zurückgeworfen. Aber dieser bildhübsche Junge – bildschöne *Mann* – hatte sich für mich eingesetzt.

In mir war kein Raum mehr für Zweifel.

Ich liebte Dylan O'Dea. Wahrscheinlich bis in alle Ewigkeit.

13. KAPITEL

Die Woche verstrich ohne weitere rachsüchtige Kirsty-Attentate, also hoffte ich, dass das Thema jetzt durch war. Dylan kam jeden Morgen vor der Schule vorbei. Yvonne ahnte davon nichts, sie schlief meist bis elf.

Ich fühlte mich ein wenig schuldig deshalb, aber zugleich war es großartig.

Mich auf diese Weise zum Orgasmus zu bringen schien seine neue Lieblingsbeschäftigung zu sein. Er war wie besessen. Ich fühlte mich wie jemand anders – irgendein weltgewandter Teenager mit mehr Erfahrung, der ständig Sex hatte. Wie in amerikanischen Filmen, wo sie alle mit sechzehn den Führerschein machten und ein abwechslungsreiches Sexleben führten.

»Hi«, flüsterte ich, als ich ihm am Freitagmorgen die Tür öffnete. Er lächelte mich sexy an und wollte gerade hereinkommen, da fiel sein Blick auf Yvonne. Sie hatte einen Termin bei der Bank und war deshalb früher aufgestanden. Vermutlich wollte sie sich wegen eines Kredits erkundigen, aber ich dachte lieber nicht allzu gründlich darüber nach. Wenn Yvonne einen Kredit aufnahm, konnte das nur eines bedeuten: Sie wollte schon früher nach New York als ursprünglich geplant.

Conors Versuch, sie zu küssen, hatte offenbar eine eigenartige Wirkung auf sie gehabt. Wir hatten es beide nicht mehr erwähnt, aber ich hatte den Verdacht, ihr war dadurch klar geworden, dass sie mal Schwung in die Sache bringen, ihre Träume verwirklichen musste, wenn sie nicht für immer hier festhängen, von Neunzehnjährigen angebaggert werden und bis um drei Uhr morgens arbeiten wollte.

So sehr ich mich auch bemühte, nicht daran zu denken, es bekümmerte mich. Wenn Yvonne fortging, musste ich in eine betreute Wohngruppe oder so, bis ich achtzehn war. Es ging nur um ein paar Monate, aber trotzdem. Und was machte ich nach meinem Geburtstag? Wie würde ich mich finanzieren? Wovon die Miete zahlen?

Natürlich konnte ich mir einen Job suchen, aber ich war nicht sicher, ob das bisschen Geld reichen würde.

»Morgen, Dylan«, flötete Yvonne mit wissendem Blick. Sie sah sehr vergnügt aus. Falls sie vorgehabt hatte, ihn zu überraschen: Das war ihr gelungen.

»Hey Yvonne. Ich, äh, wollte Ev nur zur Schule begleiten.«

Sie warf einen Blick auf die Uhr. »Bisschen früh dran, hm?«

Er räusperte sich. »Ich bin gern pünktlich.«

»Gut. Na, dann komm doch noch kurz rein und trink einen Tee mit uns, ehe ihr losgeht. Ev hat noch nicht gefrühstückt.«

Er kam herein und setzte sich an den Tisch, während ich Tee aufgoss und Marmeladentoast schmierte. Das war mein Lieblingsfrühstück. Dylan bombardierte mich mit bedeutungsvollen Blicken, aber ich reagierte nicht darauf. Heute lief nichts mit Morgensex, und daran war nichts zu ändern, ganz gleich, wie eindringlich er mich anstarrte.

Ich stellte einen Teller mit Toast vor ihm ab und setzte mich, und er hakte unter dem Tisch einen Fuß hinter meinen

Knöchel, während wir aßen und den Toast mit einem Schluck Tee hinunterspülten.

»Tja, wir sollten dann wohl mal los«, sagte ich und umarmte Yvonne zum Abschied. »Viel Glück auf der Bank.«

»Danke, Liebes«, sagte sie lächelnd, und wir machten uns auf den Weg.

»Was will Yvonne denn auf der Bank?«, fragte Dylan draußen.

Ich zuckte mit den Schultern, als wäre es keine große Sache. »Weiß ich nicht genau. Vielleicht versucht sie, einen Kredit zu bekommen.«

»Für eine Hypothek?«

»Nee, eher ein paar Tausender, damit sie umziehen kann. Ich glaube, sie will doch nicht mehr drei weitere Jahre warten.«

Dylan runzelte die Stirn. Eine Weile liefen wir schweigend weiter, dann fragte er: »Und was wird aus dir, wenn sie fortgeht?«

»Dann gehe ich vielleicht in eine Pflegefamilie? Jedenfalls kommt meine Mom ganz sicher nicht zurück nach Dublin, um sich zu kümmern, bis ich achtzehn bin.«

»Wie kannst du das einfach so locker sagen, als wäre nichts dabei?« Er sah mich besorgt an.

»Was soll ich denn sonst tun? Yvonne kümmert sich jetzt schon seit drei Jahren um mich. Sie hat ihre Zeit abgesessen.«

»Das ist doch keine Gefängnisstrafe, Ev.«

»Du weißt schon, was ich meine. Ich würde sie nie im Leben darum bitten, meinetwegen hierzubleiben.«

»Du könntest mit mir zusammen weggehen«, schlug er vor. »Ich wette, du könntest deinen Abschluss auch online machen.«

»Und wo soll ich das Geld dafür hernehmen? Ich habe keine Ersparnisse durch einen Wochenendjob in der Parfumabteilung.«

»Ich finanzier dich erst mal mit. Wir kriegen das schon hin.«

Ich starrte ihn an und fragte mich, ob das sein Ernst war. Anscheinend ja. In seinem Gesicht las ich nicht die leiseste Spur Unsicherheit.

»Das könnte ich niemals annehmen.«

»Ev, ohne dich gehe ich sowieso nicht. Falls du dich weigerst, muss ich dich in meinen Koffer stopfen und entführen«, neckte er mich und stupste mir in die Seite.

Ich kicherte. »Sei nicht albern. Du weißt doch nicht mal, wo du eigentlich hinwillst.«

»Das ist doch der halbe Spaß daran.«

»Wie willst du das denn anstellen? Gehst du zum Flughafen und nimmst einfach den nächsten verfügbaren Flug? Auf die Tour landest du wahrscheinlich in Lagos. Oder, noch besser, in Cork.« Ich erschauerte. Mir war klar: In einer Stadt zu stranden, die keine dreihundert Kilometer entfernt war, wäre für ihn fast schlimmer, als wenn es ihn an einen noch schäbigeren Platz als die Villas verschlug.

Er wollte weit, weit weg von hier und herausfinden, was die Welt alles an Wundern für ihn bereithielt.

Dylan stieß die Luft aus und rieb die Hände aneinander. »Ich gehe dorthin, wo sich die besten Möglichkeiten bieten.«

Ich nickte und wandte den Blick ab. Die Vorstellung, im gleichen Jahr sowohl Dylan als auch Yvonne zu verlieren, schnürte mir das Herz zusammen. Aber ich setzte eine tapfere Miene auf. Schließlich konnte ich sie ohnehin nicht aufhalten, und sie würden tun, was immer sie wollten. Tatsächlich wäre es noch schlimmer, wenn ich der Grund dafür wäre, dass sie ihre Träume nicht verwirklichten.

Wir klopften unten bei Sam, erfuhren aber von seiner Mutter, dass er schon losgegangen war. Ich dachte mir nichts dabei, manchmal hatte er morgens noch Chorprobe. Für so einen kleinen Menschen hatte er ein verblüffendes Stimmvolumen. Ich war die Einzige, die von seinem Traum wusste, das Singen zu seinem Beruf zu machen, aber die Musikhochschule war teuer. Und ich war ziemlich sicher, dass seine Mutter ihn nicht dazu ermutigte, aufs College zu gehen, weil sie darauf hoffte, dass er Gesang studierte.

Hand in Hand gingen Dylan und ich zur Schule. Als wir dort ankamen, sahen wir Sam aus dem Gebüsch nahe des Schultors huschen. Gleich darauf kam Shane aus demselben Gebüsch. Stirnrunzelnd sah ich zu, wie sie hineingingen, als würden sie einander gar nicht kennen.

»Hab ich gerade gesehen, was ich glaube, gesehen zu haben?«, fragte Dylan.

»Sie haben eine heimliche Affäre.« Ich seufzte. »Sam findet das ganz großartig. Darüber kann man nicht vernünftig mit ihm reden.«

»Du weißt aber schon, dass Shane ihn wahrscheinlich zusammenschlägt, sobald das auffliegt, nur um zu zeigen, dass er kein bisschen schwul ist, oder?«

Dylan fand also auch, dass Sam ein gefährliches Spiel spielte. Ich war froh, damit nicht mehr allein zu sein, andererseits machte ich mir jetzt noch mehr Sorgen.

»Sam behauptet, er empfindet nichts für Shane, aber ich bin mir da nicht so sicher. Ich mein ja nur, er ist quasi die Verkörperung von Emotionalität. Er kann nicht mal sagen, welches Sandwich er am liebsten isst, ohne sich aufzuführen, als müsste er sich zwischen zwei Liebhabern entscheiden.«

Dylan sah mich neugierig an. »Das hätte ich gar nicht gedacht.«

»Ja, weil er ein guter Schauspieler ist. Aber glaub mir, unter seiner lässigen Oberfläche ist er samtweich.«

Wir waren bei unseren Spinden angekommen, und ich schloss meinen auf. Dabei bemerkte ich Kirsty, die gerade vor ihrem Spind stand. Sie warf mir einen raschen Blick zu, dann tat sie, als wären wir Luft. Dylan machte ein nachdenkliches Gesicht. »Was, wenn wir ihn irgendwie ablenken? Sonntagmorgens gehe ich meist eine Runde im Phoenix-Park laufen. Ich kann ihn ja mal fragen, ob er mitkommt. Vielleicht wäre es gut, wenn er auch einen männlichen Freund hat, mit dem er reden kann.«

»Ich wusste gar nicht, dass du laufen gehst.«

Er zuckte mit den Schultern. »Ist so ziemlich meine einzige sportliche Betätigung.«

»Tja, reicht ja auch«, murmelte ich, und er grinste. »Das ist ein echt liebes Angebot. Ich frage Sam, ob er Lust hat.«

»Gut. Gib mir Bescheid, was er dazu sagt.«

Kirsty knallte ihren Spind zu und stolzierte davon. Hmmm. Sie kam mir noch immer ganz schön zickig vor. Andererseits war es vielleicht einfach nur ihre ganz normale Persönlichkeit. Dylan und ich gingen in unseren jeweiligen Unterricht, aber meine Gedanken waren bei Sam. Vielleicht übertrieb ich es ein bisschen mit dem Beschützerinstinkt. Es konnte ja auch sein, dass alles gut war und sich die Sache mit Shane ganz von allein totlief.

Nach der Schule besuchte ich meine Grandma und brachte ihr eine Schachtel Sahnetoffees und ein neues Buch mit

Kreuzworträtseln vorbei. Ich fand sie im Gemeinschaftsraum, wo sie am Fenster saß und las.

»Hallo Grandma«, sagte ich und umarmte sie.

Ihr Gesicht leuchtete auf. Ich wünschte, meine Umarmungen könnten die vitale, starke Frau zurückbringen, die sie in meiner Kindheit gewesen war. Ich vermisste sie.

»Evelyn, du bist die reinste Augenweide«, begrüßte sie mich und erwiderte meine Umarmung. Ich setzte mich auf den gegenüberliegenden Stuhl. »Ist so still hier«, sagte ich, und sie kicherte.

»Du solltest mal nachts vorbeikommen. Dann verwandelt sich das Heim von Grund auf, und es sieht hier aus wie nach einer römischen Orgie.«

»Grandma!«

»Stimmt aber. Diese ganzen alten Leute kriegen gar nicht genug davon. Schließlich müssen sie sich keine Gedanken mehr darüber machen, ob sie schwanger werden.«

Ich musste lachen und freute mich über ihre gute Laune. Ihre Aussprache war ganz klar, und sie sah richtig ausgeruht aus. Ein deutlicher Kontrast zu anderen Tagen, an denen sie Schmerzen litt und kaum ein Wort herausbrachte.

»Ich habe dir was mitgebracht.« Ich holte die Sahnetoffees und Kreuzworträtsel aus meiner Schultasche.

»Du bist so lieb zu mir.«

»Ich wollte dir eigentlich auch Blumen mitbringen, aber ich habe es nicht geschafft. Im Moment habe ich kaum Zeit für den Garten.«

Ihre Augen funkelten. »Yvonne hat erzählt, du hast jetzt einen Freund.«

Ich nickte schüchtern. »Ja, Dylan. Erinnerst du dich an den Jungen, der neulich mitgekommen ist?«

»Ja. Ein sehr höflicher junger Mann.«

Ich schnitt eine Grimasse. »Ein paar Mädchen an unserer Schule sehen es gar nicht gern, dass ich mit ihm zusammen bin.«

»Nein, natürlich nicht. Er sieht wirklich sehr gut aus.«

»Ich habe ein bisschen Angst, dass ich seinetwegen die falsche Sorte Aufmerksamkeit auf mich ziehe.«

»Achte nicht auf Leute, die sich daran stören. Konzentrier dich auf den Unterricht und lass dich nicht von irgendwelchen Rüpeln ärgern. Wenn du sie beachtest, gibst du ihnen Macht über dich.«

»Wenn das nur so einfach wäre.« Ich seufzte tief.

»Es ist nicht einfach, aber ich weiß, dass du es schaffst. Du bist ein starkes Mädchen. Genau wie meine Yvonne.«

»Was meinst du, wieso ähnele ich eher ihr als Mom?«, fragte ich leise.

»Oh, Ev. Wer weiß das schon? Wir sind aus unterschiedlichsten Gründen die, die wir sind. Das liegt niemals nur an einem einzigen Umstand.«

»Ich glaube, ich liebe Dylan«, platzte ich heraus, und ihr Blick wurde ganz weich.

»Und warum sagst du das so traurig?«

»Weil er weggeht, wenn er mit der Schule fertig ist. Er ist auch wie Yvonne. Er glaubt, dass irgendwo weit weg von hier ein besseres Leben auf ihn wartet.«

»Tja, sie müssen wohl selbst rausfinden, ob das stimmt. Man kann bis ans andere Ende der Welt reisen, sich selbst nimmt man immer mit. Du musst die Herausforderung erst hier angehen«, sie tippte mir leicht gegen den Kopf, »ehe du dort draußen Glück finden kannst.« Sie deutete auf die Umgebung.

»Warum bist du so weise?«

»Durch Schmerz sieht man manches klarer.«

Ich verzog das Gesicht. Ich dachte ungern daran, dass sie Schmerzen hatte, aber ich wusste, dass er zu ihrem Alltag gehörte.

»Lass uns die Sahnetoffees aufmachen, ja?«, schlug ich vor. Ich wollte nicht mehr darüber nachdenken.

Ein Monat verging, und Dylan und ich entwickelten eine wundervolle Routine. Sex wurde zu unserer Obsession. Selbst in der Schule konnte er kaum die Finger von mir lassen. Nach dem dritten oder vierten Mal tat es nicht mehr weh, und es fühlte sich immer besser an. Fast zu gut. Mit jedem Tag verliebte ich mich mehr in ihn. Es kam mir vor, als gäbe es in meinem Herzen keinen noch so kleinen Fleck mehr, der nicht ihm gehörte.

Sam und Shane hatten immer noch eine Affäre miteinander und hielten es auch noch immer geheim. Oft erwischte ich ihn dabei, wie er still in sich hineinlächelte, und dann wusste ich, dass er an Shane dachte. Manchmal redeten wir darüber, und ich versuchte, mir kein Urteil herauszunehmen. Ich musste akzeptieren, dass Sam alt genug war, um seine eigenen Entscheidungen zu treffen.

Trotzdem – in einem Jahr würde er wahrscheinlich aufs College gehen. Dort würde er einen hübschen, liebevollen, sensiblen Typen kennenlernen, sie würden sich rettungslos ineinander verlieben, und Shane wäre vergessen. Das wünschte ich mir für ihn.

Eines Tags war ich gerade auf dem Weg zum Mittagessen, da packte mich jemand an der Hand und zerrte mich in eins der Chemielabore. Ich drehte mich um und sah Dylan. Mein

Herz setzte einen Schlag aus. Er betrachtete mich liebevoll.

»Ich habe eine Überraschung für dich«, sagte er und zog mich mit sich zu einem der Labortische. Nirgendwo war ein Lehrer zu sehen, und es war ein eigenartiges Gefühl, hier ganz allein mit ihm zu sein.

»Oh.« Ich hatte keine Idee, was für eine Art Überraschung ein Chemielabor erforderte. Auf dem Tisch lag ein wirres Durcheinander unterschiedlichster Dinge, und ich erkannte einige Blumen aus meinem Garten wieder.

»Hatte mich schon gewundert, wo die geblieben sind. Ich habe gedacht, dass sich vielleicht ein Blumendieb auf dem Dach herumtreibt.«

Er lächelte entschuldigend. »Das stimmt ja auch. Das war ich, aber ich schwöre dir, es war für einen guten Zweck.«

»Wofür ist das alles?«

»Ich entwickle mein eigenes Parfum«, antwortete er, und ich machte große Augen. Das jedenfalls hatte ich nicht erwartet.

»Wirklich? Wow. Das ist … wow.«

»Jetzt sieh mich nicht so ängstlich an. Ich verspreche dir, so schrecklich ist es nicht.«

Ich schüttelte den Kopf. »Nein, natürlich ist es das nicht, aber … ist es nicht furchtbar kompliziert, selbst ein Parfum herzustellen?«

Ja, ich wusste, es war sein Job, Düfte zu verkaufen, und eine ausgezeichnete Nase hatte er auch, aber dass er ein eigenes Parfum entwickelte, verblüffte mich trotzdem. Als Kinder hatten Sam und ich manchmal Rosenblüten von meiner Grandma gemopst und sie in Krüge gefüllt, um Parfum zu machen, aber es hatte nie funktioniert.

»Ist es. Aber ich habe immer wieder darüber nachgedacht, was du gesagt hast. Also dass ich ein eigenes Produkt entwickeln sollte. Ich weiß alles über Parfums, und Chemie ist mein bestes Fach, also dachte ich mir, warum mache ich nicht einfach mein eigenes? Außerdem brauchte ich noch ein Thema für mein Abschlussprojekt, da passte es perfekt.«

Ich hatte noch nie darüber nachgedacht, dass Parfums viel mit Chemie zu tun hatten, aber natürlich wurden sie dort hergestellt. Also in einem Labor. Vielleicht war Dylans Projekt gar nicht so verrückt. Vielleicht konnte es wirklich etwas werden, und er konnte dank seiner Fähigkeiten etwas Erstaunliches vollbringen.

»Darf ich mal daran riechen?« Die Begeisterung, die er versprühte, überwältigte mich. Sein Haar war verstrubbelt, die Schuluniform zerknittert. Er sah aus, als hätte er die ganze Nacht durchgearbeitet.

Dylan präsentierte mir ein schmales Glasgefäß. Darin schwappte eine blasse Flüssigkeit, aber der Deckel war fest verschlossen. Ich musterte das wilde Durcheinander aus Jasmin, Echinacea und Wildblumen auf dem Tisch und lächelte bei dem Gedanken, wie er sich aufs Dach geschlichen hatte, um sie aus meinem Garten zu stehlen. Ich griff nach einem Fläschchen und las das Etikett. »Angelikawurzel-Essenz auf Ölbasis. Wofür benutzt du das?«

»Das ist für die Moschus-Basisnote. Es ist ein orientalischer Duft, so wie das Parfum, das ich dir geschenkt habe.«

»Oh.« Ich lächelte. Vor Dylan hatte ich noch nie von orientalischen Düften gehört, aber jetzt wusste ich, dass ich sie am liebsten mochte. Wieder betrachtete ich die Blumen. »Ist das meine Anis-Duftnessel?«

Dylan nickte. »Ja. Sorry. Ich brauchte nur ein ganz kleines Stück.«

»Wofür? Sie riecht nach Lakritz.« Nicht sehr parfummäßig, fand ich.

Mit leuchtenden Augen kratzte er sich am Kopf. »Ich finde, dass eine winzige Note von etwas, das nicht ganz passt, etwas Seltsames oder vielleicht sogar ganz leicht Unangenehmes, manchmal den Duft noch besser unterstreicht. Na gut, diese Zutaten riechen alle gut, aber wenn man diesen einen Tropfen dazugibt, etwas Ungewöhnliches, dann wird aus dem Gewöhnlichen etwas Außergewöhnliches. Das ist der Augenblick, in dem die eigentliche Magie zum Tragen kommt.«

»Also zum Beispiel etwas Salziges, um die Süße besser herauszustreichen?«, fragte ich. »Wie eine Prise Salz in einem Kuchenteig?«

»Ganz genau«, stimmte Dylan mir enthusiastisch zu. »Und andersherum funktioniert es auch. Zum Beispiel sorgt ein Löffel Zucker in einem Brot nicht dafür, dass es süß wird, es hilft nur dabei, die feine Säure besser zu schmecken.«

Bei seiner Begeisterung wurde mir ganz warm ums Herz. Ich griff nach dem Parfum, aber er gab es mir noch nicht. »Lass es mich noch kurz einmal schwenken.«

Als ich gleich darauf das kleine Gefäß aufschraubte, wirkte Dylan ungewohnt nervös. Im vergangenen Monat hatte ich viel über ihn erfahren. Er war loyal und selbstlos. Selbstbewusst mit einer Prise Bescheidenheit. Diesen Mann wollte ich niemals wieder verlieren. Aber ihn so zu sehen in seinem glühenden Schaffensrausch, der bestimmt zu einem wunderbaren Ergebnis führte, war ein wenig entmutigend. Er war für Höheres bestimmt. Für etwas ganz Besonderes. Er würde weit über St. Mary's hinauswachsen, und ich befürchtete, dass er damit auch über mich hinauswachsen würde. Aber in diesem Augenblick und angesichts seiner Aufregung wusste ich, dass meine Meinung für ihn wirklich wichtig war, und fühlte mich geadelt.

Ich hob das Glasgefäß an die Nase und holte tief Luft. Der herrliche Duft holte mich fast von den Füßen. Er war subtil, aber kraftvoll, und jede Zutat hatte ihren glanzvollen Auftritt. Zuerst kam der Jasmin, dann die fragile, süße Echinacea, und darunter lag der schwache, aber zugleich reiche Duft nach Muskat.

»Wow«, hauchte ich und sah zu Dylan hoch.

Unsicher biss er sich auf die Unterlippe. »Was sagst du?«

»Es ist wundervoll. Exquisit. Ich liebe diesen Duft.«

»Du lügst mich an.«

»Tu ich nicht. Du hast dich wirklich und wahrhaftig selbst übertroffen. Ich liebe dieses Parfum noch mehr als mein Neunzig-Euro-Parfum zu Hause. Ich glaube wirklich, dass du hier etwas ganz Besonderes erschaffen hast, Dylan.«

Er legte beide Hände an meine Wangen. »Danke«, flüsterte er. »Ich frage mich die ganze Zeit, ob Mom es wohl gemocht hätte, wenn sie noch am Leben wäre. Dann fällt mir ein, dass sie es gar nicht hätte riechen können, und ich könnte mir selbst eine reinhauen, weil ich nicht daran gedacht habe.«

Mitfühlend sah ich ihn an. »Ich bin sicher, sie hätte es trotzdem sehr genossen, wenn du ihr den Duft beschreibst.«

Sein Blick wurde sanfter. »Das hat sie wirklich geliebt.«

»Du vermisst sie sehr, oder?« Der Schmerz stand ihm so offen ins Gesicht geschrieben. Meistens verbarg er ihn gut, aber in diesem Moment war er sehr verletzlich. Ich sah das ganze Ausmaß seiner Qual in aller Deutlichkeit.

»Jede Sekunde. Ich wünschte, sie wäre noch da, aber wenigstens hat sie jetzt keine Schmerzen mehr. Sie leiden zu sehen war das Allerschlimmste. Ganz am Ende … es war unglaublich schlimm. Ich würde meinem ärgsten Feind nicht wünschen, einem geliebten Menschen beim Sterben zusehen zu müssen.«

Ich schluckte. »Manchmal, wenn meine Grandma einen schlechten Tag hat«, sagte ich mit belegter Stimme, »würde ich ihr so gern die Hälfte des Schmerzes abnehmen. Ihn mit ihr teilen. Dann wäre es nicht ganz so schlimm. Man fühlt sich so hilflos, wenn man gar nichts tun kann.«

Dylan nickte. »Wenn ich mit ihr hätte tauschen können, ich hätte es getan. Ich hätte ihre ganzen Tumore genommen, damit sie weiterleben kann.«

»Das hätte sie nicht gewollt. Keine Mutter sollte ihr Kind verlieren müssen.«

»Kein Kind sollte seine Mutter verlieren«, konterte er traurig und lehnte seine Stirn an meine. Sein Atem roch nach Minze, und ich genoss es, seine Haut an meiner zu spüren.

»So funktioniert die Welt nun mal nicht.«

»Manchmal hasse ich die Welt.«

»Die Welt zu hassen ist ganz leicht, vor allem, wenn man daran denkt, wie viel Schmerz und Leid es darin gibt. Aber es gibt auch eine Menge, für das man dankbar sein kann, also konzentrier ich mich lieber darauf. Das solltest du auch machen.«

Mit leidenschaftlichem Blick strich er mir durchs Haar und flüsterte: »Für dich bin ich dankbar, Ev. Ich liebe dich so sehr.«

Mir stockte der Atem, und dann küsste er mich. Drückte mich gegen die Wand neben dem Labortisch und nahm meinen Mund in Besitz. Ich presste die Handflächen gegen die kalte, cremefarbene Wand und fragte mich, wie das alles sein konnte. Dylan war sensibel und kreativ und intelligent, und er liebte *mich*. Nicht eins der anderen Mädchen auf unserer Schule. *Mich*.

Ich wusste nicht genau, durch was ich das verdiente, aber ich würde mich nicht beschweren. Nicht, wenn ich seine Hände auf mir spürte. Sie glitten über meinen Körper, suchten nach Stellen, auf denen sie einen Augenblick verweilen wollten.

Atemlos löste er sich von mir und nahm meine Hand. »Komm mit.«

Ich folgte ihm quer durchs Labor zu einer Tür, die in ein kleines Lager führte. Auf einer Seite stand ein Tisch, die andere Wand wurde vollständig von Regalen eingenommen, in denen sich alle möglichen chemischen Substanzen aneinanderreihten. Ich war nicht ganz überzeugt, wie sicher es war, sich hier aufzuhalten.

»Sollte das Lager nicht eigentlich abgeschlossen sein?«

»Mr Tully vertraut mir.«

»Tja, das sollte er besser nicht.«

Dylans Mundwinkel zuckten. »Glaubst du, ich würde die Schule niederbrennen oder so?«

»Nein, aber jeder macht mal Fehler.«

»Halt den Mund und küss mich, Ev«, sagte er und hob mich ohne Vorwarnung auf den Tisch. Presste seine Lippen auf meine. Voller Verlangen öffnete er meine Hose und ließ die Hand hineingleiten. Keuchend öffnete ich die Beine für ihn. Ich wollte, dass er mich berührte.

»Mehr«, flüsterte ich, und er schob die Finger unter mein Höschen. Rieb über meinen Kitzler. »Ja, genau so«, stöhnte ich auf.

Mit geschlossenen Augen verlor ich mich ganz in seiner Berührung. Er drang mit den Fingern in mich ein, und ich keuchte auf. Eigentlich sollten wir gerade in der Cafeteria sein und zu Mittag essen, aber hier waren wir – ganz kurz davor, mitten in einem Lagerraum voller Chemikalien Sex miteinander zu haben.

»Ev«, stieß er heiser hervor.

»Hmmm?«

»Mach meine Hose auf.«

Mein Magen machte einen Satz. Nervös streckte ich die Hand aus. Kurz kämpfte ich mit dem Reißverschluss, dann war er frei. Ich strich über die Linie aus Haaren, die seinen Bauch hinaufführte. Unter meiner Berührung erzitterte er, und ich hielt inne.

»Hör nicht auf«, flüsterte er, und ich legte die Hand flach auf seinen Bauch. Das reichte schon, um ihn aufkeuchen zu lassen. Die Augen immer noch geschlossen, tastete ich nach ihm. Als ich die Hand um seinen Schwanz schloss, fluchte er unterdrückt.

»Du musst nicht sanft mit mir sein, Ev«, murmelte er heiser und küsste mich auf den Hals. Kitzelnde Schauer rannen über mein Rückgrat, und ich bewegte die Hand sachte auf und ab. Dylan stöhnte und zog ein Kondom aus der Tasche, aber ich hielt ihn auf. Biss mir auf die Unterlippe und suchte seinen Blick.

»Das brauchen wir nicht«, flüsterte ich.

Im vergangenen Monat hatten wir reichlich Kondome verbraucht. Ich hatte ihm noch nicht erzählt, dass ich beim Arzt gewesen war und mir die Pille hatte verschreiben lassen. Ich wollte wissen, wie es sich anfühlte – jetzt, da der Schmerz beim ersten Mal längst der Vergangenheit angehörte.

Dylan musterte mich überrascht. »Ev, natürlich brauchen …«

»Ich nehme die Pille.«

Er wirkte noch überraschter. »Tust du? Seit wann?«

»Etwas über eine Woche. Ich war beim Arzt. Hab mir gedacht, es wäre eine gute Idee, weil … na ja, du weißt schon, weil wir so oft …«

Zu meiner Verblüffung wurde ich richtig verlegen, und das trotz der Position, in der wir uns gerade befanden. Dylan sah mich noch immer an. »Bist du sauer?«, fragte ich.

»Natürlich nicht. Ich wünschte nur, du hättest was gesagt. Ich wäre mitgekommen und …«

Ich legte ihm einen Finger auf die Lippen. »Mach dir keine Gedanken, jetzt hat es sich ja eh erledigt. Und die Mittagspause ist auch fast rum.« Ich grinste ihn frech an. Kopfschüttelnd grinste er zurück, dann küsste er mich wieder. Legte die Hände auf meine Oberschenkel, noch fiebriger als zuvor.

Ich schnappte nach Luft, als er die Lippen auf meinen Hals drückte und mit einem tiefen Aufstöhnen in mich eindrang.

Ich liebte es, mit ihm zusammen zu sein. Nur die Gefahr, dass uns jemand ertappte, machte mir ein wenig Sorgen, aber sehr wahrscheinlich war das in der Mittagspause nicht. Sobald die Uhr zwölf schlug, huschten die Lehrer in ihre Lehrerzimmerhöhle davon wie Fledermäuse, heilfroh, den allgegenwärtigen Teenagern für eine Stunde zu entkommen.

Ich vergrub das Gesicht an Dylans Schulter. Er stieß mit den Hüften vor, ich biss ihn behutsam. Seine Bewegungen wurden schneller, und ich stöhnte leise, weil es sich so gut anfühlte. Als er mit einer Hand über meinen Kitzler rieb, verabschiedete sich mein Verstand vollends. Mein ganzer Körper spannte sich, und Dylan fluchte.

»Oh Gott, Ev.«

»Ich glaube, ich komme gleich«, flüsterte ich.

»Ja«, stöhnte er. »Komm mit mir zusammen.«

Das war's. Seine Stimme war wie ein Aphrodisiakum. Seine Finger noch immer an meinem Kitzler, kam ich, und er biss mir sachte in den Hals. Wimmernd umklammerte ich ihn und zog ihn noch dichter an mich heran.

Kurz darauf, die Arme fest um mich geschlungen, kam auch er, tief in mir. Dann sank er mit leisem Erschauern über mir zusammen.

Es überwältigte mich, in seinen Armen zu liegen, seinen Körper so dicht an meinem zu spüren. »Ich liebe dich«, brach es aus mir heraus. Er gab ein kehliges, sehr zufriedenes Brummen von sich. Seine Wange lag an meiner, und ich spürte, wie sich seine Muskeln bewegten, als er lächelte.

»Ich liebe dich auch, Ev. Und das wird sich nie ändern.«

Einige Minuten lang taten wir nichts, außer einander festzuhalten, und dann half Dylan mir dabei, meine Klamotten wieder ordentlich zurechtzuzupfen. Als wir beide wieder hinreichend präsentabel waren, gingen wir Hand in Hand ins Labor zurück. Zum Glück war es menschenleer.

Wie üblich konnte ich für den Rest des Tags an nichts anderes mehr denken. Falls meine Noten schlechter wurden, dann stand jedenfalls fest, an wem das lag. Die Unterrichtsstunden verschmolzen zu einem langen, bedeutungslosen Blabla, sobald ich an Dylan dachte. Daran, wie er mir sagte, ich solle ihn berühren. Mich drängte, zu kommen.

Es war das reinste Wunder, dass ich es ohne Zwischenfälle durch den Schultag schaffte. In der letzten Stunde hatte ich Bio, setzte mich an meinen üblichen Platz und stellte fest, dass der Lehrer nicht da war. Mehrere Minuten später war er immer noch nicht aufgetaucht, und einige Schüler drehten bereits ordentlich auf, begeistert, dass man uns offenbar vergessen hatte.

Die Tür öffnete sich, und die Unruhe verpuffte. Aber nicht der Lehrer kam herein – es war Dylan. Als sich unsere Blicke trafen, errötete ich, und die Erinnerung an das, was wir in der Mittagspause getan hatten, brandete über mich hinweg.

Dylan wandte sich an die Klasse. »Mr Gleeson ist krank und musste nach Hause gehen, also soll ich hier bis zum Ende der Stunde Aufsicht führen. Ihr könnt einfach schon mal eure Hausaufgaben erledigen.«

»Verpiss dich doch. Auf dich hör ich garantiert nicht, du bist ja nicht mal ein Lehrer«, sagte Jackson Keegan. Er war einer der Jungs, mit denen sich Dylan vor etwa einem Monat geprügelt hatte – die Schlägerei, wegen der er suspendiert worden war. Bisher hatte es keine weiteren Zwischenfälle mehr gegeben, aber wann immer Dylan vorbeikam, starrten sie ihn unverwandt an. Dylan beachtete sie nie, vermutlich hatte es nur deshalb keine weiteren Auseinandersetzungen gegeben. Jedenfalls wusste ich, dass Jackson beständig auf der Lauer lag und nur darauf wartete, dass sich eine passende Gelegenheit ergab, Stunk zu machen.

»Ja, verpiss dich«, stimmte ein weiterer Junge mit ein.

Dylans desinteressierter Blick war eigenartig respekteinflößend. »Mir auch egal. Ich habe euch nur gesagt, was ich euch sagen sollte. Macht, was ihr wollt.«

Jackson starrte ihn an, offenbar verärgert, dass Dylan ihm keinen Anlass für Zoff gab. Ich wand mich unruhig auf meinem Stuhl. Es war noch eine halbe Stunde Unterricht übrig, und ich war sicher, dass Jackson jede sich bietende Gelegenheit nutzen würde, Dylan aufzumischen.

Dylan setzte sich ans Lehrerpult, schlug eins seiner eigenen Schulbücher auf und achtete nicht weiter auf die Klasse. Er sah mich nicht noch einmal an. Ich konnte mir nicht helfen … er sah aus dieser Perspektive verdammt sexy aus. Vielleicht lag es daran, dass er am Lehrerpult saß. Irgendwie brachte mich das auf eigenartige Ideen.

Und ich fragte mich, weshalb ausgerechnet er gebeten worden war, bei uns Aufsicht zu führen. Andererseits konnte es auch gut sein, dass er einfach nur im falschen Moment am Schulbüro vorbeigelaufen war, und da hatte es ihn dann erwischt.

Noch immer herrschte ganz schöner Lärm, und kurz darauf kam Mrs Green herein, die gegenüber unterrichtete. »Okay, Leute, Lautstärke runterfahren. Ich lasse meine Tür offen und will nichts von euch hören, das lauter ist als ein Flüstern.« Sie musterte einige der schwierigeren Schüler nachdrücklich, um ihre Ermahnung zu unterstreichen, ehe sie sich an Dylan wandte. »Falls sich jemand danebenbenimmt, sag einfach Bescheid.«

Danach wurde es sehr still. Mrs Green war dafür bekannt, Fehlverhalten nicht nur mit einem Nachmittag, sondern einer ganzen Woche Nachsitzen abzustrafen. Dylan widmete sich wieder seinem Buch, und ich beobachtete ihn.

Mann, sah er gut aus.

Er blickte auf und erwischte mich dabei, wie ich ihn anstarrte. Seine Mundwinkel zuckten. Ich verdrehte die Augen, um davon abzulenken, dass ich knallrot anlief wie eine Idiotin. Wie konnte es sein, dass wir schon einen ganzen Monat zusammen waren und ich trotzdem verlegen wurde, wenn er mich beim Starren ertappte?

Dann wurde sein Gesicht schlagartig ernst, und ich hörte

Jackson spöttisch auflachen. »Hatte ganz vergessen, dass deine kleine Freundin bei uns in der Klasse ist. Die ist so still, man kriegt nie mit, dass sie da ist. Wie heißt du noch mal, Süße?«

Ich sah Dylan an und reagierte nicht auf Jacksons Frage, aber meine Muskeln spannten sich. Ich hasste solche unangenehmen Situationen. Und ich sah deutlich, dass Dylan wütend wurde.

»Sie hat einen netten Arsch, oder?«, fragte Jackson. »Wie ein reifer Pfirsich.«

Ein paar Jungs kicherten, und Dylans Kiefermuskeln traten hervor. Ich sah ihn eindringlich an und versuchte, ihn wortlos darum zu bitten, sich nicht auf Jacksons Provokationen einzulassen.

Aber dann ging Jackson einen Schritt weiter, und die Sache war gelaufen. »Sag Bescheid, wenn du mit ihr fertig bist, ja? Ich würde sie auch nicht von der Bettkante stoßen.«

Dylan klappte ganz ruhig sein Buch zu und stand auf. Seine beherrschten Bewegungen standen in eigenartigem Kontrast zu der Geschwindigkeit, mit der er auf einmal vor Jackson stand. Ich hatte kaum Zeit zu blinzeln, da hatte er ihn auch schon am Kragen gepackt, riss ihn auf die Füße und schmetterte ihn mit dem Rücken gegen die Wand.

»Wenn du es wagst, noch mal über sie zu reden, bringe ich dich um.« Er schäumte vor Wut. »Hast du kapiert?«

Mein Herz hämmerte wie rasend. Ich betete, dass Mrs Green etwas hörte und herüberkam. Rasch stand ich auf. »Er ist es nicht wert. Hör ihm einfach nicht zu«, flehte ich Dylan an.

Er blinzelte, aber das war das einzige Anzeichen dafür, dass er mich gehört hatte. Statt Jackson loszulassen, rammte er ihn ein zweites Mal in die Wand. »Hast du verdammt noch mal kapiert?«, knurrte er ihn an.

Jackson rang mit hochrotem Gesicht nach Luft und hustete, dann stieß er ein verächtliches Lachen aus. »Das wirst du bereuen, O'Dea.«

Im Flur klapperten Absätze auf Linoleum. Mrs Green. Blitzschnell ließ Dylan Jackson los und kehrte zu seinem Platz zurück. Jackson setzte sich ebenfalls wieder, und als Mrs Green hereinkam, taten alle, als wäre nichts passiert.

»Alles okay bei euch?«, fragte Mrs Green. Niemand gab einen Mucks von sich. Sie sah Dylan an. »Benehmen sie sich?«

Er nickte, aber ich sah deutlich die Anspannung in seinem Gesicht. »Jupp.«

Sie musterte ihn, dann ließ sie den Blick durchs Klassenzimmer schweifen. Ganz eindeutig hatte sie Verdacht geschöpft, aber es gab keine Beweise. »Wenn ich noch mal etwas von euch höre, sitzt die gesamte Klasse eine Woche lang nach«, verkündete sie, ehe sie wieder verschwand.

Danach herrschte tiefe Stille. Ich suchte Dylans Blick. Er wirkte erschöpft. Es machte mich fertig, dass ausgerechnet ich seine Schwachstelle war und Jackson in mir einen Ansatz gefunden hatte, um ihn anzugreifen. Ich war der einzige Mensch an der gesamten Schule, bei dem Dylan die Beherrschung verlor, wenn mich jemand auch nur schief ansah. Jetzt wusste Jackson, wie er ihn treffen konnte, und bei dem Gedanken drehte sich mir der Magen um.

Wir sahen einander an, und zwischen uns entspann sich eine stumme Unterhaltung.

Das hättest du nicht tun sollen, sagte ich.

Aber ich musste, antwortete er.

Die Klingel verkündete das Ende der Schulstunde. Auf dem Weg zur Tür starrte Jackson Dylan die ganze Zeit an. Ich wartete, bis alle weg waren, dann ging ich nach vorn zum Lehrerpult. Verflocht meine Finger mit Dylans und drückte leicht seine Hand. »Wann lernst du denn endlich, dass Gewalt keine Lösung ist?«

Dylan fuhr sich mit der anderen Hand durchs Haar. »Das weiß ich, Ev, aber Typen wie Jackson verstehen keine andere Sprache.«

Seine Worte hallten noch lange in meinem Kopf nach. Ich wusste nicht, ob er recht hatte. Menschen wie Jackson waren für vernünftige Argumente nicht zugänglich, sie waren immer nur auf Ärger aus. Er und seine Gang hatten es schon seit Langem auf Dylan abgesehen. Sie betrachteten ihn als leichte Beute – er war zwar groß und stark, hatte aber keine zwanzig Leute in der Hinterhand, die ihm den Rücken freihielten. Solche Idioten waren immer im Rudel unterwegs. Allein waren sie Feiglinge, sie setzten auf zahlenmäßige Überlegenheit.

Ich hoffte nur, dass Dylan lange genug den Kopf unten halten konnte, damit sie ihn nicht erwischten.

14. KAPITEL

Als ich abends bei Dylan aufbrach, war mir noch immer nicht viel wohler zumute. Ich verabschiedete mich von ihm und ging nach oben. Als ich Yvonne zu Hause am Küchentisch über irgendwelchen Finanzunterlagen antraf, sank meine Laune noch tiefer in den Keller.

In unserer Gegend gab es nur wenige Banken, aber Yvonne war eben Yvonne und hatte sie alle nacheinander abgeklappert auf der Suche nach den günstigsten Zinsen, den besten Rückzahlungsmodalitäten und anderen derartigen Bedingungen, von denen ich nichts verstand. Ich hatte noch nicht mit ihr über meine Zukunft geredet, weil ich sie nicht mit meinen Sorgen belasten wollte. Noch nicht. Nicht, wenn sie gerade so im Stress war und von Termin zu Termin hetzte. Aber heute sah sie ganz aufgeregt aus, und mir drehte sich der Magen um. Ich wusste, wie selbstsüchtig das war, aber insgeheim hoffte ich auf schlechte Neuigkeiten.

Ich bin noch nicht bereit, sie zu verlieren. Ich weiß nicht, ob ich jemals dafür bereit sein werde.

»Wie ist dein Banktermin gelaufen? Das war doch die Bank mit dem günstigsten Zins, oder?«

»Ja. Und es ist großartig gelaufen! Ich bekomme den Kredit.« Sie strahlte, und ich hasste mich ein wenig für meinen plötzlichen Wunsch, sie würde ein bisschen mehr so aussehen, wie mir zumute war. *Trostlos*.

Sobald sie es sagte, überfiel mich der Schmerz. Yvonne bekam ihren Kredit. Was, wenn sie noch vor Ende des Schuljahrs nach New York ging?

Wortlos hängte ich meine Jacke auf und warf meine Schultasche aufs Sofa.

»Auf dem Herd stehen Hühnchen und Reis für dich«, sagte sie.

»Ich habe keinen großen Hunger«, antwortete ich und verkroch mich niedergeschlagen in mein Zimmer. Dort legte ich mich aufs Bett und vergrub das Gesicht tief im Kopfkissen. Eine Million Gedanken rasten mir durch den Kopf. Ich griff nach meinem Handy und überlegte zum ersten Mal seit langer Zeit, Mom anzurufen.

Ich wusste selbst nicht, weshalb.

Vielleicht einfach nur aus lauter Selbstmitleid.

Ich rief ihre Nummer auf, und mein Finger schwebte über dem Telefonhörersymbol. Als ich versuchsweise daraufdrückte, schnürte es mir auf einmal die Kehle zu. Es klingelte nur ein Mal, da kam ich auch schon wieder zu Verstand und unterbrach die Verbindung. Warf das Handy in die Nachttischschublade und schloss die Augen.

Ein paar Minuten später wurde meine Zimmertür geöffnet, und Yvonne kam herein.

»Geht es dir nicht gut, Ev?« Sie musterte mich besorgt.

Ich öffnete die Augen und schüttelte den Kopf. »Ich bin nur müde.«

Sie setzte sich auf die Bettkante und strich mir ein paar Haarsträhnen hinters Ohr. »Du wirkst völlig durch den Wind.«

Ich biss mir auf die Unterlippe und fühlte mich wie ein Baby. Am liebsten hätte ich geheult und sie angefleht, nicht fortzugehen. Von außen betrachtet mochte ich schon fast erwachsen aussehen, aber ganz tief in meinem Innern war ich noch immer ein kleines Mädchen, das sich nach seiner Mami sehnte. Und Yvonne war in meinem Leben das, was einer Mutter am nächsten kam.

Mir schossen die Tränen in die Augen. Ich versuchte sie wegzublinzeln, aber es hatte keinen Zweck, Yvonne hatte es schon gesehen.

»Oh Ev, was ist passiert?«

»Gehst du weg?«, flüsterte ich unter Tränen.

Verwirrt sah sie mich an. »Wovon redest du?«

»Der Kredit. Du hast ihn bekommen, also gehst du doch jetzt bestimmt bald nach New York.«

Sie starrte mich verblüfft an, dann dämmerte das Begreifen in ihrem Gesicht herauf. Ein heftiges Kopfschütteln. »Liebes, nein, der Kredit ist nicht für New York. Dafür habe ich meine Ersparnisse. Mit dem Kredit will ich uns einen Gebrauchtwagen kaufen. Ich habe mir gedacht, es wäre schön, wenn wir ein Mal die Woche mit meiner Mom einen Ausflug machen könnten. Außerdem könnte ich dann mit dem Auto zur Arbeit fahren und wäre nicht mehr auf den Bus angewiesen. Ich habe dir nichts erzählt, weil ich dich überraschen wollte.«

Vor Scham wäre ich am liebsten im Boden versunken. Es war mir furchtbar peinlich, welche voreiligen Schlüsse ich gezogen hatte.

Yvonne betrachtete mich traurig. »Ich würde niemals meinen Umzug planen, ohne dir Bescheid zu sagen, Ev. Du weißt, dass ich das nicht tun würde. Der Drei-Jahres-Plan steht immer noch. Und ich werde ganz sichergehen, dass du in deinem eigenen Leben gut angekommen bist, ehe ich irgendwo hingehe. Falls nicht, nehme ich dich mit.«

Vor Erleichterung gab ich einen seltsamen Laut von mir, halb Schluchzen, halb Lachen, und sie nahm mich in den Arm. »Ich liebe dich«, flüsterte sie und küsste mich auf die Schläfe. »Ich lasse dich nicht allein, Ev. Hörst du? Du bist das Beste, was mir in meinem ganzen Leben passiert ist, und wann immer du ein Zuhause brauchst, bist du bei mir willkommen.«

Da wurde mir klar, dass ich eben gar nicht wirklich mit meiner Mom hatte sprechen wollen. Ich hatte nur verzweifelt eine Rückversicherung gebraucht. Hoffnung. Ein *Zuhause.* Und dieses Zuhause war Yvonne. Ich wusste, dass sie mich nicht belog. Ich wusste, dass sie mich nie im Stich lassen würde.

Ich erwiderte ihre Umarmung fest, da klingelte es an der Tür. Sie wischte mir die Tränen von den Wangen und ging nachsehen. Einen Augenblick später kam Sam herein und ließ sich auf mein Bett plumpsen. Yvonne kam ebenfalls wieder zurück und setzte sich dazu.

»Hast du geweint, Ev?«, fragte Sam stirnrunzelnd. Normalerweise neigte ich nicht zu Gefühlsausbrüchen. Genauer gesagt, weinte ich eigentlich nie. Ich hatte nur selten Grund dazu.

»Ich habe einen Kredit aufgenommen, um ein Auto zu kaufen, aber Ev dachte, ich brauche das Geld, um früher nach New York zu gehen. Einfach ein großes Durcheinander«, erklärte Yvonne.

Sam stieß mir gegen die Schulter. »Du albernes Huhn. Das ist wirklich nicht Vonnys Stil.«

»Das habe ich auch gesagt«, bestätigte Yvonne. Sie sah ebenfalls ein bisschen mitgenommen aus. Wie ich sie kannte, hatte sie ein schlechtes Gewissen, weil sie mir nichts von dem Auto erzählt hatte.

»Ich hätte nicht gleich vom Schlimmsten ausgehen sollen«, schniefte ich.

»Es ist doch nicht deine Schuld. Jetzt, wo ich drüber nachdenke, war es der naheliegendste Schluss.« Yvonne schloss mich wieder in die Arme. Sam machte auch gleich mit, so war er nun mal, und so saßen wir eine gute Minute lang aneinandergekuschelt auf meinem Bett.

»Wisst ihr, was ich glaube?«, fragte Sam schließlich vorlaut. »Ich glaube, wir sollten Pizza bestellen. Mit Pizza geht es einem gleich viel besser.«

»Hey! Versuch bloß nicht, die Situation auszunutzen, um deinen unstillbaren Appetit zu befriedigen.« Ich musste lachen.

Sam grinste. »Was soll ich machen? Ich bin nun mal Pizza-Opportunist.«

Yvonne lachte ebenfalls und tupfte sich die Tränen aus den Augen. »Pizza klingt aber gerade wirklich sehr gut.«

Hocherfreut rieb sich Sam die Hände. »Ja. Und wir könnten mal nachsehen, was diese Hausfrauen in der Wisteria Lane diese Woche so getrieben haben.«

Wie lange war es her, dass wir drei abends zusammengesessen, Fast Food in uns reingestopft und uns mehrere Folgen unserer Lieblingsserie reingezogen hatten? Das waren wir. Das war es, was wir gerade brauchten.

»Guter Plan«, sagte ich.

»Was würde ich ohne euch beide nur machen?«, fragte Yvonne zärtlich.

»Gar nicht drüber nachdenken, der Gedanke ist viel zu schrecklich«, neckte Sam sie und zog sein Handy hervor, um zu bestellen.

15. KAPITEL

»Steht das mit der Laufrunde morgen früh noch?«, fragte Sam und lehnte sich an den Spind neben Dylan.

»Ja, aber zuerst muss ich kurz auf der Arbeit vorbeischauen. Wir treffen uns um zehn am Parkeingang.« Dylan holte ein paar Bücher aus seinem Rucksack.

Ich versuchte mich für sie zu freuen, dass sie jetzt ein Mal die Woche gemeinsam laufen gingen, aber ich war ein bisschen abgelenkt von Kirsty und ihren Freundinnen. Wie üblich standen sie ein paar Spinde weiter herum, steckten flüsternd die Köpfe zusammen und kicherten. Zweifellos lästerten sie über mich. Das machten sie ständig, und ich versuchte, nicht darauf zu achten, aber seit Dylan Kirsty in aller Öffentlichkeit zusammengestaucht hatte, bedachte sie mich ständig mit giftigen Blicken und machte mich bei anderen Leuten schlecht. Verglichen mit dem offenen Hass, den sie Dylan entgegenbrachte, war es halb so wild, aber trotzdem. Dieses Mädchen war wirklich ganz schön nachtragend. Es war schon mehrere Wochen her, aber sie war noch immer wütend.

Ja, es lenkte mich ab, und in meiner Kehle bildete sich ein dicker Klumpen. Am liebsten hätte ich mit ihr geredet. Ich verabscheute solche unangenehmen Spannungen, und ihre Feindseligkeit war völlig sinnlos. Sie erreichte damit ja nichts. Aber bevor ich den Mut aufbringen konnte, zu ihr zu gehen, stolzierten sie und ihre Freundinnen auch schon davon. Ich sackte gegen die Wand und stieß frustriert die Luft aus.

»Was ist los?«, fragte Dylan und legte mir eine Hand auf die Schulter, aber ich schüttelte sie ab.

»Nichts. Gehen wir in den Unterricht.«

Später, auf dem Weg in die Biostunde, lief ich Kirsty erneut über den Weg. Beziehungsweise lief ich an ihr vorbei, sie hingegen schien mich nicht zu bemerken. Aber es war keine gute Gelegenheit, einen Vorstoß zu wagen, denn sie machte gerade mit Jackson Keegan herum. Waren die beiden jetzt etwa zusammen? Bah.

Sie flüsterte ihm etwas ins Ohr, und er lauschte aufmerksam und nickte. Ich versuchte, mir aus dieser abstoßenden Verpaarung nichts zu machen. Sie waren beide so widerlich, dass sie einander wohl verdient hatten. Vielleicht würde sich ihre kombinierte Widerlichkeit ja auch gegenseitig aufheben.

Nein, eher unwahrscheinlich.

»Du ziehst ja echt alle Register«, sagte Amy, als sie mir dabei zusah, wie ich das Picknick für Dylan und mich zusammenstellte: Käse und Weintrauben und winzige Sandwiches. Sogar eine Flasche Prosecco hatte ich ergattert, ohne nach meinem Ausweis gefragt worden zu sein. Gute Zeiten.

»Dylan lernt in letzter Zeit so viel«, antwortete ich, »er hat sich eine Belohnung verdient.« Das Picknick sollte eine Überraschung sein, obwohl er gerade gar nicht Geburtstag hatte. Japp, ich war die perfekte Freundin. Er hatte heute länger Unterricht, und ich war nach Hause gegangen, um alles vorzubereiten.

»Wenn du mich fragst, wäre er auch mit einem Cheeseburger und einem kleinen Handjob zufrieden.« Amy kicherte.

»Wie stilvoll. Warum bin ich nicht selbst drauf gekommen?«

Im Lauf der letzten Wochen hatten Amy und ich uns ein bisschen miteinander angefreundet. Sie kam hin und wieder vorbei und kommentierte sarkastisch, was ich gerade tat. So liefen unsere Treffen immer.

»Dir mangelt es einfach an Kreativität«, zog sie mich auf.

»Wie läuft es eigentlich so mit Eddie?«, fragte ich.

Nach unserer Unterhaltung auf Conors Geburtstag hatte ich mich ein bisschen ins Zeug gelegt und Amy mit dem Jungen von unserer Schule verkuppelt, der ihr gefiel. Sie waren ein paar Mal miteinander ausgegangen, und ich fragte mich, ob daraus etwas Ernstes wurde. Die Romantikerin in mir erfreute sich sehr daran, dass ich es war, die sie zusammengebracht hatte.

»Läuft ganz gut. Wir haben ein bisschen rumgeknutscht, aber ich habe beschlossen, dass es besser eine ganz lockere Sache bleibt. Ich bin gerade nicht auf der Suche nach einem festen Freund. Ich meine, im Sommer gehe ich ja sowieso weg.«

Ich sackte ein wenig in mich zusammen, zum einen, weil das zwischen ihr und Eddie nichts Ernstes war, zum anderen, weil sie fortging. Nach ihrem Abschluss würde Amy nach Wexford gehen und in der Firma ihres Onkels arbeiten, die landwirtschaftliches Gerät verkaufte. So richtig gut konnte ich sie mir als Verkäuferin nicht vorstellen, aber sie schien sich schon sehr auf den Job zu freuen. Vielleicht freute sie sich aber auch vor allem auf das regelmäßige Einkommen. Jedenfalls würde ich sie sehr vermissen, zumal wir uns ja erst vor Kurzem richtig kennengelernt hatten.

»Ich werde dich vermissen, wenn du im Sommer fortgehst.«

Sie verdrehte die Augen. »Ach, leck mich.«

Ich ließ die Servietten sinken, die ich gerade zusammenfaltete. »Nein, im Ernst. Kann ich dich dort besuchen?«

»Na klar – wenn es dir nichts ausmacht, von meinen Steve-Buscemi-Cousins angebaggert zu werden? Meine Tante hat fünf Jungs. Sie hat sich so verzweifelt ein Mädchen gewünscht, dass sie es immer weiterprobiert hat, aber nö, es kam immer nur ein weiterer kleiner Pimmel dabei heraus.«

Ich zog eine Grimasse und kicherte. »Wie nett von dir.«

»Du weißt, dass ich nichts von Zensur halte.«

»Ja, und dafür liebe ich dich. Komm her.«

»Nein. Du hast so einen verliebten Blick drauf, das gefällt mir gar nicht.«

»Ich will dich umarmen.«

»Nix da.«

Ehe sie weiter protestieren konnte, machte ich einen Schritt auf sie zu und warf ihr die Arme um den Hals. Sie hielt ganz still, ließ es aber zu. Ich wusste, dass es ihr gefiel, sie hätte es nur nie im Leben zugegeben.

Es klopfte an der Tür. Ich ließ Amy los, riss die Tür auf und sprang Dylan regelrecht an. Er schlang die Arme um mich und lachte leise.

»Na, das ist ja mal ein herzlicher Empfang.« Er beugte sich zu mir runter und gab mir einen Kuss.

»Wie lief es mit deinem Chemie-Projekt?«

Auf seinem Gesicht breitete sich ein Grinsen aus. »Bestanden.«

Ich lächelte. »Ich wusste es.«

Als ich ihn auf den Hals küsste, knurrte er leise. »Warum

gehen wir nicht in dein Zimmer?«, flüsterte er genau in dem Moment, als Amy um die Ecke kam.

»Oh, lasst euch von mir nicht stören, ich wollte sowieso gerade gehen. Herzlichen Glückwunsch zu deinem Projekt und so.« Sie schlüpfte an uns vorbei und verschwand durch die Tür.

Dylan sah mich an und wackelte vielsagend mit den Brauen. »Jetzt, da wir ganz allein sind …«

Ich piekte ihm in die Brust. »Keine Matratzenabenteuer jetzt. Ich habe eine Überraschung für dich vorbereitet, aber zuerst musst du noch kurz rübergehen und duschen. Du hast den ganzen Tag in stickigen Klassenzimmern rumgehangen und stinkst.«

»Hey«, beschwerte er sich, aber er lächelte dabei.

»Du weißt, dass es stimmt. Los jetzt, geh duschen, und wir treffen uns in dreißig Minuten oben auf dem Dach.«

Er grinste durchtrieben. »Und da bekomme ich dann meine Überraschung?«

»Kann sein.«

»Okay, aber wehe, es ist nichts Gutes.« Er zwinkerte mir zu, und ich verpasste ihm zum Abschied einen Klaps auf den Hintern. Im Weggehen lachte er leise. Ich liebte es, wenn er in dieser Stimmung war, fröhlich und zum Flirten aufgelegt. Den zynischen, launischen Dylan sah ich immer seltener, und mir gefiel die Vorstellung, dass es vielleicht an unserer Beziehung lag, dass ihm das Leben gar nicht mehr so übel vorkam.

Mit ihm zusammen zu sein fühlte sich so natürlich und richtig an. In seiner Gegenwart schienen unsere Probleme auf einmal ganz weit weg zu sein. Es war wirklich, als hätte ich in ihm meinen Seelengefährten gefunden, und mir war die ganze Zeit ganz luftig und leicht zumute.

Der einzige Wermutstropfen war, dass er fortgehen würde. Aber vielleicht würde er das gar nicht. Vielleicht würde er ja auch begreifen, dass ein Leben hier in Dublin auch nicht zwingend schlecht sein musste ... vielleicht.

Ich schüttelte den Gedanken ab und zog mein schönstes Sommerkleid und eine Strickjacke an. Dann schnappte ich mir alles, was wir fürs Picknick benötigten, und sah zu, dass ich aufs Dach kam, um alles vorzubereiten, ehe Dylan kam. Ich breitete die mitgebrachte Decke auf dem Beton aus und stellte einen kleinen Blumenstrauß in die Mitte. Als ich fertig war, trat ich einen Schritt zurück, um mein Werk zu bewundern.

»Du hast uns ein Picknick gemacht?«, fragte Dylan hinter mir.

Strahlend drehte ich mich zu ihm um. Statt seiner Schuluniform trug er jetzt Jeans und T-Shirt, und sein Haar war noch feucht.

Er war so bildhübsch.

Mir war klar, dass es nicht ganz das richtige Wort war, um einen Jungen zu beschreiben, aber ich fand ihn nun mal bildhübsch. Ich liebte jeden seiner Gesichtszüge, von der steilen Falte zwischen seinen Augen über die leicht gebogene Nase bis hin zu seinen männlichen Lippen.

»Japp. Freust du dich?«

»Natürlich freue ich mich.« Er setzte sich auf die Decke, zog mich auf seinen Schoß und nahm eine Weintraube aus dem Behälter. Er hielt sie mir vor den Mund, und ich schnappte glücklich danach.

»Ich kann es kaum erwarten, den Sommer mit dir zu verbringen«, sagte er, und mein Herz setzte einen Schlag aus. Sollte das etwa heißen, er ging nicht fort?

Ich wandte den Blick ab und biss mir auf die Unterlippe. »Du bleibst hier?«

Er nahm mein Kinn zwischen Daumen und Zeigefinger und drehte meinen Kopf wieder zu sich. »Ich kann nicht gehen. Nicht ohne dich.«

»Und was hast du dann vor?«

»Ich arbeite Vollzeit und spare, bis du mit der Schule fertig bist. Dann können wir zusammen gehen.«

»Aber Dylan, ich habe dir doch schon gesagt, dass das nicht geht. Ich muss mich um meine Grandma kümmern, und …«

»Pssst«, machte er und legte mir einen Finger auf die Lippen. »Lass uns darüber jetzt noch nicht nachdenken. Du hast uns ein tolles Picknick gemacht, und das Wetter ist heute auch mal richtig schön. Genießen wir heute Abend einfach mal den Augenblick.«

Hmmm, das gefiel mir. Manchmal war es ganz schön ermüdend, wenn das Hirn niemals Ruhe gab. Wir aßen und plauderten darüber, was wir in den Sommerferien alles unternehmen wollten. Bis dahin dauerte es noch mehrere Monate, aber es war schön, Pläne zu schmieden.

Schließlich zog mich Dylan mit sich auf die Decke, ich schmiegte mich an ihn, und wir sahen gemeinsam in den Himmel hinauf. Es wurde langsam dunkel, aber noch waren keine Sterne zu sehen.

»Vor ein paar Tagen hat meine Mutter versucht, mich anzurufen. Sie hat mich aber nicht erreicht«, sagte ich leise.

Dylan, der mir bis zu diesem Augenblick den Arm gestreichelt hatte, hielt inne. »Warum hast du mir nichts davon erzählt?«

Ich zuckte mit der Schulter. »Ich weiß nicht. Irgendwie

wusste ich nicht so recht, was ich davon halten soll. Keine Ahnung, weshalb sie anrufen sollte.«

»Vielleicht will sie dich besuchen.«

»Dann ruft sie nie an, sondern kreuzt einfach auf einmal hier auf«, sagte ich. Eine Weile schwiegen wir. »Ich habe letzte Woche versucht, sie anzurufen«, ergriff ich schließlich wieder das Wort, »aber ich habe aufgelegt, ehe sie drangehen konnte. Ich war durcheinander wegen Yvonne, und ich … ich weiß nicht, ich glaub, ich tat mir einfach selbst sehr leid.«

Dylan fing wieder an, mich zu streicheln. »Würdest du sie denn gern sehen?«

Ich schüttelte den Kopf. »Nicht wirklich. Sie ist kein besonders netter Mensch.«

»Wenn meine Mom noch am Leben wäre, würde ich sie sehen wollen, ob sie ein netter Mensch ist oder nicht.«

»Aber deine Mom *war* nett. Du weißt nicht, wie es ist, einfach verlassen zu werden. Nur dank Yvonne habe ich mich wieder einigermaßen berappelt. Als meine Mom abgehauen ist, als mir klar wurde, dass sie schon lange einfach weggehen wollte, hat es mir das Herz gebrochen.«

»Du kannst ihr das nicht verzeihen«, sagte Dylan, als würde er mich genau verstehen.

»Nein«, flüsterte ich. »Ich glaube, das kann ich nicht.«

»Dann ist es ganz einfach. Geh nicht dran, wenn sie anruft.«

»Und wenn sie einfach wieder hier auftaucht?«

»Dann wohnst du so lange bei mir, bis sie wieder weggeht.«

Ich lächelte. »Ich bin nicht ganz sicher, dass dein Dad einverstanden wäre.«

»Mein Dad liebt dich. Es würde ihm nichts ausmachen.«

Ich zog eine Braue hoch. »Die Idee, dass ich mit in deinem Bett schlafe, würde ihm ganz sicher nicht gefallen.«

Mit der Fingerspitze fuhr Dylan die Linie meines Unterkiefers nach. »Hm, da hast du vielleicht recht. Ich kann es nicht erwarten, dass wir endlich eine eigene Wohnung haben und jede Nacht im selben Bett schlafen.«

Ich grinste. »Ach wirklich? Erzähl mir mehr darüber.«

»Es wird ein striktes Pyjamaverbot geben. Und Oralsex jede Nacht. Für uns beide.«

»Tja, dagegen lässt sich wohl nichts sagen?«

Er beugte sich über mich, gab mir einen Kuss und flüsterte: »So ist es.«

Wir küssten uns richtig, und ehe ich mich versah, wand ich mich unter ihm und wünschte, wir wären irgendwo anders, wo uns niemand überraschen konnte. Das Summen von Dylans Handy ließ uns aufschrecken. Ich löste mich von ihm und sagte schwer atmend, er solle nachsehen, wer ihm geschrieben hatte. Das tat er, und dann grinste er.

»Was ist denn?« Ich spähte über seine Schulter. Er hielt das Handy so, dass ich den Bildschirm nicht sah.

»Muss ich dir nicht zeigen.«

»Ach, komm schon, jetzt musst du doch.« Ich versuchte, ihm das Handy wegzunehmen.

Er hielt es so weit über seinen Kopf, dass ich nicht drankam. Als ich es trotzdem versuchte, hielt er es noch weiter weg. »Na, na, na, sei nicht so neugierig«, tadelte er mich, als ich mich an ihn drängte und mich erfolglos nach dem Handy streckte. Seine muskulöse Brust unter mir lenkte mich ein wenig ab, aber ich war fest entschlossen, herauszufinden, was in der Nachricht stand.

»Na schön«, schnaubte ich schließlich und gab auf. »Dann

behalte meinetwegen deine Geheimnisse für dich. Interessiert mich überhaupt nicht.«

Dylan seufzte. »Okay, ich zeig es dir. Aber nur, weil du mir mal gesagt hast, dass du keine großen Überraschungen magst.«

Mit neugierig zusammengekniffenen Augen nahm ich das Handy entgegen. Es war eine Gruppennachricht von Sam.

OKAY, KINDER, DANN HÖRT MAL GUT ZU! In zwei Wochen hat unsere Evelyn Geburtstag, und ich plane eine ganz altmodische große Überraschungsparty. Yvonne sorgt dafür, dass sie den ganzen Tag nicht in der Wohnung ist, also können wir uns austoben und alles dekorieren. Dafür brauche ich eure Hilfe. Wer nicht pünktlich um 12 Uhr mittags auf der Matte steht, ist ausgeladen. Herzlich, euer Sam

»Oh, dieser hinterhältige kleine …

»Er will dir nur was Gutes tun«, sagte Dylan. »Warum hast du nicht gesagt, dass du bald Geburtstag hast?«

Ich atmete durch. »Ehrlich gesagt, hatte ich das einfach nicht auf dem Zettel.«

Mit nachdenklicher Miene und funkelnden Augen rieb sich Dylan das Kinn. »Jetzt muss ich mir also was ganz Besonderes für dich überlegen.«

»Gar nichts musst du, außer einfach nur du zu sein. Das ist besonders genug für mich.«

Grinsend zog er mich an sich und küsste mich sanft. »Liebe Güte, manchmal wird mir ganz schlecht von uns beiden.«

Ich lachte leise. »Ja, mir auch.«

16. KAPITEL

»Na, was sagst du?« Lächelnd steckte Yvonne den Kopf aus dem nagelneuen Wagen und drückte auf die Hupe. Na gut, *nagelneu* stimmte nicht wirklich, es war ein gebrauchter Volkswagen, aber er war in echt gutem Zustand. Sie hatte ihn heute Morgen erst abgeholt, und ich war nach unten gekommen, um ihn zu bewundern.

»Ganz schön schick«, sagte ich grinsend.

»Na komm, spring rein, wir fahren eine Runde.«

Ohne zu zögern, öffnete ich die Beifahrertür, setzte mich in den Wagen und schnallte mich an. Es war ein klarer, milder Morgen, und die Sonne schien durchs Fenster. Der Apartmentkomplex blieb hinter uns zurück.

»Das ist so super. Wir sollten am Wochenende aufs Land rausfahren.«

»Klingt gut«, stimmte sie zu, da klingelte mein Handy. Es war Dylan. Wahrscheinlich waren er und Sam gerade mit ihrer Laufrunde fertig. Ich hob das Handy ans Ohr.

»Dylan! Du wirst nicht glauben, was Yvonne und ich gerade …«

»Ev«, würgte er heraus. »Komm schnell. Ich glaube, Sam …«

»Was ist passiert?« Beim schmerzerfüllten Klang seiner Stimme verkrampften sich meine Eingeweide.

»Ich habe einen Krankenwagen gerufen, aber sie sind noch nicht da. Oh Gott, ich kann seinen Puls nicht finden, ich kann seinen Puls nicht finden«, sprudelte Dylan hervor, und mir war, als drückte mich jemand unter Wasser. Mein ganzer Körper verkrampfte sich vor Angst.

Dann schaltete etwas in mir um, drängte die Panik beiseite und ging in den Funktionsmodus. »Wo seid ihr?« Ich hatte keine Ahnung, was passiert war. Ich wusste nur, dass ich so schnell wie möglich zu ihnen musste.

»Wir s...sind direkt vor dem Wellington-Denkmal. Bitte b...beeil dich.«

Yvonne warf mir einen besorgten Blick zu. »Was ist los, Ev?«

»Wir sind in fünf Minuten da«, versprach ich Dylan, ehe ich Yvonne sagte, wo wir hinmussten. Sie fuhr, als hätte sie ihr Leben lang nichts anderes getan, wich allen dicht befahrenen Straßen aus, damit wir schneller durchkamen. Sie stellte keine Fragen, wahrscheinlich spürte sie meine Angst. Ich blinzelte immerzu, als wollte ich aus diesem Albtraum aufwachen. Unzählige mögliche Szenarios schossen mir durch den Kopf, eins schlimmer als das andere.

Sobald wir beim Park waren, sprang ich aus dem Wagen und rannte geradewegs zum Denkmal. Yvonne rief mir etwas hinterher, aber ich sah nicht zurück. Beim Rennen schienen all meine Glieder bleischwer. Dylans Stimme war so voller Furcht gewesen. So hatte ich ihn noch nie gehört. Es erfüllte mich mit Grauen.

Ich sah eine kleine Menschenansammlung und rannte darauf zu, ohne nachzudenken. In der Ferne hörte ich Sirenen, aber sie waren noch ein gutes Stück entfernt. Ich drängte mich zwischen den Leuten hindurch und keuchte auf. Da saß

Dylan auf dem Boden, Sam in den Armen. Sam wirkte so ... winzig. Beide sahen aus, als hätte jemand sie ganz fürchterlich zusammengeschlagen. Mir schossen Tränen in die Augen.

Ich ließ mich neben Dylan ins Gras fallen, meine Hände strichen panisch über seinen Körper. »Was ist passiert?« Ich konnte kaum sprechen. Es war so grundfalsch, die beiden in diesem Zustand zu sehen. Dies waren zwei der Menschen, die ich auf der ganzen Welt am allermeisten liebte. Dylan war wie betäubt, er schien gar nicht richtig zu merken, dass ich da war. Er wiegte Sam in seinen Armen, als warte er darauf, dass er jeden Moment die Augen öffnete.

Und Sam. Mein Gott. Ich konnte es kaum ertragen, ihn anzusehen. Über seinem Auge war eine Platzwunde, sein Gesicht war blutüberströmt. Und sein restlicher Körper ... sein restlicher Körper ...

Yvonne, die mich endlich eingeholt hatte, stieß einen lauten Schrei aus und fing an zu weinen. Ein Mann kam näher. »Sie sind gelaufen, und dann kam auf einmal eine Gruppe Teenager hinter dem Denkmal hervor und hat sie angegriffen. Ich habe Hilfe gerufen, aber es ist noch niemand gekommen. Die haben alle Hoodies getragen, ich habe ihre Gesichter nicht gesehen ...«

Seine Worte drangen in meinem Schockzustand kaum zu mir durch. Ich hatte die Arme um Dylan geschlungen, der Sam immer noch umklammerte. Er hielt seinen kleinen, zerschlagenen Körper, als hätte er Angst, ihn loszulassen. Die entsetzliche Wahrheit zupfte an meinem Verstand, aber ich weigerte mich, ihr zuzuhören.

Das Sirenengeplärr wurde lauter, Polizei und Krankenwagen trafen gleichzeitig ein. Yvonne zog mich von Dylan weg, damit die Sanitäter zu ihm und Sam konnten. Sie schlang die Arme um mich und flüsterte mir beruhigende Laute ins Ohr.

Ich wollte toben und schreien.

Ich wollte denjenigen in die Hände bekommen, der das getan hatte, und ihm dasselbe antun.

Noch nie zuvor hatte ich mich so hilflos gefühlt, so außer mir vor Zorn und zugleich so entsetzlich trostlos. *Es kann nicht wahr sein. Das passiert gerade nicht wirklich.* Yvonne lotste mich zu ihrem Wagen. In betäubtem Schweigen fuhren wir zum Krankenhaus. Sobald wir da waren, rief sie Dylans Vater und Sams Eltern an und erklärte ihnen so ruhig, wie sie nur konnte, was geschehen war. Sie alle trafen kurz darauf in heller Panik in der Notaufnahme ein, aber niemand sagte uns irgendetwas. Sams Mutter war vollkommen fertig. Noch nie zuvor war einem ihrer Kinder etwas zugestoßen. Sie weinte und weinte, während ihr Mann vergeblich versuchte, sie zu beruhigen.

Man sagte uns, wir sollten im Wartezimmer bleiben, bis ein Arzt kam und mit uns redete. Etwa dreißig Minuten später kam eine Ärztin und setzte Dylans Vater über die Verletzungen seines Sohns in Kenntnis. Ich atmete kaum, während ich lauschte: gebrochene Rippen, gebrochene Nase und Ellbogen, eine Gehirnerschütterung. Es war erstaunlich, dass er überhaupt noch bei Bewusstsein gewesen war, als ich kam. Nur sein Dad durfte zu ihm. Das hätte mich deutlich mehr frustriert, wenn ich nicht immer noch mit angehaltenem Atem auf Neuigkeiten über Sam gewartet hätte.

Hoffnung war das Einzige, was mich aufrecht hielt. Jede verstreichende Sekunde war schiere Todesqual. Immer wieder echoten Dylans Worte durch meinen Kopf.

Ich kann seinen Puls nicht finden.

Und wie er in Dylans Armen ausgesehen hatte, so klein und zerschlagen. Schmerz flammte in mir auf.

Endlich kam ein Arzt zu uns, und sobald ich sein Gesicht sah, wusste ich Bescheid. Sams Mutter stieß einen grauenhaften Klagelaut aus. Sein Dad hielt sie fest, aber auch in seinen Augen standen Tränen.

Ich fing ebenfalls an zu weinen. Sobald ich den Arzt sagen hörte, »Mrs Kennedy, Mr Kennedy, es tut mir so leid …«, hörte etwas in mir auf zu existieren. Das Licht in mir, das einst so hell gestrahlt hatte, flackerte und erlosch, und es blieb nichts zurück als Dunkelheit.

Mein Sam war fort, und ich würde niemals darüber hinwegkommen.

17. KAPITEL

Es gibt in der Medizin den Begriff *Broken-Heart-Syndrom*. Er beschreibt einen Zustand, in dem der Verlust eines geliebten Menschen körperliche Folgen nach sich zieht. Die massive Ausschüttung von Stresshormonen stört die normalen Herzfunktionen, was sich unter anderem durch starke Schmerzen in der Brust bemerkbar macht.

Mir war zumute, als passierte mir genau das, denn mein gesamter Oberkörper tat entsetzlich weh.

Mein bester Freund, der Junge, der mich immer zum Lächeln gebracht hatte, der mich immer aufgemuntert hatte, wenn ich Trost brauchte, war fort. Einfach so. Erst gestern hatten wir zusammen in meinem Zimmer gelacht und waren zu *Fall Out Boy* wild herumgehüpft. Schon jetzt kam es mir vor, als läge das ein ganzes Leben zurück.

Es war vollkommen unbegreiflich, dass ich ihn niemals wiedersehen würde. Dass ich den Rest meines Lebens ohne ihn auskommen musste.

W…wie …

Wie sollte ich das schaffen? Ein ganzes Leben ohne Sam?

Mit tränenüberströmtem Gesicht saß ich im Wartezimmer der Klinik und versuchte zu begreifen, wie das alles so plötzlich hatte passieren können. Yvonne stellte mir eine Tasse Tee und einen Müsliriegel hin, aber ich hatte keinen Hunger. Mir war, als würde ich nie wieder Hunger verspüren. Ich empfand gar nichts außer Übelkeit, Leere und Hoffnungslosigkeit.

Als endlich eine Krankenschwester kam und mir sagte, dass ich Dylan jetzt sehen könnte, lief ich wie betäubt den Flur entlang. Er lag in einem Zimmer mit mehreren anderen Patienten, aber sein Vater hatte die Vorhänge zugezogen und kam auf mich zu, als er mich sah. Er schloss mich fest in die Arme.

»Armer Junge, armer Junge«, stieß er heiser hervor und meinte Sam. »Es gibt keine Gerechtigkeit in dieser Welt. Keinen Funken.« Er ging fort, damit wir ungestört miteinander reden konnten, und ich sah Dylan an. Er lag dort im Bett, angeschlossen an einen Tropf mit Schmerzmittel, überall waren Verbände, und sein Gesicht war vollkommen blutleer.

»Evelyn«, brachte er mühsam heraus, und in diesem einen Wort lag alles; seine ganze Schuld, sein Schmerz, sein Zorn. Und seine Traurigkeit. »Es tut mir s...so leid«, würgte er hervor.

Ich antwortete nicht sofort, setzte mich nur an sein Bett. Nahm seine Hand und drückte sie behutsam. Eine vereinzelte Träne lief mir übers Gesicht, sie war so salzig, dass sie auf meiner wunden Haut brannte. »Warum? Nichts davon ist deine Schuld.«

»Ich habe ihn dazu überredet, mit mir laufen zu gehen. Wenn ich das nicht getan hätte ...« Er brach ab, seine Augen wurden nass. Als ich das sah, fing ich auch an zu weinen.

»Tu das nicht, gib dir nicht die Schuld daran. Daran sind allein die schuld, die das getan haben.«

Dylans Trauer wandelte sich zu Zorn. »Jackson«, knurrte er. »Sobald ich hier rauskomme, ist er tot.«

Für einen Augenblick stand die Zeit still. »Woher weißt du …«

»Ich habe ihn gesehen. Er war dabei«, brachte Dylan mit zusammengebissenen Zähnen heraus.

»Hast du das der Polizei gesagt?«

»Ja, aber sie haben Glück, wenn …«, er unterbrach sich und verlagerte mit schmerzverzerrter Miene das Gewicht, »… wenn nicht ich ihn zuerst in die Hände kriege.«

»Dylan, sieh dich an. Du bist nicht in der Verfassung, dir irgendwen vorzunehmen.« Meine Gedanken rasten. Ich konnte nicht glauben, dass jemand aus unserer Schule dahintersteckte. Na gut, ich *glaubte* es, weil Jackson für seine Gewaltausbrüche bekannt war und Dylan seit Monaten belauerte. Aber wie hatte es so weit kommen können? Wie konnte *das* hier die logische Konsequenz daraus sein?

Der Zeuge hatte gesagt, dass es eine ganze Gruppe gewesen war. Eine Gruppe gegen zwei Menschen. Sie hatten keine Chance gehabt …

In meiner Erinnerung flammte ein Bild auf. Jackson in der Schule und Kirsty, die ihm süße Nichtigkeiten ins Ohr raunte. Oder hatte sie etwas anderes geflüstert? Ich war sicher, dass sie gehört hatte, wie sich Dylan und Sam für die Laufrunde im Park verabredeten. Es war ohne Weiteres denkbar, dass sie diese Informationen an Jackson weitergegeben hatte.

Himmel, das war ein unerträglicher Gedanke, aber ich bekam ihn nicht mehr aus dem Kopf. Die Vorstellung grub sich tief in mein Hirn und verdunkelte mir Herz und Verstand. War das ihre Rache an Dylan? Vor Wut wurde mir so heiß, als verzehrte ein gleißender Feuerball mein Innerstes. Ich stand auf und marschierte geradewegs aus dem Krankenzimmer hinaus. Dylan rief mir hinterher, aber ich hielt nicht an und kehrte nicht um.

Wie ein wütender Stier raste ich den ganzen Weg zum Apartmentkomplex. Die Treppen hinauf bis ins Dachgeschoss, wo Kirsty wohnte. Hämmerte mit beiden Fäusten gegen die Tür, bis jemand öffnete. Vor mir stand Kirstys Mom, eine Zigarette im Mundwinkel.

»Was zum Henker denkst du dir dabei, so gegen meine Tür zu donnern?«, wollte sie verärgert wissen, eine Hand in die Hüfte gestützt.

»Ich will zu Kirsty«, antwortete ich und bezähmte nur mit größter Mühe meinen Zorn, bis ich ihr gegenüberstand.

Ihre Mom gab ein unwilliges Geräusch von sich und drehte sich um. »Kirsty, da will irgendein Mädchen dich sprechen.«

Gleich darauf kam Kirsty. Als sie mich sah, kniff sie die Augen zusammen. »Was willst *du* denn?«

»Bist du jetzt zufrieden? Fühlst du dich jetzt besser?«, fauchte ich sie an.

»Hau bloß ab, du Miststück, sonst hol ich meine Brüder«, drohte sie mir.

»Jackson Keegan und seine Leute haben Dylan und Sam heute Morgen im Park angegriffen. Sie haben sie so übel zusammengeschlagen, dass Sam …« Meine Kehle zog sich zu. Der Schmerz war so frisch, und ich bekam die Worte kaum über die Lippen. Hastig blinzelte ich die Tränen fort. Kirsty hatte es nicht verdient, meinen Schmerz zu sehen. Ich riss mich zusammen, sah ihr direkt in die Augen und sagte: »Sam ist eben im Krankenhaus gestorben.«

Ihre Mutter, die noch im Flur stand und zuhörte, schlug eine Hand vor den Mund und keuchte auf. Kirstys Gesicht verlor sämtliche Farbe. »Du lügst«, flüsterte sie, aber ich sagte die Wahrheit, und sie wusste es. Sie sah aus, als hätte sie einen Geist gesehen. Als würde sie sich jeden Moment übergeben oder in Ohnmacht fallen. Keine Spur mehr von ihrer Großspurigkeit oder Gehässigkeit. Jetzt sah sie aus, als würde ihr auf einmal dämmern, welche Konsequenzen ihr Verhalten hatte. Welch grauenhafte Folgen.

»Ich hoffe, du hast ein wirklich langes Leben, Kirsty. Und ich hoffe, du denkst jeden Tag an meinen besten Freund und daran, dass du bei seinem Tod die Hand mit im Spiel hattest. Ich hoffe, die Schuld frisst dich auf, bis nichts mehr von dir übrig ist.«

Mit diesen Worten ging ich davon. Es reichte nicht. Es schaffte keine Gerechtigkeit. Weil es keine Gerechtigkeit gab. Tagtäglich wurden in dieser Stadt Menschen getötet, aber selbst wenn die Mörder ins Gefängnis kamen … es brachte einem die, die man liebte, nicht zurück.

Sam war fort, und ohne ihn würde ich nie mehr dieselbe sein.

Ich ging nach Hause, legte mich ins Bett und weinte so lange in mein Kopfkissen, bis es klatschnass war. Ich weinte, bis mir die Kehle schmerzte. Und irgendwann hatte ich mich vollkommen leergeweint und fiel in einen tiefen, traumlosen Schlaf.

Tagelang verließ ich mein Zimmer nicht. Die Trauer hatte mich so fest im Griff, dass ich mich nicht dazu aufraffen konnte, Dylan im Krankenhaus zu besuchen. Immer wieder spielte ich alles im Geist durch, fragte mich, ob ich irgendetwas hätte anders machen können und dann Sam immer noch hier wäre.

Wenn ich Kirsty bei den Spinden angesprochen hätte, hätte sie dann trotzdem Jackson verraten, wo er Dylan und Sam an jenem Morgen finden würde?

Mein Hirn war ganz wund von all den fiebrigen Gedanken, die mir ohne Pause durch den Kopf rasten. Ein Mal kniff ich die Augen ganz fest zu, als ob ich, wenn ich mich nur genug konzentrierte, in der Zeit zurückgehen und all das verhindern könnte.

Mein Geburtstag kam und ging. Den Großteil des Tags verschlief ich, um nicht daran denken zu müssen, dass Sam eine Überraschungsparty geplant hatte. Es tat zu sehr weh.

Ich wusste nicht, welcher Tag war oder wie lange ich mich schon in meinem Schmerz verloren hatte, als irgendwann die Tür aufging und jemand hereinkam. Ich sah nicht auf. Es interessierte mich nicht, wer es war. Dann erkannte ich Dylans Umrisse. Er kletterte zu mir ins Bett, setzte sich hinter mich. Ich hatte ihn nicht gesehen, seit … seit diesem Tag. Ein Arm war eingegipst, seine Rippen waren dick verbunden, und an einer Schläfe hatten die Ärzte einen tiefen Riss genäht. Er zog mich an sich, legte den gesunden Arm um mich und legte den Kopf in meine Halsbeuge. Sagte kein Wort, hielt mich einfach nur fest.

»Ich wurde vor einer Stunde aus dem Krankenhaus entlassen«, sagte er nach langem Schweigen. »Ich bin direkt hierhergekommen.«

Ich sagte nichts, aber ich war froh darüber, dass er das getan hatte. Nur weil er noch am Leben war, hatte ich nicht aufgehört zu atmen. Ohne ihn wären die Bestandteile, aus denen ich zusammengefügt war, auseinandergebrochen und hätten sich haltlos überall verstreut. Ich wollte ihm sagen, wie sehr ich es zu schätzen wusste, dass er mich trösten wollte. Dass es mir leidtat, dass ich ihn nicht mehr im Krankenhaus besucht hatte. Aber auf meinem Herzen und meiner Stimme lastete ein entsetzliches Gewicht. Ich war wie verstopft mit schierer Qual und wusste nicht, wie ich den Schmerz vertreiben sollte.

»Jackson ist verhaftet worden«, sagte Dylan so leise, dass seine Stimme kaum zu hören war.

Ich erstarrte. Auf einmal schlug mein Herz mir mitten in der Kehle. Ich schluckte.

»Wann?«, fragte ich. Das Sprechen tat weh, aber ich musste es wissen. Ich brauchte jemanden, dem ich die Schuld geben, den ich verabscheuen konnte. In mir war so viel Hass, dass ich mich selbst gar nicht mehr spürte. Ich war nicht sicher, ob ich je wieder dasselbe Mädchen sein würde wie früher.

»Heute Morgen. Drei von den anderen, die dabei waren, haben sie auch erwischt. Sie sind alle schon achtzehn, also werden sie nach Erwachsenenstrafrecht behandelt.«

Wieder schluckte ich und blinzelte die Tränen weg. »Gut.«

»Sie kommen für lange Zeit ins Gefängnis«, fuhr er fort.

Es klang, als sagte er es mehr zu sich selbst als zu mir. Als wollte er sich selbst überzeugen, dass es so am besten war. Ich wusste, dass er losziehen und sich Jackson selbst vorknöpfen wollte, aber damit würde er nichts weiter erreichen, als dass er ebenfalls hinter Gittern landete.

Plötzlich wallte die Trauer wieder in mir auf. Inzwischen war mir das Gefühl längst ebenso vertraut wie mein eigener Schatten.

Ich drückte das Gesicht ins Kissen, um meine Tränen zu verbergen, aber es war zwecklos. Als Dylan spürte, wie mein ganzer Körper bebte, zog er mich dichter heran und drückte mich fest an sich. Ich versuchte, einfach gar nichts zu fühlen, den Schmerz tief in mir einzuschließen und zu versiegeln. Jede Sekunde war eine entsetzliche Pein.

»Ev«, brachte Dylan heraus. Er litt ebenso sehr wie ich.

»Ich wünschte, ich könnte ins Koma fallen, bis dieses Gefühl verschwunden ist«, flüsterte ich.

»Das geht nicht«, sagte er leise, »aber es wird vorbeigehen. Du musst es irgendwie aushalten, Tag für Tag, bis es irgendwann leichter wird.«

»Ich weiß nicht, ob ich das k...kann«, entgegnete ich, und meine Stimme brach.

»Du kannst es. Ich weiß, dass du es kannst.«

Ich wusste, dass sich Dylan mit Trauer auskannte. Er hatte seine Mom verloren, also verstand er genau, welche Qualen ich litt. Aber er hatte Zeit gehabt, sich zu verabschieden. Und ...

Kurz schloss ich die Augen. Ich liebte Dylan so sehr, aber sein Optimismus war zwecklos und überdies ironisch. Er war von uns beiden immer der Schwarzseher gewesen. Ich würde niemals darüber hinwegkommen, und es tat doppelt so weh, wenn ich wusste, dass er auf den Tag wartete, da es mir besser ging.

»Mein Dad ist für eine Weile bei meinem Onkel in Galway untergekommen«, sagte er. »Das ist sicherer für ihn.«

Stirnrunzelnd wischte ich mir die Tränen aus dem Gesicht. »Was meinst du mit *sicherer*?«

Dylan seufzte erschöpft. Ich wandte mich zu ihm um und sah, dass sich Angst in seine Müdigkeit mischte. »Die McCarthys werden nicht glücklich darüber sein, dass ein paar ihrer Jungs hinter Gitter wandern. Es ist nur eine Frage der Zeit, bis sie herausfinden, dass ich es war, der der Polizei Jacksons Namen genannt hat.«

Ich wurde wahnsinnig wütend, richtete mich auf und breitete zornig die Arme aus. »Ein Unschuldiger ist gestorben. Reicht das denen etwa nicht?«

»Diese Typen denken nicht logisch, Ev. Alles dreht sich nur um ihren Ruf. Sie wollen, dass jeder weiß, dass man sich mit ihnen besser nicht anlegt.«

Ich unterdrückte einen Aufschrei. »Ich bekomme das einfach nicht in meinen Kopf.«

Dylan blinzelte ein paar Mal, als wollte er sich gegen irgendetwas wappnen, dann griff er nach meiner Hand. »Ich gehe nach Amerika«, platzte er heraus.

Diese Sorte Neuigkeiten konnte ich im Augenblick nicht verkraften. Ich sagte nichts, starrte ihn nur ausdruckslos an.

»Dir Firma, für die ich arbeite, hat eine Filiale in Los Angeles«, fuhr er fort. »Ich habe mit dem Manager telefoniert, und wenn ich will, kann ich dort anfangen und …«

»Toll. Schön für dich«, erwiderte ich tonlos.

Dylan runzelte die Stirn. »Sei nicht so.«

»Wie denn? Sam ist tot, und bald bist du auch weg. Ich kann sein, wie ich will, ich habe jedes Recht dazu.«

»Ev, begreifst du denn nicht? Ich will, dass du mitkommst. Das habe ich immer gewollt.«

Ich schloss die Augen. Für diese Auseinandersetzung hatte ich keine Kraft übrig. Ich hatte ihm schon so oft gesagt, dass ich nicht mitkommen konnte. Warum hörte er mir nicht zu? »Du weißt, dass ich nicht kann.«

»Deine Grandma würde es auch wollen.«

Ich setzte mich auf und krabbelte aus dem Bett. Mein Haar war struppig und zerzaust, und ich trug schon seit Tagen denselben Pyjama. Ich wich ans Fenster zurück, stemmte die Hände in die Seiten und starrte ihn an. »Es ist mir egal, was meine Grandma will oder nicht. Ich will nicht gehen, also hör bitte damit auf.«

Dylan wurde blass, und ich hasste mich dafür, ihm wehzutun, aber es musste sein. Zusammen nach Amerika gehen … das war ein Luftschloss, nichts weiter. Für ihn war das vielleicht eine Möglichkeit, aber nicht für mich. Ich hatte weder Geld noch irgendeine Qualifikation. Verdammt, ich war nicht mal mit der Schule fertig. Selbst wenn ich gewollt hätte, ich würde niemals ein Visum bekommen.

All das hatte ich ihm bereits erklärt, aber er wollte es immer noch nicht wahrhaben. Jetzt ging er vor mir auf die Knie, nahm meine Hände und sah mir eindringlich in die Augen. »Wir schmuggeln dich rein. Tun so, als ob du nur Urlaub machen willst, und dann bleibst du einfach bei mir. Ich kann für dich sorgen.«

Ich lachte freudlos auf. Die Trauer machte mich bitter. »Oh, super, und wenn es auffliegt, weisen sie mich aus. Nein, vielen Dank.«

»Das würde nicht passieren. Ich finde eine Möglichkeit, wie …«

»Hör zu«, unterbrach ich ihn scharf. »Ich habe von Anfang an gewusst, dass du eines Tags weggehst, und jetzt gibt es für dich keinen Grund mehr, hierzubleiben. Dein Dad ist zu seinem Bruder gezogen und wird wahrscheinlich auch dort bleiben. Und auf dich hat es eine Gang abgesehen. Du könntest nicht mal hierbleiben, wenn du wolltest. Das verstehe ich.«

Und das tat ich wirklich. Es tat entsetzlich weh, aber ich verstand es. Ich wünschte, ich könnte mich für ihn freuen, aber ich war nicht imstande, irgendetwas anderes zu empfinden als Elend und Bitterkeit.

Er fuhr sich mit einer Hand durchs Haar. Es war länger geworden und begann sich sachte zu wellen. »Ich muss hier weg. Selbst bevor das alles passiert ist, hat mich diese Gegend förmlich erstickt.«

»Ich weiß. Deshalb sage ich dir ja auch, dass du gehen sollst.«

Er schüttelte den Kopf. »Ev, du bist in Trauer, du denkst nicht klar.«

Ich betrachtete ihn, wie er da so bildhübsch und traurig vor mir kniete, und wusste, dass ich nie einen anderen so lieben würde wie Dylan O'Dea. *Mein Herz gehört für immer ihm. Für immer.* Aber genau deshalb würde ich nicht dulden, dass er hier unterging und erstickte. Er war für Größeres bestimmt. Ich nicht, das wusste ich, und deshalb würde ich das wohl größte Opfer meines Lebens bringen. Ich musste ihn dazu bringen, dass er diesen Flieger nach Amerika nahm. Musste ihm auf Wiedersehen sagen. Wenn ich ihn dazu nötigte, hierzubleiben, würde er dahinschwinden und niemals sein Potenzial entfalten. Aber wenn er in die Welt hinauszog …

Dort draußen in der Welt würde er hell leuchten.

Die Tür öffnete sich, und Yvonne kam herein. Ihre Erscheinung war nicht so gepflegt wie sonst. Wir waren alle nicht in der besten Verfassung. Das Haar hatte sie auf dem Kopf zu einem Knoten zusammengebunden, und sie trug kein Make-up. Normalerweise war sie immer makellos geschminkt, aber jetzt benutzte sie seit Tagen nicht mal einen Lippenstift.

»Hey, ihr beiden«, sagte sie, ohne zu fragen, warum Dylan vor mir auf dem Boden kniete. Genau wie ich hatte sie sämtlichen Glanz verloren.

Sam war der Glanz in unserem Leben gewesen, unser lebendiger Funke, aber das hatten wir nie so richtig begriffen. Und jetzt war er fort.

»Ich gehe dann mal besser«, murmelte Dylan und erhob sich. Ohne mich anzusehen, huschte er davon. Yvonne seufzte leise. In ihrem Blick lag solch eine mütterliche Besorgnis, dass ich rasch wegsah.

»Wie geht es dir?«

Ich wich ihrer Frage aus. »Dylan geht nach Amerika.«

»Oh.« Sie schwieg eine ganze Weile, ehe sie fragte: »Und wie fühlst du dich?«

Als ob alles vorbei ist.

»Das spielt keine Rolle. Er muss fortgehen. Wenn er hierbleibt, erwischen diese Typen, die Sam umgebracht haben, ihn auch noch. Es ist nur eine Frage der Zeit.«

Sie biss sich auf die Unterlippe, als wüsste sie nicht, was sie darauf antworten sollte. Da gab es keinen mütterlichen Rat, keine Möglichkeit, aus dieser Zitrone Limonade zu machen. Als sie in die Küche ging, folgte ich ihr und sah zu, wie sie den Wasserkessel aufsetzte. Müde atmete sie ein Mal durch und sagte, ohne mich anzusehen: »Sams Beerdigung ist morgen.«

Ich bekam einen dicken Kloß im Hals. Eine Beerdigung war zu endgültig. Weil ich nicht wusste, was ich sagen sollte, drehte ich mich einfach um und ging zurück in mein Zimmer. Kurze Zeit später kam Yvonne hinterher und stellte ein Sandwich und einen Becher mit stark gesüßtem Tee auf meinen Nachttisch.

»Du kannst mein schwarzes Kleid anziehen, wenn du möchtest.«

Ich sah sie dankbar an. Für beides, das Essen und das Angebot mit dem Kleid. »Das hat Sam immer geliebt«, sagte ich.

Sie lächelte traurig. »Er hat gesagt, darin sehe ich aus wie Grace Kelly.«

»Tust du auch. Vielleicht sind wir verwandt. Sie hat irische Vorfahren.« Ich zwang mich dazu, ihr Lächeln zu erwidern.

»Vielleicht haben wir daher unser blondes Haar«, antwortete Yvonne und streifte ihre Schuhe ab.

Sie setzte sich neben mir aufs Bett, und wir aßen und schwiegen gemeinsam. Das Sandwich schmeckte nach nichts, jegliches Essen schmeckte nach nichts, aber ich aß es trotzdem. Sobald ich fertig war, drehte ich mich zur Wand und schlief wieder ein.

Als ich später aufwachte, war Yvonne schon zur Arbeit gegangen. Draußen war es dunkel, der Mond schien durch die offenen Vorhänge. Sein blasses Licht stimmte mich traurig, also stand ich auf und zog die Vorhänge zu. Dann lief ich rastlos in meinem Zimmer auf und ab.

Gerade überlegte ich, unter die Dusche zu gehen, da leuchtete mein Handy auf. *Mom*, verkündete das Display, und mir wurde flau im Magen. Warum rief sie schon wieder an? Was wollte sie?

Ich beschloss, es hinter mich zu bringen, und nahm den Anruf an.

»Hallo.« Meine Stimme hörte sich spröde und ausdruckslos an.

»Evelyn, ich bin's, Mom«, begrüßte sie mich. Ihre Stimme klang zuckersüß und ein wenig angetrunken, was wohl erklärte, weshalb sie zu so später Stunde noch anrief. Ich wusste, dass ich auf ihre Liebenswürdigkeit nichts geben durfte. Sie wollte irgendwas, deshalb machte sie auf freundlich.

»Das weiß ich.«

Sie räusperte sich, offensichtlich überrascht von meiner Feindseligkeit. Normalerweise war ich nett zu ihr, obwohl sie es nicht verdiente. Aber jetzt, in dieser neuen Wirklichkeit ohne Sam, schiss ich aufs Nettsein. Nett zu sein brachte einen nicht weiter in dieser kalten, brutalen Welt, die einem nahm, was einem am liebsten war, ohne die geringste Chance, es jemals wiederzubekommen.

Moms Stimme wurde noch sanfter. »Ich habe das mit dem kleinen Sammy gehört, Evelyn. Es tut mir so leid.«

»Nein, tut es nicht.«

»Sag das nicht.« Sie klang gekränkt.

»Tu nicht so, als würdest du dich für mich interessieren.«

»Natürlich interessiere ich mich für dich. Ich versuche dich seit Wochen anzurufen, aber ich erreiche immer nur deine Mailbox. Ich wollte dir Bescheid sagen, dass ich nach Hause komme.«

»Und warum sollte mich das interessieren?«

»Weil ich deine Mutter bin«, sagte sie verletzt.

»Das hat dich nicht davon abgehalten, mich zurückzulassen. Wenn du zurückkommen willst, meinetwegen, aber erwarte deshalb von mir keine Freudensprünge.« Damit beendete ich wütend das Telefonat. Vielleicht war es der Zorn, der mir genug Energie verlieh, um ins Bad zu gehen und zu duschen. Nichts holt einen besser aus der Melancholie heraus als eine ordentliche Prise kalter, heftiger Zorn.

Als Yvonne nach Hause kam, war ich immer noch wach. Immerhin hatte ich den Großteil des Tags verschlafen.

»Oh, du bist ja noch auf.« Sie klang erschöpft.

»Japp. Ich habe sogar geduscht. Und Mom hat angerufen.«

Yvonne verzog das Gesicht, wirkte aber nicht überrascht. »Ja, sie, mpfh, hat mich auch angerufen.«

»Was hat sie gesagt?«

»Sie und ihr Typ haben miteinander Schluss gemacht. Und sie ist gefeuert worden. Sie wollte nicht verraten, weshalb, aber ich vermute mal, sie wurde beim Klauen erwischt.«

Deshalb also wollte sie so dringend wieder nach Hause kommen. Wahrscheinlich fahndete drüben die Polizei nach ihr.

»Ich will nichts mit ihr zu tun haben«, sagte ich mit Nachdruck.

»Nein, das kann ich dir nicht verdenken«, antwortete Yvonne. Das brachte mich aus dem Tritt. Normalerweise hätte meine Tante mich dazu ermuntert, Mom eine Chance zu geben, abzuwarten, wie es sich mit ihr so entwickelte. Aber diesmal nicht. Sam zu verlieren hatte sie ebenso tief getroffen wie mich. Sie war nicht mehr so versöhnlich wie früher, ihre Nachsicht war restlos aufgebraucht.

»Wo wird Sam beerdigt?«

»Glasnevin«, antwortete Yvonne. »Wir können morgen mit dem Auto hinfahren.«

Ich kaute auf meiner Unterlippe herum, noch immer rastlos. »Nein, wir treffen uns dort. Ich habe noch, äh … noch etwas zu erledigen.«

»Es ist vier Uhr morgens, Ev. Geh wieder ins Bett. Was immer du tun willst, es kann warten.«

»Nein, kann es nicht.« Ich schlüpfte in Jeans und T-Shirt. Dann öffnete ich den Schrank und holte Yvonnes schwarzes Kleid und ein Paar Schuhe heraus. Ich packte sie in eine Tasche und schnappte mir Yvonnes Hackenporsche, mit dem sie oft ihre Einkäufe transportierte. Ich hatte sie deshalb immer aufgezogen, aber jetzt war er genau das, was ich brauchte.

»Wo willst du hin?«

»Nur aufs Dach, ein bisschen was im Garten erledigen.«

»Okay, gut. Arbeite nicht zu viel. Wir sehen uns morgen früh.«

»Ja, bis dann«, antwortete ich und eilte aus der Tür.

Nach tagelangem, schier endlosem Elend tat es gut, etwas vorzuhaben.

Oben auf dem Dach schloss ich die Metallkiste auf, in der ich meine Gartengeräte aufbewahrte, und machte mich an die Arbeit. Ich schnitt, grub und zog sämtliche Pflanzen aus der Erde, ohne Ausnahme. Meine Sonnenblumen und den Flieder, meine Wildblumen und die Echinacea. Jetzt, da die Sonne aufgegangen war, hatten sie alle ihre Blüten geöffnet. Zum letzten Mal. Es war traurig und zugleich sehr schön. Vielleicht würden sie dort hingehen, wo auch Sam jetzt war, und ihn mit ihren Farben und ihrem Duft umgeben.

Die meisten meiner Pflanzen waren Tagblüher, was bedeutete, dass sie nachts ihre Blüten schlossen, um unerwünschte Insekten fernzuhalten, sich aber tagsüber öffneten, um ihre kleinen summenden Freunde anzuziehen.

Melancholie ergriff mich, denn ich ahnte, dass ich nicht mehr gärtnern würde. Die Verbindung war fort. Mir wurde klar, dass meine Fähigkeit, mich um Pflanzen zu kümmern, eng mit meiner Neigung zu positivem Denken und Hoffnung verbunden gewesen war. Aber damit war es jetzt vorbei. Beides war nicht mehr Teil von mir.

Als ich fertig war, quoll Yvonnes Hackenporsche über vor Blumen, er platzte fast aus den Nähten. Meine Beete hingegen waren nackt, eine karge Einöde. Es dauerte eine Weile, meine Fracht über die Treppen nach unten zu bugsieren, aber ich schaffte es gerade so eben. Mit dem Bus fuhr ich bis Glasnevin und fragte den Friedhofsverwalter, wo Sams Grab war.

Dann stand ich davor. Es war nichts weiter als ein leeres, rechteckiges Loch im Boden. So sollte es nicht sein, dachte ich. Es war einfach …

… nicht richtig.

Eine Träne rollte mir über die Wange, als ich mir vorstellte, wie es eigentlich hätte sein müssen. Sam und ich, wie wir gemeinsam in unsere erste Wohnung zogen. Er arbeitete an seiner Gesangskarriere, ich sparte, um eines Tags meine eigene Gärtnerei zu eröffnen. Eine idyllische Welt. Eine, die es für uns niemals geben würde.

Ich schniefte, putzte mir die Nase, dann wischte ich mir mit dem Handrücken die Tränen aus dem Gesicht. Nachdem ich all meine Beete ausgeräumt hatte, war ich sehr erschöpft, aber noch war meine Arbeit nicht vollendet. Noch lange nicht. Ich zog die Handschuhe an und legte los.

Der Friedhofsverwalter schaute vorbei, als ich gerade fertig war. »So was habe ich hier noch nie gesehen«, sagte er und pfiff durch die Zähne. »Wir hatten schon so einige wirklich ausgefallene Arrangements hier, aber so etwas noch nicht.«

Mein Blick wanderte über das bunte Blütenmeer, und ein winzig kleines bisschen Friede kehrte in mein Herz ein. Sam wäre begeistert gewesen, solcher Prunk war genau sein Fall. Helles Gelb, tiefes Rot und leuchtendes Violett, wohin das Auge sah. Bei dem Anblick schwoll mir vor Stolz die Brust. Die letzten Blumen, die ich je heranziehen würde, als Tribut an meinen verlorenen Freund.

Mehr hatte ich ihm nicht zu geben.

Ich sammelte meine Sachen ein und machte mich auf den Weg zur Besuchertoilette, um mich umzuziehen. Sobald ich fertig war, ging ich wieder zurück. Am Grab stand eine einsame Gestalt. Sie war nicht für eine Beerdigung gekleidet, aber trotzdem – so fertig hatte ich Shane noch nie gesehen.

»Tut es weh?«, fragte ich und stellte mich neben ihn.

Er sah mich an, dann richtete er den Blick wieder auf mein Blumenmeer. »Dasselbe könnte ich dich auch fragen.«

»Wie verrückt«, antwortete ich leise.

Shane verzog das Gesicht. »Dann sitzen wir wohl im selben Boot.« Kurz schwiegen wir, dann deutete er auf die Blumen. »Warst du das?«

»Ja.«

»Er hätte es geliebt.« Seine Stimme klang belegt, und ich runzelte die Stirn. Ich hatte geglaubt, es sei zwischen den beiden nur um Sex gegangen, aber vielleicht hatte ich mich geirrt. »Du hast recht, das hätte er.«

»Ich glaube, ich habe ihn geliebt«, brach es zu meiner Überraschung aus Shane heraus.

Ich starrte ihn an. Räusperte mich. »Hast du?«

»Kein Grund, zynisch zu werden. Ich bin durchaus fähig, Liebe zu empfinden.«

»Du wirst mir sicher verzeihen, dass ich daran gezweifelt habe.«

Er zog die Brauen hoch. »Werde ich das?«

»Das sagt man doch nur so.«

Er rieb sich über das Kinn. »Na ja. Ich werde ihn verm… missen.« Seine Stimme bebte, und da hätte ich fast wieder angefangen zu weinen.

»Jemanden wie ihn wird es nie wieder geben«, sagte ich erstickt.

»Nope. Der kleine Scheißkerl war einzigartig.«

Dann sagte keiner mehr etwas, und ich sah, dass in einiger Entfernung mehrere Leute auf dem Friedhof eintrafen. Sams Eltern entdeckte ich nirgends, aber ich hoffte, dass sie meinen Tribut mochten. Blumen bedeuteten für mich Leben. Kraft. Hoffnung. Und genau das hatte Sam ausgemacht. Ein so starker, lebendiger Teil meines Lebens. Lange waren er und Yvonne für mich alles gewesen. Und jetzt … Ich schüttelte den Kopf. Ich wollte diesen Tag nicht. Ich konnte doch nicht einfach Abschied nehmen.

»Warum warst du so gemein zu ihm?«, fragte ich Shane. »Ich meine, bevor ihr zusammengekommen seid.«

Er brauchte eine Weile für die Antwort. »Ich glaube, ich habe mich dagegen gewehrt, ihn so gern zu mögen. Und da habe ich um mich geschlagen.«

»Klingt logisch«, sagte ich, denn das tat es. Es hieß allerdings nicht, dass ich Shane je verzeihen würde, wie er Sam anfangs behandelt hatte. Vielleicht verband uns die Liebe zu demselben Menschen, aber Freunde würden wir nie werden.

»Outest du dich jetzt?« Ich fragte mich, ob die Trauer einen besseren Menschen aus ihm machen würde. Dann würde aus Sams Tod wenigstens ein wenig Gutes erwachsen. *Es muss einfach so sein.*

»Weiß nicht. Vielleicht.«

Ich betrachtete ihn mit ernstem Gesicht. »Du solltest es tun. Das ist doch kein Leben, wenn man sich so verstecken muss.«

Shane erwiderte meinen Blick, als würde er darüber nachdenken. Ich fragte mich, ob er es genauso sah. Spontan streckte ich die Hand aus und drückte seine Schulter. »Ich bin froh, dass er dich hatte. Ich bin froh, dass er erlebt hat, was Liebe ist, bevor er gestorben ist.«

Shane schluckte sichtlich und nickte. Seine Augen schimmerten feucht, und ich dachte, er würde anfangen zu weinen, aber er wandte sich ab und ging fort.

Ich stand neben dem Grab, und immer mehr Leute trudelten ein. So viele Nachbarn aus den Villas, Leute aus unserer Schule. Manchmal hatte es sich angefühlt, als hätten Sam und ich nur einander und sonst niemanden; als wäre ich die Einzige, die ihn richtig gekannt hatte. Aber anscheinend hatte er auch bei anderen Menschen Eindruck hinterlassen.

Yvonne stellte sich neben mich. Sie trug eine Sonnenbrille und eine dunkle Bluse.

»Du siehst so erwachsen aus«, sagte sie.

»Das ist nur das Kleid.«

Sie schüttelte den Kopf. »Nein, ist es nicht.« Sie klang traurig.

Ich wusste, was sie meinte. Sam zu verlieren zwang mich, viel schneller erwachsen zu werden, als es eigentlich hätte sein sollen, und auf eine ganz falsche Weise. Amy und Conor waren inzwischen ebenfalls da, beide umarmten mich und blieben in der Nähe. Ich war froh über ihre Gegenwart. Ich konnte ihre Stärke dringend gebrauchen.

Als Dylan zu mir kam und meine Hand nahm, war ich im ersten Augenblick verblüfft. Nach unserem gestrigen Gespräch hatte ich das nicht erwartet. Er musste wütend auf mich sein, aber andererseits … Er liebte mich. Verstand, was Sams Tod für mich bedeutete. Ich klammerte mich verzweifelt an sein Mitgefühl und seine Liebe. Er hatte ebenfalls einen Freund verloren, einen Bruder, und ich wusste, dass er ebenfalls litt. Zusammen.

Heute trauerten wir zusammen.

18. KAPITEL

»Die Blumen sind wunderschön«, murmelte Dylan an meinem Ohr. Ich hatte gewusst, dass er meine Arbeit auf den ersten Blick erkennen würde.

Sams Mutter kam zu uns herüber und nahm mich lange in den Arm. Sie sagte kein Wort, weil sie so sehr weinte, aber ihre Umarmung sagte mir ganz deutlich, wie sehr sie zu schätzen wusste, dass ich Sams Grab verschönert hatte.

Nach der Beerdigung gab es einen Leichenschmaus bei Sams Familie, aber ich blieb nicht lange. Als ich aufbrach, folgte mir jemand und berührte behutsam meine Schulter. Dylan.

»Du gehst schon?«, fragte er.

Ich wandte mich um, und er betrachtete mich von oben bis unten. Sein Blick war warm und voller Mitgefühl. Und Schuld. Es war unnötig und falsch, dass er sich schuldig fühlte, aber ich wusste nicht, was ich dagegen tun sollte.

»Ja. Ich muss mich ein bisschen ausruhen«, erwiderte ich leise.

»Darf ich mitkommen?«

Ich sah in seinen Augen, wie sehr er mich in diesem Augenblick brauchte, also nickte ich, und wir machten uns auf den Weg zu meiner Wohnung. Ich ging in mein Zimmer, und Dylan folgte mir. Neben dem Bett blieb ich stehen und sah ihn an. Er war so schwer verletzt. Ich fragte mich, wie es sein mochte, zu trauern und zugleich auch körperlich solche Schmerzen zu leiden.

Ich sah ihm in die dunkelblauen Augen, und zwischen uns gab es ein stummes Einvernehmen. Ich war nicht sicher, ob es möglich war, diese Gefühle je in Worte zu fassen. Ich trat zu ihm und fing behutsam an, ihn auszuziehen. Schob den Blazer über seine Schultern, knöpfte sein Hemd auf. Schälte sorgsam Schicht um Schicht von ihm ab, bis ich seinen ganzen zerschlagenen, geschundenen Körper freigelegt hatte.

Als ich fertig war, sah Dylan mir dabei zu, wie ich aus dem Kleid schlüpfte. Nur in Unterwäsche trat ich zu ihm, küsste ihn erst auf die eine Wange, dann auf die andere. Küsste ihn auf Hals und Schlüsselbein und den weißen Verband um seinen Brustkorb. Ließ die Finger über seinen eingegipsten Arm gleiten und drückte behutsam meine Lippen auf die Naht an der Schläfe. Es kam mir vor, als hielte er die ganze Zeit den Atem an.

»Du hattest recht«, flüsterte ich.

Er sah auf mich runter. »Womit?«

»Mit dem, was du über diese Gegend gesagt hast. Sie hat mich verhärten lassen, nur dass es noch viel früher passiert ist, als du vorausgesehen hast.«

»Das ist nicht wahr. Es fühlt sich nur jetzt gerade so an, weil du um Sam trauerst.«

Ich schüttelte den Kopf. »Sam zu verlieren hat mir die Augen dafür geöffnet, was du mir schon die ganze Zeit klarmachen wolltest. Hier zu leben ist furchtbar, und hier leben lauter entsetzliche Menschen. Wenn wir nicht hier leben würden, dann wären diese Schläger nicht hinter dir her. Dann hätten wir nicht mit Leuten zu tun, die innerlich so leer sind, dass sie andere Menschen zusammenschlagen müssen, um überhaupt irgendetwas zu empfinden.«

Die Tränen strömten mir nur so übers Gesicht. »Wenn wir nicht hier wohnen würden, Dylan, dann wäre Sam noch am Leben. Ich werde jeden Tag an ihn denken, bis an mein Lebensende.«

Dylan fuhr sich mit der flachen Hand übers Gesicht. Ihm war deutlich anzusehen, wie sehr er es bereute, mir die Augen für das Elend geöffnet zu haben. Aber seine Reue war fehl am Platz. Früher oder später hätte ich es ganz allein herausgefunden, nur wäre ich dann noch weniger darauf vorbereitet gewesen.

Er zog mich in seine Arme. Ihm war klar, dass nichts, was er sagte, irgendetwas besser machen konnte. Es war nicht möglich, das zurückzunehmen, was er mir die ganze Zeit schon hatte begreiflich machen wollen.

Die Welt konnte hässlich sein oder wunderschön, je nachdem, wo man war. Auch inmitten der Hässlichkeit konnte man eine kleine Oase der Schönheit erschaffen. Aber am Ende würde das Hässliche ringsum sie verschlingen.

Das war es, was Sam zugestoßen war.

Und das war es, was mir zugestoßen war.

Jetzt verlief ein Riss mitten durch mich hindurch, und irgendwann würde er sich verbreitern und mich am Ende ganz verschlingen.

Dylan legte mich aufs Bett, zog die Decke über uns und küsste mich, bis meine Lippen wund waren. Küsste mich überall, und ganz kurz lichtete sich der Schmerz ein wenig. Ich tat das Gleiche für ihn und versuchte mir ganz genau einzuprägen, wie er vor Lust aufkeuchte, wie wunderbar er aussah, wenn er mich voller Liebe anblickte. Das tat ich, weil er bald fort sein würde, und dann waren diese Erinnerungen alles, was ich noch hatte.

Früh am nächsten Morgen wachte ich auf. Dylan stand am Fußende meines Betts und versuchte unbeholfen, sich anzuziehen.

»Du willst gehen«, sagte ich. Eine Feststellung, keine Frage.

Dylan nickte. »Ich habe noch einen Kontrolltermin im Krankenhaus, und danach muss ich mich um meinen Pass kümmern.«

»Oh«, sagte ich, setzte mich auf und zog die Decke fest um die Schultern. Plötzlich war mir ganz kalt.

Dylan sah mich lange an. »Du kommst nicht mit mir, oder?«

Traurig schüttelte ich den Kopf. Meine Stimme war kaum lauter als ein Flüstern. »Nein. Es tut mir leid.«

Sein Blick war zugleich zärtlich und aufgewühlt. »Das muss es nicht. Das Leben ist zu kurz, um es an Reue zu verschwenden, Ev. Ich will aus reiner Selbstsucht, dass du mit mir kommst, aber du musst tun, was für dich am besten ist. Und wenn das bedeutet, hierzubleiben und die Schule fertig zu machen, dich um deine Grandma zu kümmern, dann musst du eben genau das tun.«

Wie er das sagte, so voller Anteilnahme und Liebe, brach mir noch ein wenig mehr das Herz. Ich kletterte aus dem Bett und legte ihm beide Hände auf die Schultern. »Du wirst sehr erfolgreich sein da draußen in der Welt, weißt du das?«, fragte ich und schniefte.

»Ich versuche es jedenfalls«, antwortete er und suchte meinen Blick.

»Du wirst es nicht nur versuchen, sondern schaffen. Das weiß ich.«

»Ich werde dich vermissen«, sagte er mit belegter Stimme. In diesen vier kleinen Worten lag so viel Gefühl, dass es für hundert Leben gereicht hätte, und wir beide drohten darin zu ertrinken.

»Ich werde dich auch vermissen«, krächzte ich und warf ihm die Arme um den Hals. Mir liefen Tränen übers Gesicht. In den letzten Tagen hatte ich so viel geweint, dass es mich überraschte, dass überhaupt noch welche übrig waren. »Und komm bloß niemals wieder hierher zurück.« Ich drückte ihn fest an mich. »Wenn du das tust, rede ich nie wieder mit dir.«

Er verlor kein Wort über die Ironie dieser Drohung. Stattdessen hob er den Kopf und musterte mich nachdenklich. »Das hier ist nicht das Ende. Das verspreche ich dir. Das ist nur ein Zwischenspiel. Und danach, wenn es vorbei ist, finde ich dich wieder.«

Ein Teil von mir hoffte, dass es stimmte, weil dieser Gedanke mir half, ihn gehen zu lassen. Aber eine andere Stimme in mir sagte, das sei nur Wunschdenken. Nichts weiter als eine lächerliche Hoffnung, die mir den Verstand vernebelte. Na klar, wir konnten versuchen, in Verbindung zu bleiben, uns nicht aus den Augen zu verlieren – aber wozu, wenn ich doch niemals hier weggehen würde? Es würde ihn nur aufhalten. Aber er verdiente es, ohne jeden Ballast hoch emporzusteigen.

Als ich es endlich schaffte, ihn loszulassen, wischte ich mir die Tränen aus dem Gesicht und zwang mich zu einem Lächeln, nur für ihn.

»Dann sehen wir uns wieder im Danach.«

LESEPROBE

L. H. COSWAY
Promises of Tomorrow

Elf Jahre später
Manhattan, New York City, 2017

»Ms Jackson« von *OutKast* wummerte mir in den Ohren.

Ich mixte einen Cosmo und nickte im Takt der Musik. Meine Kollegin Danni grinste mir vom anderen Ende der Bar her zu. Auf der Tanzfläche wogte die Menge, und am Tresen winkten mehrere Leute mit zerknitterten Banknoten und wetteiferten um meine Aufmerksamkeit.

Es war ein ganz normaler Samstagabend im *FEST*, dem Nachtclub, in dem meine Tante Yvonne Managerin war. Ich arbeitete seit zwei Monaten hier, seit ich von Dublin nach New York übergesiedelt war, und ja, es war ein stressiger Job, aber das Trinkgeld war phänomenal. Eine ganz andere Hausnummer als in Irland.

Außer vielleicht, man arbeitete in einem Stripclub.

Und ich rede nicht davon, in einem Stripclub an der Bar zu stehen und Drinks zu mixen.

Auch auf die pulsierende Energie dieser Stadt war ich nicht vorbereitet gewesen. Sie schlief wirklich niemals, immer war irgendwas los. Zu jeder Tages- und Nachtzeit fanden Auftritte von Comedians, interaktive Theater-Shows oder sogar

Doga-Unterricht statt. Ja, korrekt, Yoga für Hunde. Was immer dein Herz begehrte, hier warst du richtig.

Nie hätte ich erwartet, jemals in einer solchen Stadt zu landen. Um ehrlich zu sein – ich war überzeugt davon gewesen, für immer in Dublin zu bleiben. Für immer und bis in alle Ewigkeit. Wenn man sich von einem Gehaltsscheck zum nächsten hangelt, denkt man nicht an große Sprünge. Aber dann hatte Yvonne angeboten, mir einen Job zu besorgen, und wohnen konnte ich erst mal bei ihr. Wie hätte ich da Nein sagen können?

Wäre meine Grandma noch am Leben gewesen, hätte ich sofort abgelehnt, aber sie war letztes Jahr gestorben. Es war also nichts mehr übrig, was mich in Dublin hielt, und das war ein seltsames Gefühl. So lange hatte ich eine Ausrede gehabt, um nicht fortzugehen, und auf einmal war da nichts mehr.

Also hatte ich den Sprung gewagt.

»Wie heißt du, Süße?«, fragte mich ein Anzugträger über den Tresen hinweg. Er hatte die obersten Knöpfe seines Hemds geöffnet und keck seine Krawatte gelockert, im Gesicht trug er ein noch keckeres Grinsen.

»Ich bin Evelyn. Was trinkst du?« Mein professionelles Lächeln geriet nicht ins Wanken. Ich fand es zwar nicht toll, wenn mich Kunden anbaggerten, aber so war es eben, wenn man hinter dem Tresen stand. Manchmal dachte ich darüber nach, jemanden nach Hause mitzunehmen und die Vorzüge dieses Jobs auszukosten, aber ich überlegte es mir immer anders. One-Night-Stands und ich, das passte nicht gut zusammen. Vor allem, weil ich mich zu schnell verliebte. Ein charmantes Lächeln und ein gelungenes Kompliment, und schon fielen bei mir alle Schranken.

Einen Großteil meiner Zwanziger hatte mein törichtes, leeres Herz sehnsüchtig nach jemandem Ausschau gehalten, der es flicken konnte. Doch schließlich war mir klar geworden, dass niemand außer mir selbst dazu imstande war. Ich musste das Glück in mir selbst finden, ehe ich es mit jemandem teilen konnte.

So weit war ich noch nicht, aber ich arbeitete dran.

»Dein Akzent ist der Hammer. Ich nehme einen Whiskey Sour, on the Rocks. Dich habe ich hier noch nie gesehen, glaub ich. Bist du neu?«

Ich nickte und mixte ihm seinen Drink. »Ja«, rief ich über die Musik hinweg, »ich bin erst seit ein paar Wochen in der Stadt.«

»Wirklich? Gefällt dir New York?«

»Ja. Hier lässt es sich echt gut leben. Teuer, aber gut.«

»Also … wenn du mal jemanden brauchst, der dir ein bisschen die Gegend zeigt, ruf mich einfach an.« Er reichte mir eine Visitenkarte. Ich steckte sie in die Tasche, ohne einen Blick darauf zu werfen, um sie später zu entsorgen.

»Na klar. Das macht dann elf Dollar.« Ich schob ihm seinen Drink rüber.

Er nippte daran, reichte mir einen Zwanziger und verschwand wieder im Gewimmel.

»Mit deinem Akzent kriegst du so verdammt viel Trinkgeld«, sagte Danni und verzog missmutig den Mund.

»Nur, weil keiner genau sagen kann, woher ich komme. Ich bin zu neunundneunzig Prozent sicher, dass Amerikaner glauben, Iren würden wie Kobolde reden.«

Danni kicherte. »Sei nicht so ausländerfeindlich.«

»Wenn hier einer ausländerfeindlich ist, dann ja wohl ihr.«

»Ihr seid verdammt noch mal beide ausländerfeindlich«,

sagte Ger, der dritte Barkeeper in dieser Schicht. »Jetzt hopp, zurück an die Arbeit, ich ersaufe hier in Bestellungen.«

Ich sah ihn entschuldigend an und machte mich hastig wieder ans Werk. Am Ende meiner Schicht war ich so erledigt, dass ich mich vor lauter Erschöpfung am liebsten auf dem Boden zusammengerollt hätte, wo ich gerade stand, aber Spaß beiseite, ich liebte meinen Job wirklich. Ich liebte die sirrende Elektrizität der Stadt, die ohrenbetäubend laute Musik, die endlos anbrandenden Kunden an der Bar und die völlige Erschöpfung danach.

Mein Vorsatz fürs neue Jahr war, das Leben positiv anzugehen. Was auch immer geschehen mochte, ich war fest entschlossen, das Beste daraus zu machen. Früher war das meine Grundeinstellung gewesen, fast als wäre die Fröhlichkeit mir einfach angeboren, aber dann hatte mir das Leben übel mitgespielt.

Nach dem Verlust von Sam hatte ich die Sonne nicht einmal sehen können, wenn sie mir gleißend hell vom Himmel entgegenstrahlte.

Jetzt hatte ich mir vorgenommen, die Dunkelheit hinter mir zu lassen.

So hätte er es sich für mich gewünscht.

Auf dem Heimweg konnte ich es kaum erwarten, heiß zu duschen und für zehn Stunden im Bett zu verschwinden. Yvonne und ich wohnten in Brooklyn – auch wenn wir in Manhattan arbeiteten, verdienten wir nicht genug, um uns dort eine Wohnung leisten zu können –, und ich fuhr mit der U-Bahn. Nicht das sicherste Transportmittel, aber ich hatte keine Wahl.

Für den Notfall hatte ich Pfefferspray und eine Trillerpfeife dabei. Als ich zu Hause ankam, war es schon fast fünf Uhr morgens. Ich genehmigte mir meine lang ersehnte Dusche und kroch in Unterwäsche und T-Shirt ins Bett. Kurz nach ein Uhr am Nachmittag wachte ich wieder auf. Ich hatte wie eine Tote geschlafen und fühlte mich wunderbar ausgeruht.

Aus dem Wohnzimmer drangen die Klänge von Beethoven. Yvonne war also inzwischen zu Hause und genoss ihren freien Tag. Als Managerin hatte sie meist Feierabend, wenn ich gerade zur Arbeit kam, und so sahen wir uns nur selten. Deshalb hatten wir beide oft die Wohnung jeweils ganz für uns, was gut war, denn sie war alles andere als groß.

Wegen unserer versetzten Arbeitszeiten hatten wir uns ein paar Tage lang nicht gesehen. Wir kommunizierten viel über Textnachrichten oder das gute alte Post-it am Kühlschrank. Offenbar hatte sie ein Brathähnchen im Ofen, ihr Spezialrezept, und bei dem Duft lief mir das Wasser im Mund zusammen.

Das war das Problem, wenn man bis drei oder vier Uhr morgens arbeitete – am Ende frühstückte man dauernd ein Mittagessen.

Ich musste aufs Klo, also zog ich mir eine kurze Hose über und machte mich auf den Weg ins Bad. Mitten im Flur hörte ich, dass Yvonne nicht allein war, und blieb stehen. Eine tiefe männliche Stimme antwortete auf etwas, das sie gesagt hatte, und ich runzelte die Stirn. Normalerweise lud Yvonne keine Männer nach Hause ein. Sie war eins jener seltenen Exemplare, die mit dem Single-Dasein sehr zufrieden waren. Ihr Liebhaber war die Arbeit.

Sie hatte anscheinend gehört, dass ich mein Zimmer verlassen hatte, denn sie rief: »Evelyn, bist du wach?«

Normalerweise hätte ich geantwortet und wäre weitergetrottet, aber die Neugier siegte. Rasch fuhr ich mir mit den

Fingern durchs schlafzerzauste Haar, ging ins Wohnzimmer und erstarrte auf der Türschwelle zur Salzsäule.

Wie um die Bedeutung dieses Augenblicks zu unterstreichen, erreichte Beethovens siebte Sinfonie genau jetzt ihren Höhepunkt. Als ich in zwei dunkelblaue Augen starrte, die ich fast acht Jahre lang nicht gesehen hatte, war mir, als bräche sich in mir eine riesige Welle, als fluteten Lavaströme über die Flanken eines himmelhohen Vulkans.

Dylan O'Dea.

Ich wollte die Dunkelheit endlich hinter mir lassen, doch Dylan hatte mich aller Sonnenstrahlen beraubt

L. H. Cosway
PROMISES OF TOMORROW
Aus dem Englischen
von Maike Hallmann
ISBN 978-3-7363-1130-5

Evelyn und Dylan wohnen in New York, doch ihre Leben könnten unterschiedlicher nicht sein. Während Evelyn als Barkeeperin arbeitet und nie weiß, ob sie die nächste Miete bezahlen kann, lebt Dylan wenige Blocks entfernt in einer Welt aus Reichtum und Erfolg – denn er hat das Unternehmen gegründet, von dem Evelyn und er immer geträumt haben. Als er ihr ein Angebot macht, muss Evelyn sich entscheiden, ob sie Dylan für die Fehler der Vergangenheit hassen oder doch eine Zukunft mit ihm aufbauen will ...

»Ich sammle noch immer die Scherben meines Herzens wieder zusammen! Was für ein Finale!« TOTALLY BOOKED BLOG

LYX

Wer THE IVY YEARS mochte, wird dieses Buch lieben

Sarina Bowen
NEVER LET ME DOWN
Aus dem amerikanischen
Englisch von Wiebke Pilz
und Nina Restemeier
ISBN 978-3-7363-1300-2

Nach dem Tod ihrer Mutter trifft Rachel Kress das erste Mal ihren leiblichen Vater Freddy Ricks – den größten Rockstar der USA. Sie betritt eine völlig neue Welt aus Reichtum und Freiheit. Und er erfüllt ihr ihren größten Traum: das Studium am Clairborne College. Dort verliebt sie sich in Jack. Doch je näher sie sich kommen, desto deutlicher spürt Rachel, dass sie erst wirklich nach vorne blicken kann, wenn sie sich den Fragen ihrer Vergangenheit stellt, die nur ihr Vater beantworten kann ...

»Ich liebe Sarina Bowens Geschichten. Ich werde alles von ihr lesen!« COLLEEN HOOVER

LYX

Seine Küsse waren wie Farbexplosionen in der Dunkelheit, seine Liebe wie Musik in einer stummen Welt

Tillie Cole
A WISH FOR US
Aus dem amerikanischen Englisch von Silvia Gleißner
448 Seiten
ISBN 978-3-7363-1135-0

Cromwell Dean ist der erfolgreichste Musiker Europas. Mit gerade einmal neunzehn Jahren liegt ihm die Welt zu Füßen – doch seine Musik bedeutet ihm insgeheim nichts. Er beginnt ein Musikstudium in den USA, wo er Bonnie Farraday kennenlernt. Ehrgeizig und von Musik begeistert, ist das Mädchen aus einfachen Verhältnissen so ganz anders als Superstar Cromwell. Er verliebt sich Hals über Kopf in sie, doch gerade als er denkt, das Glück wiedergefunden zu haben, droht er alles zu verlieren ...

»Unglaublich berührend, wunderbar geschrieben und entsetzlich schmerzvoll!« NATASHA IS A BOOK JUNKIE

LYX

TRIGGERWARNUNG

Dreams of Yesterday enthält Elemente,
die triggern können.

Diese sind:
Mobbing, Homophobie, Armut, Depressionen,
Körperverletzung mit Todesfolge.